Christoph Güsken

Das Mordkreuz von Tilbeck

KBV

Originalausgabe

www.kbv-verlag.de
E-Mail: info@kbv-verlag.de
Telefon: 0 65 93 - 998 96-0
Fax: 0 65 93 - 998 96-20
Umschlaggestaltung: Ralf Kramp
unter Verwendung von © W. Thiemann
Lektorat: Volker Maria Neumann, Köln
Druck: CPI books, Ebner & Spiegel GmbH, Ulm
Printed in Germany
ISBN 978-3-95441-436-9

Für Zoé, ohne die diese Geschichte in Teilen
ganz anders aussehen würde, obwohl sie nicht
einen Gedanken dazu beigesteuert hat.
Ich halte es aber auch für unwahrscheinlich,
dass sie überhaupt jemals Gedanken
zu irgendetwas beigesteuert hat.
Was ich manchmal beneidenswert finde.

»Man glaubt, ich sei von Sinnen; ich aber bin besessen,
bin die außer sich geratene Besessenheit selber!
Jene Raserei, die nur abflaut, um sich selbst zu begreifen.«

H. Melville, Moby Dick

1. Kapitel

Alles begann schon viel früher.

Um genau zu sein, im Jahre 1164. An einem lauschigen, hochmittelalterlichen Sommerabend kehrte die Mersche, eine Tilbecker Bäuerin, in die Dorfschänke *Adams Hoek* ein, um einen langen, arbeitsreichen Tag mit einem zünftigen Bier ausklingen zu lassen. In der Kneipe herrschte Betrieb, an den meisten Tischen hockten Landsknechte, deren Herren zum Landtag im nahe gelegenen Laerbrock angereist waren, um hochpolitische Gespräche zu führen. Jetzt, nachdem die Prominenz sich zu Bett begeben hatte, konnten auch sie ihren Feierabend genießen.

Es wurde spät in *Adams Hoek,* die Soldaten tranken, lärmten und johlten, und wie es so geht, hatte auch die Mersche schließlich deutlich mehr Alkohol konsumiert, als sie vertrug. Zum Zahlen kramte sie ihren Beutel hervor, der vor Geld nur so klimperte, was einige aufhorchen ließ, vor allem zwei der Landsknechte, die es nicht beim Horchen beließen. Unauffällig folgten sie der Mersche, und als die auch noch den Rückweg über die Landwehr nahm, die um diese nächtliche Zeit finster und einsam dalag, sahen sie eine dieser Chancen gekommen, die sich ganz plötzlich bieten und die man einfach nicht ungenutzt lässt. Kurz entschlossen überfielen sie die Frau und meuchelten sie, getrieben und übermannt von der Gier auf einen übervollen Geldbeutel. Gleich nach vollbrachter Tat jedoch machten sie eine ernüchternde Entdeckung: Der Klimperbeutel enthielt so gut wie kein Bargeld, sondern fast nur alte Schuhnägel!

Schuhnägel! Die Enttäuschung der beiden Burschen kannte keine Grenzen und wandelte sich in Empörung über etwas, das in ihren Augen nichts anderes als arglistige Täuschung sein konnte: Denn wer zum Henker schleppte so eine Menge Nägel mit sich herum und zu welchem Zweck? Aber zum Bereuen war es leider zu spät, denn die Missetat war begangen und die Frau tot. Und die Strafverfolgung in jenen angeblich so finsteren Zeiten funktionierte besser als man hätte meinen mögen. Schon bald wurden die Mörder gefasst und beteuerten hoch und heilig, dass alles ein tragisches Missverständnis gewesen sei; hätten sie vorher doch nur gewusst, dass sich in dem Beutel Schuhnägel befanden, hätten sie die arme Frau ganz sicher nicht ermordet. Obgleich dies manchem einleuchten mochte, bewahrte sie es nicht vor dem Galgen.

* * *

Über achthundert Jahre später: Der heimtückische Mord wäre längst vergessen, würde nicht ein moosbewachsenes Kreuz aus Sandstein, das damals am Ort der

Bluttat errichtet wurde, immer noch daran erinnern. Ein reichlich mitgenommenes Relikt aus einer fernen Vergangenheit, im achtzehnten Jahrhundert aufwendig restauriert, wurde es heute noch von heimatliebenden Menschen wie Jörg Pollenhoff besonders geschätzt. Als Kultur- und Wanderwart des Baumbergevereins, kurz BBV genannt, war es ihm ein Herzensanliegen, seinem Gast aus Wolgograd, dem kauzigen Altertumsforscher Dr. Nikolai Sergejewitsch Bukanin, die Sehenswürdigkeiten seiner westfälischen Heimat nahezubringen. Und da stand das schaurige Mordkreuz natürlich ganz oben auf der Liste.

Leider spielte das Wetter nicht mit. Noch am Vortag hatte die Sonne fett und rund vom Himmel gestrahlt, aber über Nacht hatte sich Regen über den Wipfeln der Baumberge herangeschlichen und die schönen Wanderwege in unschöne Rutschbahnen aus Matsch und großflächigen Pfützen verwandelt. Zum Glück konnte man direkt an der Landstraße parken und musste dann nur noch wenige Meter in den Wald hineinlaufen, um zum Kreuz zu gelangen.

Dr. Nikolai Bukanin holt sein Smartphone aus der Tasche und machte Fotos. Pollenhoff stand etwas abseits und wartete so lange. Er wollte seinen Schuhen nicht mehr Morast als nötig zumuten. Außerdem wusste er ja schon, was es zu sehen gab. Über das Mordkreuz hatte er bereits zahlreiche wissenschaftliche Artikel verfasst.

Als der Russe sich wieder zu ihm gesellte, hatte er ein seltsames Grinsen im Gesicht. Ein verschmitztes, aber auch zweifelndes. »Sie binden mir Beeren auf, nicht wahr?«, sagte er.

»Sie meinen einen Bären.« Pollenhoff, penibel wie er war, konnte nicht anders, als ihn zu korrigieren. »Bär, verstehen Sie? Man sagt: jemandem einen Bären aufbinden.«

Bukanin schien der Unterschied zwischen Raubtier und Obst relativ egal zu sein. »Wenn die Frau so lange schon tot ist, wie Sie sagen«, meinte er, »wie kommt es dann, dass sie so frech aussieht? Nach so vielen hundert Jahren?«

»Was meinen Sie denn bloß? Niemand weiß, wie sie ausgesehen hat. Da ist doch nur die Inschrift.«

Verschwörerisches Augenzwinkern. »Noch besser als Vladimir Iljitsch in seinem Mausoleum. Viel besser.«

Der Wanderwart schüttelte den Kopf. Was sollte denn das jetzt mit Lenin? Eigentlich schon auf dem Rückweg zum Auto, kehrte er noch mal um und trat näher an das Kreuz heran, wobei seine Schuhe jetzt doch mit einem Schmatzen im lehmigen Boden einsanken. Sah sich das steinerne Ding genau an, obwohl er es genau kannte. In- und auswendig.

»Sie ist einfach zu frech, nicht wahr?«, rief der Russe hinter ihm.

Im selben Moment bemerkte Pollenhoff etwas auf der anderen Seite des mittelalterlichen Relikts, das im Regen glänzte. Haut! Es war ein nackter Unterarm. Ein weiblicher Unterarm. Pollenhoff erstarrte, sein Herz schlug schneller. Er merkte gar nicht, dass der Regen zulegte. Mit der Hand stützte er sich am nassen Sockel ab und beugte sich hinüber, so weit es ging, und versuchte, im Gleichgewicht zu bleiben. Hinter dem Sockel des Mordkreuzes, mit Zweigen und Laub fast zugedeckt, lag eine Frau. Sie war tot. Und sie war eindeutig keine achthundertfünfzig Jahre alt.

Ächzend richtete er sich wieder auf. »Frisch«, sagte er, zog sein Mobiltelefon und wählte die Nummer der Polizei. »Sie meinen, dass sie frisch aussieht.«

2. Kapitel

Niklas de Jong blätterte gern Zeitschriften durch. Gelegenheiten dazu boten sich beim Zahnarzt, beim Frisör oder im Wartebereich der städtischen Behörden. Andere mochten sich die Wartezeit damit vertreiben, mit ihren Daumen über ein Smartphone zu reiben. De Jong bevorzugte die gute alte Illustrierte. Er las so gut wie nichts, sah sich hier und da ein buntes Foto an, aber hauptsächlich blätterte er um – vielleicht auch nur um des angenehm kühlen Luftzugs willen, den man sich dabei ins Gesicht fächeln konnte. Trotzdem musste er wohl hin und wieder zu langsam geblättert und irgendwo eine skurrile Geschichte gelesen haben, die ihm immer mal wieder im Kopf herumspukte: Sie handelte davon, dass jemand Besuch vom Tod bekam. Natürlich wusste der Mann, dass der Tod, wenn er eines Tages klingelte, nicht zum Plaudern kam. Aber er weigerte sich einfach mitzugehen. Weit davon entfernt, sich grundsätzlich zu weigern, verwies er nachdrücklich darauf, dass er dringend noch etliche Dinge zu Ende bringen müsse. Wichtige Dinge. Wenn er das nicht könne, dann sei klar, wer das zu verantworten habe und er werde sich später, beim Jüngsten Gericht, nicht vorwerfen lassen, dass seine Existenz sinnlos gewesen sei; schließlich könne er dann ja nichts dafür, dass er Dinge nur angefangen, nicht aber zu Ende gebracht habe.

Also gut. Der Tod war ja kein Unmensch, und dumm war er schon gar nicht. Sein Image war ihm ganz und gar nicht gleichgültig. Also einigten die beiden sich am Ende auf einen Kompromiss: Von jetzt an würde der Tod jeden Tag auf der Matte stehen, jeden Morgen um die gleiche Zeit. Und jedes Mal würde er verlangen, den Grund zu erfahren, warum der Mann diesen neuen Tag zum Leben brauche. Immer wieder, jeden Morgen. Wenn der Mann nur ein einziges Mal um die Antwort auf diese Frage verlegen sein würde, wäre er des Todes.

De Jong stellte sich seitdem oft zwei Fragen: Wenn das bei mir auch so wäre, würde ich überhaupt noch leben? Und wenn nicht, wie alt wäre ich wohl geworden?

Vielleicht war es ein Fehler gewesen, den Dienst bei der Kripo zu quittieren. Nicht dass er den Job geliebt hätte. Aber im Hinblick auf den Tod und seine tägliche Frage hätte er seine Vorteile. Klar, du weißt doch, die Arbeit ruft wie immer, könnte er der Gestalt im schwarzen Umhang mit dem Totenkopf zuzischen, wenn sie ihm morgens im Treppenhaus entgegenkam. Und wenn die sich beschwerte, was denn das für eine Antwort sei, würde er mit einem kurzen Blick auf die Uhr sagen: Du, das tut mir leid, aber ich bin wieder mal total spät dran. Lass uns morgen darüber reden – versprochen, ja?

Seit Giulia nicht mehr mit ihm zusammen war, wollte er nicht mehr bei der Kripo sein, so einfach war das. Was das eine mit dem anderen zu tun hatte, konnte er nicht sagen. Hin und wieder telefonierten sie miteinander, und so war er auf dem Laufenden, dass ihr Derzeitiger ein richtiger Mr. Perfect war. Was Aussehen, Alter, Einkommen und Männlichkeit anging. Er war so vollkommen, dass es de Jong in seiner jetzigen Lebensphase unbedingt für klug hielt, jeden Vergleich mit ihm zu scheuen.

Eugen Küppers, sein Exkollege, hatte ihn jedenfalls aufgefordert, froh zu sein, dass er die Akte Giulia endlich geschlossen habe. Zudem legte er ihm die Online-Partnersuche ans Herz. Ausgerechnet er, der von Online-Geschichten weniger Ahnung hatte als alle Digital-Muffel, die de Jong kannte. Küppers war richtig gut darin, andere zu beneiden und ihnen damit das Gefühl zu geben, das große Los gezogen zu haben. »Das ist genau das Richtige für dich und total einfach«, hatte er geschwärmt. »Du gibst deine Daten ein, stellst ein Bild ins Netz und schon stehst du als Bewerber im Katalog. Brauchst nicht mehr mühsam zu baggern und kannst seelenruhig warten, bis eine anruft.«

De Jong war das nicht geheuer. Und trotzdem hatte er sich eines Tages dann doch breitschlagen lassen. Er hatte ein Nutzerkonto angelegt, Name, Vorname, E-Mail-Adresse und Alter eingegeben. Dann ein Profilbild hochgeladen.

Erzähl etwas über dich, quengelte der Computer. *Die Partnerinnen, die mit dir in Kontakt treten möchten, würden gern mehr über dich erfahren. Was machst du gerade? Was sind deine Hobbys, deine Vorlieben? Deine schönsten Erinnerungen?* De Jong hatte umgehend geantwortet und auf *Enter* gedrückt. Seitdem war auf seinem Profil unter dem Stichwort *Vorlieben und Hobbys* Folgendes zu lesen:

Welche Partnerinnen wären denn das? Würde es Ihnen etwas ausmachen, mir ihre Namen und Adressen zukommen zu lassen? Vielen Dank.

Heute war einer der ersten schönen Abende im Jahr, ein schöner früher Abend, so gegen neun, Anfang April. Am Tag hatte eine vorsichtige Sonne geschienen, zu kaltem Wind und einer Ahnung von Regen, der dann doch nicht niederging, aber das Boot feucht und muffig riechen ließ. Sein Boot, das war de Jongs Zuhause. Früher ein Provisorium, hatte er sich über die Jahre an das Hausboot gewöhnt und es schließlich gekauft, obwohl ihm viele davon abgeraten hatten. Es hieß *Altes Mädchen* und lag auf dem Dortmund-Ems-Kanal etwa auf der Höhe Warendorfer Straße vor Anker. Als de Jong, in eine dicke Jacke gehüllt, von Bord ging, bürstete eine steile Brise über die Wasseroberfläche und ließ das Boot sanft schaukeln.

Der Exkommissar machte sich auf dem Weg zu Thiemo Ritschek, seinem neuen Agenten. Eigentlich war die Literatur auch so ein Kapitel, das hinter ihm lag, trotzdem wollte er noch nicht ganz von ihr lassen. Vielleicht deshalb, weil man in seinem Alter nicht mehr leichtfertig Kapitel beendete, was wiederum schriftstellerisch gesehen zum Problem wurde. Ritschek, ein junger Spund mit Kontakten zu Verlagen und Filmproduzenten gleichermaßen, hatte ihn darin bestärkt, nicht aufzugeben.

»Klar, kein Wunder, dass Krimis nicht laufen, von denen gibt's auch viel zu viele. Wenn ich dir einen heißen Tipp geben darf, versuch's mit Mittelalterkochbüchern.«

»Mittelalterkochbücher?«

»Rezepte, die man zur Zeit der Ritter, Zauberer und Königstöchter zubereitet hat. Drachenblut, Rittergelage und Liebestränke. Die gleichen Zutaten, alles echt. Frauen stehen drauf.«

»Und Männer?«

»Vergiss die Männer. Der Leser ist weiblich«, sagte Thiemo mehr als einmal. »Nenn mich ruhig sexistisch, aber männliche Leser sind als statistische Größe schlichtweg irrelevant.«

De Jong hatte aber keine Lust auf mittelalterliches Kochen. Und dieses Mal hatte Ritschek orakelt, dass es gar nicht um Bücher gehe. Sondern um Fernsehen und ob de Jong vielleicht Interesse habe. Klar hatte er.

De Jong war an Land gegangen, tat ein paar Schritte und blieb noch einmal stehen. Atmete ein und wieder aus. Was die Luft anging, war der Frühling schon da, Regen hin oder her. Daran hatten fraglos auch die Restaurants, die ihre Türen öffneten und Stühle und Tische nach draußen stellten, ihren Anteil.

Er beobachtete einen grellroten Sportwagen, der in eine Parklücke einscherte. Eine Frau, in einem auffälligen und irritierenden Kontrast zu ihrem Auto ganz in hautenges Lila gekleidet, stieg aus und verschwand in der Bar gegenüber. Sekunden später umringten ein paar Jugendliche den Wagen und nahmen ihn neidisch in Augenschein.

»Tach, Herr Kommissar. So spät noch unterwegs?«

De Jong drehte sich um. Hinter ihm stand Herr Reikart, ein Nachbar – in gewisser Weise. Streng genommen war er gar keiner, denn er wohnte schon einige Häuserblocks entfernt. Aber de Jong traf ihn gelegentlich, wenn der Mann seinen Hund Gassi führte. Reikart war Rentner, hatte ein runzliges, zerfurchtes Gesicht, in den ein viel zu breiter Mund gerade noch hineinpasste, was de Jong immer an den späten Udo Lindenberg erinnerte, dasselbe verbrauchte Gesicht, allerdings ohne Schlapphut und coole Sonnenbrille. Normalerweise redeten sie nie, sondern nickten nur eine wortlose Begrüßung.

»Kommissar trifft leider nicht mehr zu«, widersprach de Jong.

Reikart deutete auf seinen Hund, ein sabberndes, schwarz-weiß-braun geschecktes, wurstförmiges Wesen. »Sie kennen ja Kennedy.«

»Kann man eigentlich nicht sagen«, stellte de Jong richtig.

Der Hund wedelte mit dem Schwanz und schnüffelte an de Jongs Hosenbein.

»Jemand will ihn ermorden. Abmurksen – jawohl, Sie hören ganz richtig. Und weil Sie ja Polizist sind …«

»Waren.«

»… dachte ich, Sie können mir da vielleicht helfen.«

Die Frau hatte die Bar wieder verlassen und näherte sich ihrem Luxusgefährt. De Jong nahm zur Kenntnis, dass sie sehr attraktiv war.

»… eindeutig ein Mordversuch«, erzählte Reikart indessen.

»Nein!«, staunte de Jong und konnte am vorwurfsvollen Blick des Alten ablesen, dass dieses Nein viel zu amüsiert klang.

»Das ist nicht komisch. Jemand wollte ihn überfahren. Er ist mir auf dem Spaziergang die ganze Zeit gefolgt. Dann wollte ich die Straße überqueren, und er hat Gas gegeben. Ich konnte den Hund gerade noch an der Leine zurückziehen.«

»Aber warum sollte denn jemand den Hund überfahren wollen?«

»Was weiß denn ich? Das herauszufinden wäre ja Ihre Sache.«

Die gescheckte Wurst umklammerte jetzt mit den kurzen Vorderpfoten de Jongs Bein und versuchte, sich daran zu reiben.

»Aus!«, befahl Reikart, aber die Wurst gehorchte nicht.

De Jong schüttelte sie ab.

»Was halten Sie davon?«, fragte Reikart. »So von Nachbar zu Nachbar.«

Hunde waren nicht de Jongs Fall. Giulias damals schon eher, sie hatte sich zeitweise sogar einen gewünscht, ein oder zwei Mal hatten sie deswegen gestritten, besonders in der Phase, in der man regelmäßig stritt und aus jeder Mücke einen Elefanten machte. Also sagte er: »Erstens bin ich nicht der Richtige für so was. Sie brauchen jemanden, der auf Hunde spezialisiert ist. Und zweitens sprechen wir da gar nicht von Mord.«

»Nicht? Von was sprechen wir denn dann, bitteschön?«

»Also ich, eh …« Für einen Moment war de Jong ratlos. »Rechtlich gesehen gibt es lediglich den Straftatbestand der Tierquälerei. Aber davon kann bei Überfahren ja nicht die Rede sein. Und bei dem Versuch schon gar nicht.«

»Wovon denn?«, beharrte der alte Mann.

»Sachbeschädigung würde ich sagen. Also versuchte Sachbeschädigung, genau genommen.«

»Das meinen Sie doch nicht ernst.«

»Leider doch.«

Reikarts Mund stand offen, während er de Jong fassungslos anstarrte. Dann schüttelte er den Kopf, zerrte an der Leine und setzte, immer noch kopfschüttelnd, seinen Weg fort.

Er sah dem Alten nach. Was, dachte de Jong, erwartete er von ihm? Dass er die Hunde in der Nachbarschaft befragte, ob sie was Ungewöhnliches beobachtet hatten?

Sein Blick kehrte zum Sportwagen zurück. Die drei Jungs waren auch noch da und unterhielten sich mit der Frau in Lila. Nein, vielleicht war Unterhaltung der falsche Ausdruck. Je länger de Jong hinsah, desto mehr bekam er den Eindruck, dass die Frau null Interesse an einer Unterhaltung mit ihnen hatte. Und dass die drei sie belästigten. Also überquerte er die Straße und schlenderte hinüber.

»Sie lassen mich jetzt sofort einsteigen«, verlangte die Frau in Lila.

»Klar, aber nicht so schnell.« Der Kerl, der ihr den Weg zur Fahrertür verstellte, war höchstens zwanzig, Typ mit Steroiden vollgepumpter Bodybuilder à la Schwarzenegger. Sie reichte ihm gerade bis zum Kinn.

»Ich möchte jetzt gern losfahren.«

»Hast du dir mal überlegt, was du mit deiner Luxuskutsche so anrichtest?«, fragte Schwarzeneggers Kumpel, ein übergewichtiger Zwerg mit Glatze. »Für die Umwelt, meine ich.«

»Und die Welt überhaupt. Und das Klima.« Der Dritte, schmächtig mit einer spiegelnden Sonnenbrille auf der Nase, trotz der Dunkelheit. »Das geht alles vor die Hunde.«

»Bitte, lassen Sie mich in mein Auto!«

»Das ist alles, was du dazu zu sagen hast? Lassen Sie mich in mein Auto? Du verpestest unsere Luft, Lady.«

»Das können wir nicht zulassen.«

»Auf keinen Fall. So gern wir bei Ihnen auch eine Ausnahme machen würden.«

»Wir sind die AKP«, erklärte der Typ mit der Sonnenbrille. »Antikraftfahrerpartei.«

»Schon mal von gehört?«

»Nein.«

»Bestimmt hast du. Du fährst so einen Klimakiller und willst uns weismachen …«

De Jong machte sich keine Illusion, was seine Chancen anging, körperlich mit den Jungs mitzuhalten. Trotzdem entschloss er sich einzugreifen und warf sich dazu in eine möglichst Autorität gebietende Haltung. »Fahrradpolizei Münster«, sagte er und hielt seinen Schlüsselanhänger in die Höhe – die Nachbildung einer US-amerikanischen Polizeimarke, ein uraltes Wichtelgeschenk aus seiner aktiven Kripozeit. »Darf ich erfahren, was hier passiert?«

Der Bodybuilder winkte ab. »Wir machen das schon. AKP Münster. Also zisch ab, Opa.«

»Und tschüss!«, bekräftigte der Dicke.

Aber de Jong zischte nicht ab. Er blieb und nickte anerkennend in die Runde der Halbstarken. »Ihr solltet nicht denken, dass wir euer Engagement für die gute Sache nicht zu schätzen wüssten«, lobte er. »Das ist eine Fahrradstadt, und die hat einen Ruf zu verteidigen.«

»Und wie«, sagte Schwarzenegger. Seine Kumpels nickten beifällig.

»Sehr schön.« De Jong schlenderte zu den Fahrrädern, die die Aktivisten am Straßenrand abgestellt hatten. »Das sind euere?«

»Klar«, bestätigte der mit der Sonnenbrille. »Denken Sie, wir wären mit dem Auto unterwegs oder was?«

»Sehen Sie mal hier«, sagte de Jong. »Die Bremse ist defekt. Und dieses Rad«, er berührte das nächste, »besitzt überhaupt keine Lichtanlage. Wenn Sie damit fahren, ist das eine Ordnungswidrigkeit und kostet Sie …«

»Schon gut!« Schwarzenegger hob beschwichtigend die Hände. »Wir hauen ja ab, okay. Machen Sie hier weiter.« Die drei begaben sich zu ihren Fahrrädern.

»Moment«, sagte de Jong. »Da wäre noch die Frage, wie Sie abhauen. Und ob Sie Alkohol getrunken haben. Mein Vorschlag: Sie schieben nach Hause und ich betrachte die Angelegenheit als erledigt.«

Der Anabolika-Kleiderschrank drehte sich zu ihm um und reckte drohend seine monströsen Schultern nach vorn. »Wir sprechen uns noch.«

»Gern«, versprach de Jong. »Schicken Sie mir eine SMS.«

Sobald die drei Kerle den Rückzug angetreten hatten, sah er die Frau an. Sie stand da mit dem Autoschlüssel in der Hand und musterte ihn mit einem Blick, den er nicht zu deuten vermochte.

»Jetzt sagen Sie bloß, das waren Freunde von Ihnen«, sagte er.

Endlich lächelte sie. »Danke für den geistesgegenwärtigen Auftritt. Sind Sie wirklich von der Polizei?«

»Nein. Aber ich war es mal. Niklas de Jong.«

»Ellie Uhlenbrock. Ich würde Sie gern zu etwas einladen. Was halten Sie davon?«

3. Kapitel

Etwa zwanzig Minuten später saßen sie im *Kreuz des Südens,* einer für de Jongs Verhältnisse etwas zu neuen und zu gediegenen Kneipe mit handverlesenen Spezialitäten aus aller Welt. Immerhin gab es kein Gedrängel, und man musste sich auch nicht die Stimme ruinieren, wenn man ein bisschen plaudern wollte. Per SMS sagte er das Treffen mit Thiemo wegen eines Notfalls kurzerhand ab und bestellte ein Bier. Frau Uhlenbrock nahm einen nichtalkoholischen Cocktail.

»Uhlenbrock«, meinte de Jong, »den Namen habe ich, glaube ich, schon mal gehört.«

Sie nickte. »Sehr wahrscheinlich. Die Uhlenbrocks sind sozusagen alter Handorfer Adel. Schwerreich und alteingesessen. Walther Richard Uhlenbrock, mein Vater, regierte ein regelrechtes Firmenimperium.«

»Er regierte? Also wurde er abgesetzt?«

»Abberufen würde ich sagen. Er ist vor zwei Jahren verstorben.« Frau Uhlenbrock stocherte mit einer grün schimmernden Plastikgabel in ihrem Cocktail, spießte eine Kirsche auf und betrachtete sie.

»Das tut mir leid«, sagte de Jong.

»Danke.« Sie lächelte, was de Jong so sympathisch fand, dass er sich vornahm, ihr möglichst oft Anlass dazu zu geben.

»Da hat sich die Radfahrergang ja die Richtige ausgeguckt.«

Ellie fixierte ihn neugierig. »Sie waren also tatsächlich bei der Polizei?«

»Kripo«, sagte er. »Mordkommission. Aber das ist vorbei.« Er grinste. »Nur, wie Sie sehen: einmal Bulle, immer Bulle.«

Sie redeten eine Weile, während Ellie Uhlenbrock immer wieder an ihrem Cocktail nippte. Und de Jong fühlte in sich die Hoffnung aufkeimen, mit dieser zufälligen Echtzeit-Bekanntschaft vielleicht um die Online-Partnersuche herumzukommen. Es doch noch mal offline zu schaffen, auf die gute, alte Art und Weise, im Hier und Jetzt. Sie erzählte indessen von ihrer Familie, dass sie mehrere Firmen ihr Eigen nenne, darunter ein Online-Büro für Eventreisen und eine Dating-Agentur. Und vom Sorgenkind der Familie.

»Ein Sorgenkind?«, hakte de Jong, ebenso verwundert wie neugierig, nach.

»Hagen, mein jüngerer Bruder«, sagte sie und Sorgenfalten kräuselten ihre Stirn. »Seit seinem Unfall hat er sich sehr verändert. Eine tragische Sache.«

»Was ist denn passiert?«

»Er ist mit dem Golfwagen verunglückt. Auf dem Golfplatz. Der Hügel war zu steil, er hat sich verschätzt. Und dann ist es passiert: Er ist herausgefallen und der Wagen hat ihn überrollt.«

De Jong wartete, dass sie fortfuhr, und legte vorsichtshalber auch seine Stirn in Falten.

»Zunächst war es nur eine besonders schwere Gehirnerschütterung. Wir alle atmeten auf. Hagen erholte sich schnell. Erst nach zwei Wochen wurde uns allmählich klar, dass von Erholung keine Rede sein konnte. Er erzählte allen, dass ihm ein Licht erschienen sei.«

»Ein Licht?«

»Außerdem fing er an, die Heilige Schrift zu zitieren, dass ein Kamel niemals durch ein Nadelöhr käme. Und dass er beabsichtige, allen weltlichen Gütern zu entsagen.«

»Nein!«, staunte de Jong, und es klang wohl ähnlich amüsiert wie bei Reikart. Nur dass sie es nicht bemerkte.

»Es handelt sich um eine besonders seltene Form der religiösen Schizophrenie, die therapeutisch gesehen noch wenig erschlossen ist.«

De Jong nutzte den Augenblick betretenen Schweigens, um sich noch ein Bier zu bestellen.

»Ich habe ihm zugeredet. Ihn beschworen, er solle sich klarmachen, was es für die Familie, für uns alle bedeutet, wenn er unsere Reichtümer an die Armen verschenkt. Wir reden von 52 Prozent Anteilen am Reisebüro und 61 Prozent bei der Dating-Agentur. Die will er verkaufen und den Erlös für gemeinnützige Projekte spenden.«

»Das kann er so einfach?«, wunderte sich de Jong erneut.

»Papa hat das damals so entschieden. Er glaubte, dass von uns beiden Geschwistern Hagen eher der Mann fürs Geschäftemachen sei. Und das war er auch, jedenfalls bis zu seinem Unfall.«

»Aber jetzt hat er sein christliches Gewissen entdeckt.«

»Na ja, christliches Gewissen.« Frau Uhlenbrock schien den Begriff für unangebracht zu halten. »Wenn er die Firmen verscherbelt, ist meine Alterssicherung in Gefahr, verstehen Sie? Nicht nur das, der gesamte Lebensstandard. Und nicht nur meiner, sondern der meiner Mutter und meiner Schwester und ihrer Familie.«

Wieder schwiegen sie eine Weile. De Jong erwog, das Thema zu wechseln, zum Beispiel davon zu erzählen, dass man gerade heute versucht hatte, ihn als Ermittler in einem Fall von versuchtem Mord an einem Hund zu gewinnen, aber das erschien ihm irgendwie unpassend, zu trivial, und er fürchtete, dass sie das herzlos und unsensibel finden könnte. Und dass er damit seine Chancen bei ihr, falls überhaupt welche bestanden, ziemlich leichtfertig verspielen könnte. Ziemlich sicher würden die Pluspunkte, die er durch sein mutiges Eingreifen gesammelt hatte, dahin sein. Ehe er sich's versah, hatte sich die heitere, kleine Plauderei in eine traurige Sackgasse verirrt, und die Frau aus der High Society saß ihm mir nichts dir nichts als ein von wirtschaftlicher Not bedrohtes Wesen gegenüber. Beide runzelten die Stirn um die Wette.

»Tja«, versuchte de Jong ihr Mut zu machen, »sicher haben Sie sich an einen Arzt gewandt, der sich auf solche Fälle versteht?«

»Dr. Melchior.« Sie nickte. »Ein sehr kompetenter Mann. Er sagt, das Franziskus-Syndrom greife in den letzten Jahren immer weiter um sich. Es sei ein regelrechter Trend.«

»Franziskus – wie der Papst?«

Sie nickte. »Es liegt an der Schere zwischen Arm und Reich, verstehen Sie? Die geht immer weiter auf. Auch bei den Reichen gibt es Leute, die mit diesem Druck nicht klarkommen. Und dann …«

De Jong nickte. Er verstand: »Das Franziskus-Syndrom.«

»Besonders gefährdet sind Menschen, auf denen tonnenschwer Verantwortung lastet.«

»Oder millionenschwer ein Vermögen.«

»Genau das. Nur dass bisher noch keine wirksame Therapie bekannt ist.«

»Immerhin«, versuchte de Jong sie jetzt doch aufzumuntern, »kann man doch kaum von jemandem ohne Einschränkung sagen, dass er ein guter Mensch ist, nicht wahr? Von ihm schon.«

Ellie Uhlenbrock nickte, sah aber skeptisch drein. So als wollte sie sagen: Du hast leicht reden, musst ja nicht mit einem guten Menschen zusammenleben. »Was halten Sie davon, wenn wir zahlen?«

Sie standen auf, gingen zum Tresen und beglichen ihre Rechnung. »Also, wenn ich irgendwie helfen kann«, sagte der Exkommissar vage, als sie sich verabschiedeten, ohne eine Ahnung zu haben, wie seine Hilfe aussehen könnte. Er überreichte ihr eine von den Visitenkarten, die ihm sein Freund Eugen Küppers zum Geburtstag geschenkt hatte. »Rufen Sie mich an.«

Ellie schenkte ihm ein dankbares Lächeln und ließ die Karte in ihre Handtasche gleiten. Sie sah nicht sehr interessiert aus. Dann stieg sie in ihren Sportwagen, winkte noch einmal und fuhr davon.

4. Kapitel

Es war so gegen halb zehn am nächsten Morgen, als jemand an Bord kam. De Jong befand sich noch im Badezimmer. In der Küche lief der Kaffee durch.

»Jemand zu Hause?«, tönte es. »Ich hab Brötchen mitgebracht.«

Immerhin war es nicht der Tod, sondern Eugen Küppers. Früher, als de Jong noch bei der Kripo gewesen war, hatten die beiden eng zusammengearbeitet. Und nachdem de Jong den Dienst quittiert hatte, hatte es sein Freund auch nicht mehr lange bei der Mordkommission ausgehalten.

Küppers war nur wenig jünger als de Jong, allerdings sportlicher, so dass er insgesamt viel jünger wirkte. Fitter. Er aß für sein Leben gern, und seine sportlichen Aktivitäten waren hauptsächlich Maßnahmen gegen sein Übergewicht, das sich, wenn schon nicht verhindern, so doch immerhin aufhalten ließ. Küppers rundes Gesicht wirkte künstlich gebräunt. Er tönte sein Haar und hatte sich Tattoos stechen lassen, behauptete, seine Partnerin stehe darauf. Dabei wollte er sich nur Optionen offenhalten, wie de Jong vermutete.

Er trat auf das Achterdeck hinaus, da stand sein Exkollege im morgendlichen Sonnenlicht, mit einer Papiertüte in der Hand. »Es gibt Neuigkeiten!«, verkündete er.

»Setz dich doch«, sagte de Jong. »Ich ziehe mich eben zu Ende an. Dann gibt's Kaffee. Kannst ja schon mal den Tisch decken.«

Als er etwa zehn Minuten später ins Freie trat, erwartete ihn Küppers an einem Frühstückstisch mit allem Drum und Dran.

»Hey, du weißt gar nicht, wie gut du es hast«, sagte Küppers neidisch. »Dieses Boot hier, das ist die reinste Idylle.«

»Nur wenn die Sonne scheint«, dämpfte de Jong seine Begeisterung. »Sobald es regnet, tropft es durch das Dach. Und die Heizung blubbert nur, anstatt zu wärmen.«

»Okay, mach mir ein Angebot. Ich nehm das Boot.«

»Kannst du vergessen«, sagte de Jong.

Küppers war nicht der Typ, der gut zuhören konnte. Das war nicht seine Stärke, er redete lieber. Aber weil de Jong, wie er selbst vermutete, ein guter Zuhörer war, ergaben sie beide eben ein so gutes Team. Wie und wem sollte man denn zuhören, wenn keiner redete?

»Ich bin wieder dabei«, erzählte Küppers mit einem gewissen Stolz in der Stimme.

»Wobei?«

»Na, wo wohl: bei der Firma.« Er grinste.

»Das sind allerdings Neuigkeiten: du bei der Mafia.«

»Quatsch, ich spreche von unserem alten Laden. Der Chef braucht dringend Leute. Sie haben ohne Ende Fälle zu lösen, aber kein Personal. Und da bin ich. Teilzeitmäßig.«

»Gratuliere.«

»Abteilung *Cold Cases*. Und du bekommst es nicht nur mit Fahrraddiebstählen oder Falschparken zu tun. Das auch, ja. Aber Mordfälle sind auch dabei, wirklich interessante. Momentan habe ich sogar eine Serie, meint jedenfalls der Doktor.«

»Welcher Doktor?«

»Unser neuer Chef. Armin Selters. Alle nennen ihn Dr. Seltsam.«

»Dr. Seltsam, wie in dem Film?« De Jong konzentrierte sich auf seine Brötchenhälfte, für die er noch die passende Marmelade suchte.

Küppers war kein Cineast. »Welcher Film?«

»Ist ja auch egal.«

»Aber wäre das nicht auch was für dich?«, fragte Küppers mit vollem Mund.

»Was denn?«

»Wieder einzusteigen. Zu den Guten zu gehören. Auf der Seite von Recht und Ordnung stehen. Klingt das nicht verlockend?«

»Vielleicht«, gab de Jong zu. »Aber momentan habe ich keine Zeit.«

»Du und keine Zeit.« Küppers schien das für einen platten Witz zu halten, was de Jong ein bisschen ärgerte.

»Vielleicht gehe ich zum Fernsehen.«

»Nein!«

»Doch. Eine Literatursendung. Mein Agent hat das aufgetan.«

»Dein Agent?« Das klang jetzt nicht mal mehr neidisch, sondern eher unverhohlen spöttisch.

»Allerdings. Glaubst du mir etwa nicht? Ich treffe ihn übrigens heute«, behauptete de Jong, weil Küppers immer noch grinste, als nähme er ihm das nicht ab.

Nachdem sein Exkollege wieder weg war, versuchte er Ritschek zu erreichen, aber das war gar nicht so leicht. De Jong schaffte es schließlich doch, ließ eine kurze Gardinenpredigt über sich ergehen, dass der Agent schließlich einen eng getakteten Zeitplan habe und man deshalb nicht einfach so aus einem fadenscheinigen und angeblichen Notfall heraus einen Termin absagen und dann erwarten könne, dass sofort ein zweiter zur Hand sei.

»Angeblicher Notfall – das hast du gesagt«, erhob de Jong vage Einspruch.

»Also gut. Wie wär's um eins, im *KFR*.«

»Wo?«

»*Kentucky Fried Chicken*. Da ess ich zu Mittag. Und kurz vorher bin ich in der Nähe verabredet.«

»Klingt gut«, sagte de Jong, obwohl er kein Fan von gebratenen Hähnchen war.

»Und sei bloß pünktlich.«

* * *

»Also, dann erzähl mal«, sagte de Jong um zwanzig nach eins. Er war pünktlich gewesen, obwohl das Fastfood-Restaurant nicht gerade zentral gelegen war. Aber um die Mittagszeit herrschte reger Betrieb. Touristen, Schulklassen, Studierende – Junkfood-Abhängige jeden

Alters drängelten sich an den Kassen. Und Thiemo Ritschek hatte für seine Pommes lange anstehen müssen.

De Jong hatte ihn etwa ein Jahr zuvor auf einer Lesung kennengelernt, die außer wenigen anderen auch Ritschek besucht und der anschließend nach etlichen Bier behauptet hatte, er könne de Jong ganz groß rausbringen. Dass dies bis heute nicht geschehen war, mochte damit zu tun haben, dass Thiemo in der Literaturszene nicht wirklich zu Hause war. Bis vor einem halben Jahr hatte er noch in der Schadensabteilung einer Kfz-Versicherung sachbearbeitet. Ritschek war achtunddreißig, sein Teint glich dem Bräunungsgrad von Küppers, nur hatte der Literaturagent darüber hinaus silberne Ohrringe, die hin und wieder aufblitzten, was ihn irgendwie kreativ aussehen ließ. Er bezeichnete sich selbst gern als lebens- und abenteuerhungrig, lebte in einer kinderlosen Beziehung und liebte Urlaube der besonderen Art. Vor zwei Jahren hatte er das Schlachtfeld von Stalingrad besichtigt, Hiroshima hatte er schon lange abgehakt und dieses Jahr war Tschernobyl dran.

»Ist dir *Super Nova TV* ein Begriff?«, erkundigte er sich und quetschte das dritte Tütchen Mayo über seinen Pommes aus.

»Hat was mit Astronomie zu tun«, vermutete de Jong.

»Ein Newcomer in der Branche, will mit einem neuen Format ins Geschäft kommen. Eigentlich ist es gar nicht neu, in den USA wurde es schon ausprobiert. Eine Show rund um das Buch.«

»Interessant.«

»*Der Große Wurf*. Sie suchen händeringend Mitglieder für die Jury. Da hab ich sofort an dich gedacht.«

»Weil ich noch auf meinen großen Wurf warte, was?«, scherzte de Jong. »Okay, und wofür brauchen sie die Jury?«

»Na ja, es geht um Bücherweitwurf, weißt du? Wer am weitesten wirft und so.«

Der ehemalige Kommissar kicherte amüsiert. »Das ist jetzt nicht dein Ernst.«

Ritschek zog eine Grimasse, sein Kinn glänzte fettig, und er schwenkte eine Pommes, die sich unter der Mayonnaiselast bedenklich zur Seite neigte, wie eine Fackel. »Sehe ich etwa aus, als würde ich scherzen?« Noch bevor de Jong bejahen konnte, fuhr der Agent fort: »Es ist inzwischen klar erwiesen, dass sich die Bücher, die beim *großen Wurf* die ersten Plätze einnehmen, am besten verkaufen. Manche sagen, der Contest beeinflusst die Bestsellerlisten sogar noch stärker als literarische Quartette oder Sendungen, in denen Promis auf stereotype Weise von Büchern behaupten, sie nicht mehr aus der Hand legen zu können.«

»Vielleicht verkaufen sie sich besser, aber sie lesen sich doch nicht«, widersprach de Jong patzig.

»Lesen.« Ritschek saugte geräuschvoll am bunten Strohhalm seiner monströsen Cola und schenkte de Jong einen langen, mitleidigen Blick. »Wer was liest, das interessiert doch keinen. Bücher wollen gekauft werden. Lesen kann man schließlich auch ein geliehenes Buch. Sogar ein geklautes.«

»Und wo ist dann der kulturelle Effekt?«

»Wenn Bücher verkauft werden, entsteht ein Gewinn. Das ist der Effekt. Und der fließt manchmal auch in kulturelle Einrichtungen – Schulen, Krankenhäuser oder

Museen. In caritative Projekte. Na ja, jedenfalls kommt er ihnen irgendwie zugute.«

»Verstehe«, sagte de Jong. »Ich werd's mir überlegen.«

»Das würde ich aber schnell machen«, drängte Ritschek. »Die Jury soll übermorgen stehen. Dienstag um elf ist der Casting-Termin, und eine Woche später wird gedreht. Der Platz ist sehr begehrt. Und ich weiß nicht, wie lange ich ihn für dich freihalten kann.«

»Also gut, dann machen wir's eben.«

* * *

Nach der Besprechung mit dem Agenten gönnte sich der Exkommissar einen Trip nach Handorf. Aus reiner Neugier, nur um einmal einen Blick zu riskieren, wie die Uhlenbrocks so wohnten. Die Adresse hatte er sich vorher schon herausgesucht. Vielleicht ergab es sich ja auch, kurz vorbeizuschauen und auf einen Kaffee hereingebeten zu werden. Sich zu erkundigen, ob sich etwas getan hatte in Sachen Sorgenkind der Familie.

Vom Brathähnchen aus Kentucky bis Handorf war es ganz schön weit zu radeln, zunächst über den Ring um die halbe Innenstadt herum zurück zum *Alten Mädchen* und dann die Warendorfer Straße immer weiter stadtauswärts. Anfangs radelte er gemütlich durch den Frühling. Unterwegs änderte sich das Wetter: Es zog sich zu, dann begann es zu nieseln. Es war Regen der filigransten Sorte, so fein, dass man ihn nur mit einiger Verzögerung bemerkte; als leichten Belag, der sich nahezu unbemerkt auf der Brille ablagerte, nach einigen Fahrradkilometern aber als genauso nass erwies wie ein normaler Platzregen. Mit nur noch wenig Trockenem am Leib bremste de Jong schließlich vor dem Uhlenbrock'schen Anwesen.

Da war aber kein Haus weit und breit, wo er vorbeischneien und sich nach dem Sorgenkind erkundigen konnte. Nur ein riesiger, umzäunter Park, der allerdings nicht öffentlich zugänglich war. Es hörte auf zu regnen, die Sonne setzte sich wieder durch, und der Park sah aus wie ein kleines, behütetes Privatparadies.

De Jong nannte sich selbst einen Idioten, stieg wieder auf sein Rad und kehrte um.

Als etwa eine halbe Stunde später sein Hausboot in Sicht kam, hatte sich die Sonne am Himmel zwar wieder durchgesetzt, es aber nicht geschafft, seine Kleidung unterwegs zu trocknen. De Jong hievte sein Fahrrad an Bord und bemerkte eine Gestalt, die auf dem Stuhl unter dem Regendach auf dem Achterdeck saß und eine Zigarette rauchte. Sie schien auf jemanden zu warten.

Der Exkommissar lehnte das Rad an die Kajütenwand und trat näher. Er erkannte den Mann und spürte ein leicht mulmiges Gefühl im Bauch. Es war Joey.

Er hatte de Jong jetzt auch bemerkt, beugte sich über die Reling und warf die Kippe ins Wasser. »Herr Kommissar«, begrüßte er de Jong.

Man konnte Joey durchaus als Riesen bezeichnen, auch wenn es die eigentlich nur im Märchen gab. Der Stuhl, auf dem er saß, wirkte unter seinem gewaltigen Hintern wie ein zerbrechlicher und zum unweigerlichen Crash verurteilter Fußschemel. Joeys viereckiges, leicht verrutschtes Gesicht ließ filmkundige Betrachter spontan eine Familienähnlichkeit mit Boris Karloff vermuten.

»Hey, Joey«, sagte de Jong, immer noch mit dem mulmigen Gefühl. »Lange nicht gesehen.«

Joey war nicht nur ein Riese, sondern auch das, was man eine verkrachte Existenz nannte: Lange Zeit hatte er als Türsteher für eine Bar namens *Spelunke* am Hafen gearbeitet. Er ließ sich immer wieder in krumme Geschäfte verwickeln, schließlich sogar in einen Mordfall. Hauptkommissar Niklas de Jong hatte damals herausgefunden, dass man Joey reingelegt hatte. Dass er für jemand anderen einfahren sollte. Der Riese musste nicht in den Knast, allerdings bekam er danach im Türstehergewerbe kein Bein mehr auf die Erde. Ein paar Monate arbeitete er als Schnorrer vor dem historischen Rathaus, ließ sich hin und wieder gegen ein Honorar von Schlappschwänzen, die ihrer Freundin Männlichkeit vorgaukeln wollten, zusammenschlagen – für ihn ein zweites Standbein. Was er zurzeit trieb – de Jong hatte keine Ahnung.

Damals hatte Joey zum Dank gelobt, den Kommissar bis an sein Lebensende zu beschützen, beziehungsweise ihm jedenfalls nie ein Haar zu krümmen. Trotzdem, immer wenn de Jong dem Großen gegenüberstand, wurde ihm mulmig.

»Ich bin hier wegen ’nem Freund von mir«, kam Joey ohne Umschweife zur Sache. »Er heißt Theo. Theo Reikart.«

»Reikart«, wunderte sich de Jong. »Woher kennst du den denn?«

»Is ’ne lange Geschichte. Theo is schlimm dran.«

»Willst du was trinken?«, fragte de Jong vorsichtshalber.

»Nee. Man hat dem seinen Hund umgebracht. Überfahren. Da is er nich drüber weggekommen. Hat sich die Kante gegeben. Is hingefallen und ins Krankenhaus.«

»Wann ist das passiert?«

»Heute. Noch nich lange her.« Joey hatte ein Päckchen Zigaretten in der Hand und angelte sich die nächste heraus.

»Ist es schlimm?«

Kopfschütteln. »Halb so schlimm. Er is schon wieder zu Hause. Das Problem is: Theo sagt, dass er keine Lust mehr hat aufzustehen, wozu denn noch, wo seine Frau schon lange tot is und jetzt auch noch Kennedy. Fernsehen will er auch nicht.« Joey erhob sich, der Stuhl ächzte. Das ganze Boot ächzte. »Und er hat gesagt, er hätte Sie gefragt, ob Sie ihm helfen. Und Sie hätten nee gesagt.«

De Jong sah an dem Mann hoch, der ihm gegenüberstand, und hatte plötzlich das ungute Gefühl, sich rechtfertigen zu müssen. »Hör zu«, sagte er, »die Sache ist die: Ich bin gar nicht mehr bei der Kripo, das ist aus und vorbei. Aber selbst wenn ich es noch wäre, dann könnte ich in dem Fall gar nichts machen. Wenn Haustiere zu Tode kommen, ist das nämlich nicht Sache der Kripo. Die ermittelt nur, wenn es Menschen erwischt, verstehst du?«

Joey nickte, während er offenbar versuchte zu verstehen. Es dauerte eine Weile, und als er zu Ende überlegt hatte, sagte er: »Aber Sie sind nicht mehr bei denen.«

»Richtig.« Wieso nur hatte de Jong das ärgerliche Gefühl, er würde sich auf billige Art aus der Affäre ziehen, obwohl davon nun wirklich keine Rede sein konnte?

Der Mann mit dem Boris-Karloff-Gesicht trat ans Heck des *Alten Mädchens* und beugte sich über die Reling, starrte ins Wasser, die Kippe im Mund. De Jong bildete sich ein, dass der Bug jetzt steiler nach oben zeigte, und trat ein oder zwei Schritte zurück, um ein Gegengewicht zu bilden.

»Ich weiß«, sagte Joey, »der Alte nervt, erzählt immer nur von seiner Frau und dass sie tot is. Und wie lange sie zusammen waren. Und dass er nur noch den Köter hatte. Er hat ständig mit ihm geredet. Behauptet, der Hund hätte ihn verstanden. Was überhaupt nicht sein kann. Ich hab mal gelesen, dass Hunde strohdumm sind.«

»Keine Ahnung«, sagte de Jong. »Ich kenne mich da nicht aus.«

»Aber wenn du keinen anderen hast, redest du sogar mit deinem Kühlschrank, is doch so.« Joey drehte sich zu de Jong um und stand eine Weile so da. »Sie wollen ihm also nich helfen?«

»Pass auf«, sagte de Jong, im bemühten Tonfall eines Lehrers, der sich, dem Ende seiner Geduld nahe, an einen abgeschlagenen Nachhilfeschüler wendet, und räusperte sich. »Weißt du noch, damals, als ich das mit dir rausgefunden habe?«

Joey nickte.

»Das war ein klarer Fall von Mord. Ich konnte Leute befragen und Alibis überprüfen. Und so habe ich den Schwindel am Ende aufgedeckt. Und jetzt sag mir mal: Wie soll ich bei einem ermordeten Hund vorgehen? Soll ich Haustiere aus der Nachbarschaft vorladen und sie verhören? Zeugenaussagen bewerten? Wie soll das gehen?«

»Klar«, gab Joey zerknirscht zu. »Das klappt natürlich nich.«

»Genau.« De Jong war nicht stolz auf seine Vorstellung. Ihm war bewusst, dass er Unsinn erzählte. Und dass er schamlos ausnutzte, dass Joey aufgrund seiner beschränkten Auffassungsgabe ihm den ohne Weiteres abnahm.

Aber eben doch nicht so ohne Weiteres. »Sie meinen, dass Sie das nich schaffen?«

»Was schaffen?«

»Den Kerl kriegen. Weil der keinen Menschen abgemurkst hat, sondern nur 'n Köter.«

»Nein, das ist nicht der Punkt«, sagte de Jong.

»Nich?«

De Jong wurde ärgerlich, dass der andere wegen seiner Beschränktheit so auf diesem Punkt herumritt. »Haustiere sind nun mal keine Menschen«, erklärte er ungeduldig. »Da gibt's keine Spurensicherung, keine Mordkommission, kein Sondereinsatzkommando. Gar nichts. Wie soll man da ermitteln?«

Dem Großen leuchtete das nicht ein, er wollte es sich aber nicht anmerken lassen. »Schon klar«, sagte er. »Also bis die Tage dann.« Er stieß sich von der Reling ab und trat den Rückzug an. Ging von Bord. Das Boot entspannte sich wieder.

Dann blieb er doch noch mal stehen. »Ich kapier's einfach nicht«, sagte er. »Der Alte hat sich immer drüber beschwert, dass der Köter stinkt und Mundgeruch hat.

Wenn der einen fahren lässt, dann wünschst du dir, du hättest einen Luftschutzbunker in der Nähe, hat er immer gesagt. Und das ist jetzt vorbei. Was willst du mehr, hab ich ihm gesagt. Aber der Kerl tut so, als wär die Welt untergegangen. Nur weil sein Hund nich mehr die Wohnung verpestet.«

»Schon gut«, sagte de Jong sichtlich genervt. »Ich weiß, was du mir sagen willst. Es ist angekommen.«

* * *

Aber er wusste es noch nicht so richtig. Erst später am Abend, das Wetter hatte sich ja wieder leidlich gemacht und er hatte eine Weile draußen auf der Bank auf dem Achterdeck zugebracht, bis ihm die Mücken zu lästig wurden, kam er noch mal ins Grübeln. Er ging rein und schaltete die Glotze ein. Und nach etwa fünf Minuten Herumzappen wurde ihm klar, dass er gar keine Lust auf Fernsehen hatte. Also schaltete er wieder aus und saß eine geraume Weile vor dem schwarzen Bildschirm.

Stell dir vor, dachte er, du hast so einen Köter an der Backe. Jeden Tag, jede Minute. Da liegt er auf seiner Decke und fängt an zu stinken, sobald es mal draußen regnet. Außerdem wird dir übel von seinem Mundgeruch. Er schnarcht und pupst. Und macht nicht mal seine Kacke selbst weg. Deine Kumpels rufen an, wollen einen draufmachen, aber du kommst nicht mit, weil du den Hund nicht allein lassen kannst. Schöner Mist.

Und dann, von einem Tag auf den anderen, ist der Köter nicht mehr da. Und auch sonst niemand. Die Kumpels rufen wieder an, du könntest jetzt, aber der Durst ist dir vergangen. Du bist ganz schön schräg drauf.

Und eines weiteren Tages fängst du an, mit deinem Kühlschrank zu reden …

Es dauerte aber noch bis zum nächsten Morgen, bis de Jong seine Meinung geändert hatte. Vielleicht hatte er sie auch gar nicht geändert, sondern nur neu ausgerichtet. Jedenfalls beschloss er, den Sonntagvormittag auszunutzen, um Reikart einen Besuch abzustatten. Der Alte wohnte in einem halben Doppelhaus, das aus jeder Pore Siebzigerjahre-Muff ausströmte. Die ehemals weiße Fassade war fleckig, Putz blätterte ab und die Hecke im Vorgarten war schon lange nicht mehr gestutzt worden. Auf dem Weg zur Haustür passierte man ein kleines, rechteckiges Rasenstück mit hässlichen Trittsteinen aus Waschbeton, am Rand ein Blumenbeet. Zwischen den Stiefmütterchen lehnte ein grün angelaufener Gartenzwerg ohne Kopf, der eine Schubkarre hielt.

Der alte Mann öffnete die Tür und taxierte de Jong eine ganze Weile mit zusammengekniffenen Augen. Er schien ganz sicher gehen zu wollen, dass er es nicht mit einem Alien zu tun hatte, der als Mensch getarnt in sein Heim eindringen wollte.

»Ach, Sie«, sagte er dann.

»Joey erzählte, Sie seien gestürzt«, erklärte de Jong anstelle einer Begrüßung. »Ich wollte einfach mal sehen, wie es Ihnen geht.«

»Joey.« Reikart nickte wie jemand, bei dem der Groschen fällt. »Der muss Ihnen nur mal den Kopf zurechtrücken, und schon sind Sie hier.«

»Er hat überhaupt nichts zurechtgerückt«, widersprach der Exkommissar etwas zu energisch. »Aber wo ich jetzt tatsächlich schon mal hier bin, können Sie mir ja auch erzählen, was passiert ist.«

Reikart wich immer noch keinen Millimeter von der Haustür zurück. »Jetzt auf einmal?«, fragte er schnippisch. »Seit wann gibt sich die Kripo denn mit versuchter Sachbeschädigung ab?«

»Ich bin nicht von der Kripo, hab ich Ihnen doch schon gesagt«, sagte de Jong, eine Spur zu barsch, und bemühte sich sofort um einen freundlicheren Ton. »Na schön, tut mir leid, dass ich Sie vorgestern abgefertigt habe. Und für den Hund tut es mir auch leid. Jetzt seien Sie doch nicht so.«

Reikart ließ die Tür aufschwingen und tappte langsam ins Haus hinein, was de Jong als Erlaubnis deutete einzutreten. Er ging in eine halbdunkle Diele, atmete abgestandene Luft. Linker Hand öffnete sich die Küche, rechts eine Art Gästezimmer, daneben befand sich die Toilette, was ein auf der Tür angebrachtes Plastikmännchen, das auf einem Suppentopf saß, anzeigte. Geradeaus das Wohnzimmer. Grob gemustert die Tapete, grob gemustert der Teppich und die Sitzgarnitur. In einem der Sessel Reikart, vor sich auf dem Tisch eine leere Bierflasche und eine halb volle Flasche Korn nebst Schnapsglas.

»Sie merken schon, jetzt wo der Köter nicht mehr da ist, hab ich jede Menge Platz.« Er deutete ein Grinsen lediglich an, als hätte er nur der Form halber einen Scherz gemacht, es aber verdammt ernst gemeint.

De Jong sah sich um. Das Haus bot tatsächlich viel Platz. Zu viel davon. Zimmer im Erdgeschoss, im Obergeschoss, und der Dachboden war möglicherweise auch noch ausgebaut. Im Flur und im Wohnzimmer, an den Wänden und auf dem obligatorischen Klavier fand er gerahmte Fotos: von Reikarts Sohn, als er klein war, und welche, als er groß war. Von seiner Frau, als sie jung war, die beiden an einem Strand eng umschlungen in eine Kamera lächelnd, und Fotos von ihr, als sie alt war. Alles, was sich auf den Regalen und Borden angesammelt hatte, bedeckte eine feine Staubschicht – Bücher, Krüge, Urlaubserinnerungen, Geschenke und Mitbringsel. Man sah ihnen an, dass sie sich seit etlichen Jahren nicht vom Fleck bewegt hatten.

De Jong trat an das breite Fenster und sah der Sonne zu, wie sie hereinschien und Staubkörnchen tanzen ließ. Wäre heute ein trüber Tag ohne Sonne, dachte er, dann wäre es hier wohl kaum auszuhalten. »Wollen Sie mir erzählen, was passiert ist?«

Der alte Mann holte sich erst noch ein Bier. De Jong hätte um diese Zeit noch keins genommen, aber er bekam auch keins angeboten. »Das ist schnell erzählt«, sagte Reikart. »Die Karre kam angerast und hat kein bisschen gebremst. Hat sogar noch Gas gegeben. Kennedy wurde im hohen Bogen durch die Luft geschleudert. Er hatte keine Chance.«

»Ein Unfall?«

»Quatsch! Ich sag doch, der hat Gas gegeben.«

»War der Hund angeleint?«

»Nee, wozu denn? Der kennt die Strecke in- und auswendig. Jeden gottverdammten Tag gehe ich mit dem Hund am Kanal spazieren. Kennedy läuft frei und kommt immer wieder. Aber dieses Mal ...«

»Vorgestern haben Sie aber erzählt, der Hund sei angeleint gewesen.«

»Ja, schon. Weil er hinter einer Katze her war, da hab ich ihn angeleint. Ausnahmsweise.«

»Dieses Mal lief der Hund also frei. Und was passierte dann?«

Reikart schniefte, die Sache ließ ihn offenbar immer noch verzweifeln. »Ich hab das Klatschen gehört. Und ein letztes Jaulen. Grauenhaft, kann ich Ihnen sagen. Und dann hab ich nur die Rückseite von dem Wagen gesehen.«

»Kennzeichen?«

»Nee. Aber es war so eine Luxuskarre, wie sie heute alle haben. Große Räder, fettes Hinterteil.«

»Farbe?«

»Schwarz, glaub ich. So genau weiß ich das nicht mehr, Herr Kommissar.«

»Und Sie führen den Hund immer auf der gleichen Route Gassi?«

»Genau das«, meinte Reikart und goss sich einen Kurzen ein. »Na ja, manchmal auch woanders. Letzten Samstag zum Beispiel, da sind wir in Tilbeck gewesen. Wandern in den Baumbergen, muss auch mal sein. Der Hund braucht das, im Wald rumtoben und so. Hat sich fast eine halbe Stunde nicht blicken lassen.«

»Er war weg?«

»Wie gesagt, er kommt immer wieder. Da gibt's kein Vertun …«

De Jong war durch den Raum gewandert, blieb jetzt vor dem Strandfoto stehen.

»Rita, meine Frau«, erklärte der alte Mann von der Couch aus. »Hat mich leider allein zurückgelassen.

Vier Jahre ist das jetzt her. Tja, und jetzt auch noch der Hund.« Der Mann, der de Jong an den späten Lindenberg erinnerte, schniefte, setzte seine Brille ab und schnäuzte in ein Taschentuch.

»Haben Sie denn irgendeine Vermutung, wer es auf Kennedy abgesehen haben könnte?«, fragte de Jong, um die Schniefer zu übertönen.

»Wollen Sie vielleicht auch ein Bier?«, fragte der Alte.

De Jong sagte ja, obwohl er um diese Zeit eigentlich kein Bier trank.

Reikart ging in die Küche. Es zischte. Dann kam er zurück und drückte de Jong die Flasche in die Hand. »Mein Nachbar«, sagte er, eigentlich war es eher ein Raunen.

»Ihr Nachbar. Was ist mit dem?«

»Er hat was gegen mich. Vor allem gegen den Hund. Hat mich sogar schon verklagt.«

»Weswegen?«

»Wenn ich Kennedy gebürstet habe, draußen im Garten, sind hin und wieder Haare rübergeflogen. Nicht viele, nur ein paar Büschel. Deckstein, mein liebenswürdiger und kleinkarierter Nachbar, so ein schnieker Bänkertyp, hat angeblich Hundeallergie. Das ist doch zum Lachen, oder nicht?«

»Ich weiß nicht«, sagte de Jong.

»Er wollte Schmerzensgeld. Und mir gerichtlich verbieten, meinen Hund zu bürsten, stellen Sie sich das mal vor. Und dann kam er damit, dass Kennedy sich auch nicht mehr schütteln dürfe, und wenn doch, dann nur an Tagen, an denen der Wind in die andere Richtung weht.«

»Hat er das wirklich ernst gemeint?«

»Todernst. Ist aber damit gescheitert.« Reikart kam zu de Jong herüber, warf einen Blick auf das Strandfoto. »So, jetzt sind Sie dran«, sagte er.

»Na ja«, meinte de Jong, »so eine Streitigkeit taugt nur bedingt als Mordmotiv, meinen Sie nicht?«

»Folgendes hat Deckstein gesagt. Ich weiß nicht mehr wann, aber er hat es gesagt: ›Passen Sie auf Ihren verdammten Köter auf, sonst können Sie ihn eines Tages im Plastiksack bei mir abholen.‹ Sinngemäß jedenfalls.« Der Alte nickte düster und fuchtelte mit dem Zeigefinger. »So viel zum Thema Mordmotiv.«

»Haben Sie das Auto wiedererkannt?«

»Welches Auto?«

»Das Tatfahrzeug. Ist es das Ihres Nachbarn gewesen?«

Achselzucken. »Ich hab doch keine Ahnung, was der für eine Karre fährt. Interessiert mich auch nicht.«

»Okay«, sagte de Jong, »das sind ja nicht gerade viele Anhaltspunkte. Aber ich werde mal sehen, was ich herausbekommen kann.« Er ging durch die düstere Diele zur Haustür.

Der späte Lindenberg kam hinterhergeschlurft. »Finden Sie den Kerl, der Kennedy auf dem Gewissen hat.«

»Kopf hoch«, sagte de Jong.

»Warum hat er nicht mich über den Haufen gefahren? Ehrlich. Wäre besser gewesen. Was soll ich denn hier noch?«

Wieso, dachte de Jong, sollte ausgerechnet er eine Antwort darauf wissen? Er sagte aber: »Das wird schon wieder.«

5. Kapitel

Worauf hatte er sich da eingelassen? Ein wurstförmiges, kläffendes Haustier wird überfahren, tatverdächtig ist ein Nachbar des Besitzers, Tatmotiv: Belästigung durch umherfliegende Hundehaare. Das war der Stoff, aus dem die wahrhaft großen Kriminalfälle gestrickt sind. Anders herum betrachtet, dachte de Jong mit einem schiefen Grinsen, warf der Fall eine Frage auf, über die sich ein großer Teil der Menschheit seit Jahrzehnten bis zum heutigen Tag den Kopf zerbrach: Wer ermordete Kennedy?

Na ja, überlegte er dann aber, Menschen wurden wegen noch ganz anderer Kleinigkeiten umgebracht.

Sie meinen, dass Sie das nich schaffen? Weil er keinen Menschen abgemurkst hat, sondern nur 'n Köter.

Ob er das schaffen konnte, darum ging's doch gar nicht. Joey war nur nicht helle genug, um den Unterschied zu begreifen. Und für Reikart gab es überhaupt keinen. Falls es allerdings stimmte, was der Alte erzählt hatte, dann schien es sich schon mal nicht um einen banalen Unfall zu handeln. Dass jemand schlicht und einfach vergessen hatte, die Bremse zu betätigen. Der Fall war komplizierter. Jemand war Reikart nachgefahren, hatte ihn ausgespäht und den entscheidenden Augenblick abgepasst, an dem er den Köter auf jeden Fall erwischte. Eine vorsätzliche Tat also.

Nicht zu fassen, er suchte tatsächlich einen Hundemörder, dachte de Jong. Und was würde er machen, wenn er ihn fand? Würde er ihn anklagen wegen vorsätzlicher Sachbeschädigung? Dafür sorgen, dass man ihn zu einem saftigen Bußgeld verdonnerte?

Der Exkommissar dachte an das leere Haus des alten Mannes, die Staubschicht auf den Möbeln, die nicht mehr benutzt wurden. An die Fotos, die Menschen zeigten, wie sie vor Jahrzehnten ausgesehen hatten. Und er stellte sich vor, wie Reikart jetzt, wo er keinen Hund mehr hatte, anfing, mit seinem Kühlschrank zu reden.

Letzte Nacht hatte ihm das noch zu denken gegeben. Es war seinem schlechten Gewissen als Argument gerade recht gewesen, und er hatte sich gefügt und dem Alten seine Aufwartung gemacht. Aber jetzt war wieder Tag – nicht gerade die Tageszeit des schlechten Gewissens. Im gleißenden Sonnenlicht wirkte es zerknittert und kleinkariert und hatte deutlich an Überzeugungskraft eingebüßt. Na und, dachte de Jong jetzt, sollte Reikart doch mit dem Kühlschrank reden oder von ihm aus mit seiner Schrankwand oder dem Fernseher. Sicher war das keine ideale Lösung, aber war es etwa seine Schuld? So war das Leben: Du schaffst in deinem Job, bis du alt bist, kaufst dir ein halbes Doppelhaus, machst zweimal im Jahr Urlaub in Spanien – soweit, so gut. Daran, dass eines Tages damit Schluss ist, verschwendest du keinen Gedanken. Aber irgendwie ist dir doch klar, dass es genauso kommen wird. Die ehemaligen Kollegen, mit denen du immer Doppelkopf gespielt hast, sind schlecht zu Fuß und zu zerstreut, um noch Karten zu spielen. Dann stirbt deine Frau, da hast du nur noch den Hund. Tja, jetzt ist es zu spät, noch was daran zu ändern. Und dann wird der Hund ermordet. So ist das Leben.

Nicht seine Schuld, dachte de Jong.

Er betrachtete den Kanal, eine schnurgerade Wasserstraße, auf der Hunderte von gut betuchten Senioren Jahr für Jahr stolz und schnurgerade mit ihren Yachten entlang und wieder zurückschipperten. So war das Leben. Man wollte sehen, was noch kam, und dann kam gar nichts Besonderes. Es ging einfach immer geradeaus. Selbst weite, übersichtliche Kurven hatten Seltenheitswert. Ob es seine Schuld war oder nicht, war überhaupt nicht die Frage. Aber eines nicht fernen Tages würde er vielleicht genauso dran sein wie der alte Mann in seinem halben Doppelhaus. Wie schon Neil Young, der jetzt auch längst ein uralter Sack war, dereinst sagte: *Old man, take a look at my life, I will look like you …*

Deckstein, der allergische Nachbar, war sein einziger Anhaltspunkt. Jemand, der ein Motiv hatte? – De Jong schüttelte den Kopf. Deckstein war vielleicht eine Nervensäge, aber kein Anhaltspunkt. Der Exkommissar war lange genug bei der Kripo gewesen, um aus einem kleinlichen Dauerstreit unter Nachbarn kein Mordmotiv zu stricken. Der Nachteil war nur: Dann gab es gar nichts mehr, womit er anfangen konnte.

Es war Sonntagnachmittag, die Sonne erstrahlte an einem blauen Himmel, der Frühling war makellos bis auf einen immer noch etwas zu kühlen Wind, der es einem verleidete, im kurzärmeligen T-Shirt herumzusitzen. Wie immer bei solchen Gelegenheiten gab diese Stadt alles, um dem Image der weltberühmten Hochburg der Radfahrer gerecht zu werden. Ungefähr so hätte es wohl ausgesehen, fand de Jong, wenn Gott den Israeliten beim Auszug aus Ägypten kostenlos Fahrräder zur Verfügung gestellt hätte und den Heerscharen des Pharaos ebenfalls – die Streitwagen hätte er gegen bunte Kinderanhänger ausgetauscht.

Eine Weile hörte er sich das nervtötende Geklingel der radelnden Legionen an, dann ging er hinein, holte sich den Laptop und setzte sich nach hinten aufs Achterdeck. Klickte ein bisschen herum, was er oft machte, wenn er keinerlei Anhaltspunkt hatte. Tippte Stichworte in die Suchmaschine ein: Gab es vielleicht andere Unfälle mit Fahrerflucht, bei denen schwarze SUVs beteiligt und Hunde zu Tode gekommen waren? Wie hoch war eigentlich der Allergikeranteil unter Mördern? Außerdem befragte er das Netz nach Hundehaltern, die ihre Lieblinge vorzugsweise in den Baumbergen von der Leine ließen. Das Ergebnis: die Website einer Billerbecker Kleintierpraxis, ein Top-Leasing-Angebot für umweltschädliche Luxuslimousinen in Havixbeck, ein Allergie-Forschungszentrum in den Rocky Mountains. Und dann noch eine Nachricht in der WN-Online, über die er beinahe hinweggeklickt hätte: *Leichenfund am Mordkreuz – Ritualmord?*

Das war vielleicht doch interessant.

Die junge Frau, die am Dienstag, den 12.4., in Tilbeck tot aufgefunden wurde, war unter einem schmalen Schwarzweißfoto zu lesen, das das Gesicht einer Frau mit kurzen, blonden Haaren zeigte, *konnte inzwischen identifiziert werden: Es handelt sich um die Inhaberin einer Münsteraner Buchhandlung. Über Motiv oder Hintergrund der Tat gibt es bislang aber noch keine Erkenntnisse. Wie Hauptkommissar Selters, der die Ermittlungen leitet, erklärte, könnte der Ort, an dem die Leiche gefunden wurde, eventuell auf einen symbolischen oder rituellen Aspekt der Tat hindeuten.*

De Jong brauchte eine Weile, bis er die Telefonnummer wiedergefunden hatte, die Reikart auf einen Zettel gekritzelt hatte.

»Ja?«, meldete sich der Alte nach einer Weile.

»Eine Frage: Sie sagten doch, dass Sie mit dem Hund in den Baumbergen gewesen sind. Wann war das?«

»Letztes Wochenende. Nein, warten Sie. Es war schon Montag. Montagnachmittag.«

»Wann genau?«

»Warum wollen Sie das denn wissen?«

»Sie sind doch daran interessiert herauszufinden, wer Ihren Kennedy ermordet hat.«

»Siebzehn Uhr. Oder achtzehn. Danach fing es an zu regnen.«

»Und Sie sind zurückgefahren.«

»Nein. Muss ich alles zweimal sagen? Ich hab Ihnen doch gesagt, dass der Hund weg war. Er kam einfach nicht wieder. Und ich stand da im Regen.« Ein Schniefen. »Als er dann doch kam, hab ich ihn noch ordentlich ausgeschimpft …«

»Also gut. Wie sind Sie eigentlich dahin gekommen? Mit dem Auto?«

»Wie denn sonst? Denken Sie, ein alter Knacker wie ich ist nicht mehr in der Lage, ein Steuer zu halten?«

»Nein, natürlich nicht.«

»Hörte sich aber so an.«

»Warum wollten Sie eigentlich unbedingt da mit dem Hund spazieren?«

»Was geht Sie das an?«

Allmählich reichte es de Jong. »Sagen Sie mal, haben Sie sich schon mal die Frage gestellt, warum Sie so wenige Freunde haben?«

Am anderen Ende blieb es still.

»War nicht so gemeint«, lenkte de Jong ein. »Das könnte immerhin eine Reihe von Gründen haben.«

»Ich wollte einen alten Kumpel besuchen, der in Tilbeck wohnt«, rückte Reikart endlich heraus. »Bruno Göck, den hatte ich schon seit fast zehn Jahren nicht mehr gesehen.«

»Das war doch eine gute Idee.«

»Weiß nicht. Bruno ist schon seit drei Jahren tot. Hätte ich mir auch sparen können.«

* * *

Der letzte Montag war der 11. gewesen. Am 12. hatte man die Frau gefunden. Ein Mord in den Baumbergen war nichts Alltägliches. Und damit vielleicht doch eine Art Anhaltspunkt.

Um das herauszufinden, konnte es hilfreich sein, sich mit dem Leiter der Ermittlungen zusammenzusetzen. Deshalb hievte de Jong am nächsten Tag, dem Montag nach dem 11., sein Fahrrad an Land und fuhr zum Polizeipräsidium.

Hauptkommissar Armin Selters hatte er sich ganz anders vorgestellt – als schmächtigen Kerl mit krausem

Haar und wirrem Blick, so wie der von Peter Sellers auf geniale Weise verkörperte Dr. Seltsam aus dem Film. Stattdessen traf er einen kräftig gebauten, pausbäckigen Mittdreißiger mit einem dunkelroten Pickel rechts neben der Oberlippe an. Der Hauptkommissar wirkte genervt, schien irgendwie unter Strom zu stehen und beäugte de Jong mit einem misstrauischen Blick, als der gegen elf Uhr dreißig sein Büro betrat.

Es glich in fast allem dem Büro, das de Jong früher gehabt hatte, sogar der Geruch war ähnlich. Auch nachdem der Exkommissar sein Anliegen erklärt hatte, wich Selters Misstrauen nicht.

»Wollen Sie eine Aussage machen?«, erkundigte er sich.

»Nein«, sagte de Jong. »Der Stand der Dinge würde mir schon reichen. Was Sie bis jetzt so herausgefunden haben.«

»Der Stand der Dinge, soso.« Der Leiter der Ermittlung lehnte sich auf seinem Drehstuhl zurück und verschränkte die Hände hinter dem Nacken. Der Drehstuhl ächzte. »Leider muss ich Sie enttäuschen. Sie gehören nicht zum Team.«

»Früher schon«, sagte de Jong.

Der Stuhl ächzte wieder. »Tja, da muss man sich eben entscheiden. Entweder man ist drin oder draußen. Beides geht nicht, was meinen Sie, Herr Exkollege?«

»Das käme doch auf einen Versuch an.«

»Wollen Sie damit in etwa sagen, dass Sie nur behilflich sein wollen, ja? Der Mordkommission, die ohne Sie hilflos im Dunkeln tappt, auf die Sprünge helfen?«

»Nein, ganz sicher: Nichts liegt mir ferner als zu helfen«, beteuerte de Jong übereifrig. »Ich bin überzeugt, dass die Mordkommission ganz hervorragende Arbeit leistet. Es geht mir nur um die Fakten.«

Eine Weile herrschte Stille, einzig gestört durch das Knacken des Schreibtischstuhls, der auf jede auch noch so kleine Bewegung reagierte. De Jong kamen inzwischen Zweifel, ob der Besuch im Präsidium eine gute Idee gewesen war.

»Na schön.« Wider Erwarten schien sich Selters alias Dr. Seltsam doch anders besonnen zu haben. »Eine Frau wurde aufgefunden. Name: Tatjana Meyering. Todesursache: harter Schlag auf den Hinterkopf. Ob Mord oder tödlicher Unfall, da will sich unser geschätzter Rechtsmediziner nicht so festlegen. Für uns stellen sich allerdings im letzteren Fall einige Fragen.«

»Zum Beispiel?«

»Zum Beispiel, wie die tödlich Verletzte es geschafft hat, sich vom Unfallort dorthin zu begeben, wo sie schließlich aufgefunden wurde.«

»Sie wurde also nicht in den Baumbergen ermordet?«

Der Hauptkommissar wiegte den Kopf hin und her. »Wer will das sagen? Jedenfalls legt die Spurenlage nahe, dass die Leiche an den Fundort verbracht wurde. Welche ansonsten ziemlich mau ist, weil der Regen ganze Arbeit geleistet hat.«

»Irgendwelche Vermutungen? Hypothesen?«, wollte de Jong wissen.

»Wenn Sie mich jetzt persönlich fragen: Die Art und Weise, wie und vor allem der Ort, wo die Leiche abgelegt wurde, lässt einen Ritualmord vermuten. Das ist natürlich bis jetzt noch eine völlig ungeschützte Vermutung.«

»Einen Ritualmord?«

»Sie kennen das Mordkreuz in Tilbeck?«

»Nein«, sagte de Jong.

»Der Legende nach wurde genau dort an diesem Ort eine Bluttat begangen, wenn auch vor recht langer Zeit. An einer Frau, in selbiger Legende die Mersche genannt. Meierische in heutigem Deutsch. – Na?« Selters sah de Jong aufmunternd an.

»Na was?«

»Meierische, Meyering. Unsere Tote war Inhaberin eines Buchladens in Münster.« Der kleine Hauptkommissar faltete die Hände und verlagerte sein Gewicht nach vorn, was den Stuhl zum Knarzen in einer ganz anderen Tonlage veranlasste. »Sie sehen also, wir sind noch nicht besonders weit in diesem Fall, aber rein zufällig habe ich vor etwa einem halben Jahr eine Fortbildung besucht, in der das Thema Ritualmorde ausführlich zur Sprache kam, sodass ich mich glücklicherweise und mit einem gewissen Recht als Experte betrachten darf.«

»Wie praktisch!«, lobte de Jong.

»Präzise ausgedrückt sprechen wir von Gewalttaten mit einem symbolischen Motivhintergrund. Wussten Sie, dass die viel verbreiteter sind, als man im Allgemeinen denkt? – Davon muss man jedenfalls ausgehen, und warum: Weil die Symbolik in den allermeisten Fällen schlicht und einfach übersehen wird. Wir fahren zum Tatort, kartografieren ihn, sichern Spuren, sammeln Hinweise und knipsen unsere Fotos. Das war's auch schon, jedenfalls in aller Regel. Unsere Zeit ist schließlich auch kostbar, und der Feierabend ist uns heilig. Dass das Arrangement eine bestimmte Symbolik enthält, entgeht uns. Warum: Weil wir nicht hinsehen. Und den meisten Kollegen fehlt es dafür ohnehin – seien wir ehrlich – an der nötigen Phantasie, sodass Hinsehen überhaupt nichts bringen würde.«

»Wenn Sie meinen.«

»Allerdings.« Selters redete sich allmählich warm. »Aber was ist jetzt die tragische Folge einer solchen Ermittlerignoranz? Erstens: Der Mörder wird in aller Regel nicht gefasst, der Mord bleibt unaufgeklärt. Schlimm genug. Und zweitens: Unser Täter fühlt sich unverstanden, nicht gesehen, nicht wahrgenommen in dem Anliegen, das er mit dem Mord ja ausdrücken wollte. Was macht er also?«

»Er stellt sich?«, riet de Jong, weil sein Gegenüber eine Antwort zu erwarten schien. Aber falscher konnte eine Antwort gar nicht sein.

»Er tut es wieder!« Der Stuhl knarzte belehrend, während der Leiter der Mordkommission mit den Händen fuchtelte. »Man hat ja nichts begriffen, also wiederholt er sich, wird vielleicht noch deutlicher, im Sinne von brutaler, ist ja klar. Schlägt wieder und wieder zu. Und schon haben wir nicht nur einen Ritualmörder, sondern einen Ritualserienmörder.«

»Das tut mir leid«, sagte de Jong völlig unpassend. »Aber noch mal zurück zu dieser Buchhändlerin …«

»Liesbeths Leseladen. So heißt ihr Geschäft. ›Lies‹ beth von Lesen, verstehen Sie? Ging übrigens ziemlich gut, auffällig besser als andere inhabergeführte Läden in der Umgebung.«

»Sie ziehen Neid als Motiv in Betracht?«

Erneut ließ der Hauptkommissar seinen großen Kopf in wichtigtuerischer Manier hin und her pendeln zum Zeichen eines Ja-und-Nein. »Wäre denkbar, aber bisher ist es nur eine von vielen vagen Theorien. Nun kennen Sie sicher auch den Hang des organisierten Verbrechens zu symbolträchtigen Hinrichtungen.«

»Also gut, dann …«, sagte de Jong, um einen weiteren Vortrag zu vereiteln, und erhob sich. »Ich werde dann mal wieder. Vielen Dank für Ihre äußerst wissenswerten Erläuterungen zum Thema Ritualserienmord.«

Doktor Seltsam zeigte plötzlich auf wie ein Schüler. »Wo Sie schon hier sind, könnten Sie mir aber jetzt auch eine Frage beantworten.«

»Von mir aus.«

»Wie war das eigentlich, als Ihnen klar wurde, dass die Kripo nichts für Sie ist?«

»Na ja, sie war doch was für mich. Aber irgendwann hat es gereicht. Es war Zeit für etwas Neues, verstehen Sie?«

Dr. Seltsam bemühte sich. »Bei mir ist die Sache komplizierter. Mir ist klar: Ich bin nicht nur im falschen Job.«

»Das tut mir leid.«

»Geschenkt.« Der Kommissar erhob sich aus seinem Drehstuhl, stützte die Hände auf den Schreibtisch auf und beugte sich zu de Jong hinüber. Senkte seine Stimme. »Es ist mein Gehirn, es befindet sich im falschen Körper«, raunte er. »Das macht die Sache schon komplizierter.«

»Allerdings«, gab de Jong zu.

»Hier drin«, Seltsam tippte sich mit dem Finger an die Stirn, »steckt nicht der biedere Geist eines Bullen, sondern ein wahrhaftes Superhirn. Es kann sich alles merken. Und vergisst nichts. Niemals.« Er beugte sich noch weiter vor. »Fragen Sie mich etwas.«

»Das habe ich doch schon getan.«

»Nichts zu diesem Kriminalfall. Was anderes. Bereich Politik und Zeitgeschichte meinetwegen. Wissenschaft und Technik würde auch gehen.« Der Hauptkommissar wartete. »Nun machen Sie schon.«

»Also gut: Wie hieß Caligulas kleiner Bruder?«

Seltsam starrte de Jong an, hob den Zeigefinger, als läge ihm die Antwort auf der Zunge, und ließ ihn wieder sinken. Legte voller Misstrauen den Kopf schief. »Hatte der denn überhaupt einen Bruder?«

»Keine Ahnung. Mich interessiert nur, wie er hieß.«

»Aber wenn er überhaupt nicht existierte, dann ...« Der Kommissar fühlte sich verschaukelt. »Was sollte das überhaupt sein: Zeitgeschichte? Oder Wissenschaft und Technik?«

»Sagen wir Geschichte.«

»Nein, nicht solche Fragen. Was anderes. Nehmen wir Sport und Unterhaltung.«

»Nein, lassen Sie doch ...«

»Ich bestehe darauf.«

»Was ist die Wurzel aus Fünfundsiebzigtausenddreihundertneunundzwanzig?«

»Moment ...« Der Mann hinter dem Schreibtisch grübelte verzweifelt. »Das ist zwar keine Sportfrage, aber ich hab's gleich, warten Sie ...«

Das altertümliche Tischtelefon klingelte. Der Kommissar nahm ab, gab ein paar wortähnliche Geräusche von sich. Legte wieder auf und zuckte mit den Schultern. »Tut mir leid, Kollege, aber jetzt habe ich leider zu tun.« Er presste bedauernd die Lippen aufeinander und zwinkerte de Jong verschwörerisch zu. »Übrigens: Wir haben dieses Gespräch nie geführt.« Er kam um den Schreibtisch herum und schob de Jong zur Tür. »Sie waren nie hier.«

Hauptkommissar Selters verwegene Art, der Realität die Stirn zu bieten, beeindruckte de Jong in gewisser Weise. Skeptisch war er allerdings hinsichtlich der Weise, wie sie sich auf kriminalistische Ermittlungen auswirken konnte.

6. Kapitel

L*ies Beths Leseladen* war einer der bunten Shops in der Fußgängerzone und lag mitten im Touristenstrom, der von der Lambertikirche rauschend und schwatzend herüberwallte und an sonnigen Frühlingstagen wie diesem zu beachtlicher Größe anschwoll. Stadtreisende, Münsterlandtouristen und Radwanderer konnten hier nicht nur Stadtführer und bunte Bildbände erwerben: auch Tassen, T-Shirts und Taschen, bedruckt mit den üblichen Sehenswürdigkeiten, Kulis, Anspitzer, schwarze Schwäne aus Stoff und kleine Plastik-Wiedertäuferkäfige, in denen ein Skelett baumelte, das batteriebetriebene Schreie von sich gab; darunter der Schriftzug: *I (Herz) Münster.*

Nach dem Vortrag des Hauptkommissars über symbolische Tathintergründe stattete de Jong der Buchhandlung, dessen Inhaberin Opfer eines Mordes geworden war, einen Besuch ab. Als er den Leseladen betrat, war gerade nicht viel los. Ein älteres Pärchen in Radfahrerklamotten drehte einen Drehständer mit lustigen Ansichtskarten. Hinter der Kasse saß eine junge Frau mit einem bunten Tattoo auf dem Oberarm und einem Smartphone in der Hand, das über Kabel mit ihren Ohren verbunden war. Als de Jong zu ihr trat, stellte sie ein Ohr zur Verfügung, indem sie das Kabel herauszog.

»Ich suche Frau Meyering«, sagte de Jong.

Das Mädchen machte ein betretenes Gesicht. »Also, die ist leider ...« Sie suchte nach Worten und sah sich um, als vertraute sie de Jong eine Peinlichkeit an, die nicht jeder mitbekommen sollte. »Ich meine, sie ist tot. Sogar ermordet. Voll krass.«

De Jong nickte. »Und jetzt sind Sie für das Geschäft zuständig?«

»Nein, nein. Ich mach das nur stundenweise. Zur Aushilfe. Am besten, Sie sprechen mit Frau Schnitzler. Die ist mit Frau Meyering befreundet. Ich meine ... war.«

»Und wo finde ich die?«

»Heute Nachmittag ist sie wieder da. So ab sechzehn Uhr.«

De Jong bedankte sich und versprach wiederzukommen. Dann spazierte er noch ein bisschen an den Regalen vorbei. Zog einen Band heraus mit dem Titel *Sagen und Legenden des Münsterlandes.* Blätterte herum, bis schließlich Kapitel fünf seine Aufmerksamkeit auf sich zog: Das Mordkreuz von Tilbeck. Inzwischen strömte eine Reisegruppe in den kleinen Laden und brachte Leben in die Bude. Rentner aus den Niederlanden und Belgien machten sich über die Souvenirs her und schüttelten verzückt Schneekugeln mit Dom und historischem Rathaus. Weil er sich die bevorstehende Schlange an der Kasse ersparen wollte, erwarb de Jong das Sagenbuch und bahnte sich einen Weg nach draußen.

Bei einem Kaffee, den er sich auf dem Lambertikirchplatz gönnte, machte er sich kundig. Der Autor des Buches gab sich nicht damit zufrieden, Altüberliefertes einfach nachzuerzählen; er verstand sich als investigativer Entzauberer alter Legenden. Man habe es eindeutig mit Mord zu tun, zweifellos einer der ältesten überlieferten Gewalttaten im angeblich so friedlichen Münsterland, die diese Bezeichnung im juristischen Sinne verdienten, so der Autor. Aber wenn man genau hinsehe, stoße man schnell auf Widersprüche. Erster und wichtigster Punkt: die Nägel. Nicht einer der Schreiberlinge, die diesen Mordfall historisch aufgearbeitet hätten, habe sich jemals darüber gewundert, dass die Frau mit einem Sack voller Nägel unterwegs gewesen sei. Über das jedoch er und der unbefangene Leser gleichermaßen sofort stolpere. Sei es zu jener Zeit etwa üblich gewesen, dass Frauen Säcke voller Nägel mit sich herumschleppten, wenn sie abends ausgingen? Zu welchem Zweck? Und – dritte Frage – sei es außerdem die Regel gewesen, dass im unaufgeklärten, finsteren Mittelalter unbegleitete Frauen einfach so in Kneipen abhingen und sich dort die Kante gaben? Sollte das wirklich der Fall gewesen sein, könne man der Bauersfrau vorwerfen, sie habe durch ihr aufreizendes Geklimper sowohl Hab- als auch Neugier der Landsknechte mutwillig angefacht und trage so tatsächlich eine Mitschuld an ihrer eigenen Ermordung. Vor allem aber dränge sich angesichts dessen die Vermutung auf, dass es sich um eine Falle gehandelt haben könnte.

Nur, wem galt die Falle eigentlich und wer profitierte am Ende wirklich von diesem feigen Mord? Aus heutiger Sicht sei die Faktenlage zu dünn, um noch Mutmaßungen darüber anzustellen, wer die beiden unbescholtenen Männer unbedingt habe an den Galgen bringen wollen und weshalb. Doch so oder so sei nicht auszuschließen, dass wir es gar nicht mit einem der ältesten überlieferten Raubmorde, sondern einem der ersten historisch verbürgten Justizirrtümer zu tun hätten.

De Jong trank seinen Kaffee aus. Er hatte wenig Lust, sich an Spekulationen zu beteiligen, die längst vergangene Zeiten betrafen. Für ihn stand der Mord an einem Hund im Fokus, und das einzig Verwertbare, auf das er bis jetzt gestoßen war, war eine tote Frau in den Baumbergen.

Vielleicht war es das Beste, wenn er sich einen eigenen Eindruck vom Tatort verschaffte.

Der Weg erwies sich als weiter, als er gedacht hatte. Mit dem Rad brauchte er eine ganze Stunde bis nach Tilbeck und danach noch mehr als eine Viertelstunde, um anhand der veralteten Wanderkarte, die er noch schnell an einem Kiosk erstanden hatte, das Mordkreuz zu finden. Immer noch war es warm, fast schon schwül, und dichte, bleigraue Wolken hatten sich inzwischen vor die Sonne geschoben, brachten die Luft zum Stehen und drohten mit Gewitter.

Diese Drohung hatte zur Folge, dass de Jong die sonst viel bewanderte Gegend fast menschenleer antraf. Er stellte das Rad auf dem Seitenstreifen der Landstraße ab und bog nach rechts auf den Wanderweg, der laut Beschreibung ein Teil des berühmten Jakobsweges war, der bis in den Norden Spaniens führte. Schon nach wenigen Metern stand er vor einem verwitterten

Kreuz aus grauem Sandstein, auf dessen Vorderseite eine kaum leserliche Inschrift in uraltem Deutsch Bezug auf die Bluttat nahm.

De Jong lauschte. Die Schwüle drückte, nur wenige Vögel zwitscherten. Donner grollte, noch weit weg, aber unüberhörbar. So schaurig der Ort war, war es aber nicht der Tatort, wenn man den wortreichen Ausführungen Hauptkommissar Selters Glauben schenkte. Aber hatte der Täter nur des stimmungsvollen Ambientes wegen die Mühe auf sich genommen, sein Opfer hierherzuschleifen, über den holprigen Waldboden, der voller Wurzeln war? Linker Hand wand sich der Weg einen Hügel hinauf. War der Mord dort oben geschehen? Nach rechts befand sich die Straße in unmittelbarer Nähe. Ein idealer Platz, um eine Leiche mit dem Auto herzutransportieren und hier abzulegen. Klarer Nachteil: Das Risiko, beobachtet zu werden, war relativ hoch.

De Jong sah hinauf in die bleigrauen Wolken, die so tief zu hängen schienen, dass er sie fast berühren konnte. Das Gewitter war eingetroffen und würde nicht unverrichteter Dinge weiterziehen, aber ein wenig Zeit blieb ihm noch. De Jong folgte dem Weg bergan durch einen Wald, der hauptsächlich aus Buchen bestand. Er hoffte, da oben einen besseren Überblick über das Terrain zu bekommen.

Ein junger Kerl mit Hund kam ihm entgegen und nickte ihm grüßend zu. De Jong nickte zurück. Offenbar war das hier eine beliebte Hundeausführstrecke. Als er oben angekommen war, wurde er allerdings enttäuscht: Auch hier, auf dem Kamm der Hügelkette, verstellten hohe Bäume den Blick auf die Umgebung. Also musste er wieder zurück.

Einmal angenommen, überlegte de Jong, der Köter musste sterben, weil er den Mörder auf frischer Tat überrascht hatte. Der alte Reikart hatte dagegen nichts bemerkt. Wieso? Weil er, so wie alle, brav den Weg entlanggelaufen war. Hunde machten das aber nicht. Sie rannten viel lieber kreuz und quer durch den Wald und achteten nicht auf Wegmarkierungen.

Also entschloss sich de Jong spontan, vom Wanderweg abzuweichen und querfeldein den Hügel hinunterzukraxeln. Das erwies sich als schwieriger, als er gedacht hatte. Das lose Laub brachte ihn auf der Steigung bald ins Rutschen, sodass er sich zweimal auf den Hintern setzte. Um den Steigungswinkel zu reduzieren, lief er schräg hinunter, erst nach links, dann nach rechts. So kam er aber immer weiter vom Mordkreuz weg. Am Fuß des Baumbergs gelangte er an ein Kornfeld, bog nach rechts ab und hielt sich am Rand des Ackers.

Einzelne, allerdings ziemlich fette Regentropfen landeten bereits auf seiner Stirn. Er konnte es selbst nicht glauben, aber ein bisschen hatte er wohl die Orientierung verloren. Drüben am Horizont verlief eine Landstraße – wie de Jong vermutete, aber eben nicht mit Sicherheit sagen konnte, war es wohl die, die von Tilbeck nach Schapdetten führte. Dort irgendwo hatte er sein Fahrrad abgestellt. Vorausgesetzt natürlich, seine Vermutung traf zu. Mit einem anschwellenden Rauschen auf den Blättern der Bäume bereitete der Regen inzwischen seinen großen Auftritt vor. Auch der Donner war jetzt lauter und deutlicher zu vernehmen. Höchste Zeit, diesen außer Kontrolle geratenen Spaziergang zu beenden und sich etwas zum Unterstellen zu suchen.

Weit und breit war aber nichts Geeignetes in Sicht.

Der Regen witterte seine Chance, hörte damit auf, seine fetten Tropfen hier und da zu verteilen und schauerte ungebremst vom Himmel wie aus Kübeln. Dem Exkommissar, der nicht mal daran gedacht hatte, einen Anorak einzupacken, blieb keine Wahl, als sich in den Wald zurückzuziehen, wandte sich nach links, da er in dieser Richtung irgendwo die Landstraße vermutete. Mit Donner und Blitz direkt über ihm gab ihm das Unwetter zu verstehen, dass es keinen Sinn hatte, sich vor ihm zu verstecken. De Jong lief wieder einmal bergab, dann wieder bergauf, umrundete einen Hügel und stolperte zum zweiten Mal aus dem Wald hinaus auf eine Weide. Endlich Rettung, dachte er, als er durch den Regenschleier knapp hundert Meter entfernt eine Holzhütte ausmachte, auf die er sofort zusteuerte. Aber dann stand er vor einem Zaun, der den Weg versperrte. Er gelangte an ein Gartentor. *H. Schriebeck* stand auf einem Metallschild. Es schüttete. Jetzt war es auch egal.

Schriebeck, dachte de Jong. Der Name kam ihm zwar bekannt vor, aber momentan vermochte er ihn nicht einzuordnen. Fluchend wollte er schon den Rückzug antreten, als eine Frau aus der Holzhütte trat und, in der Hand einen aufgespannten Regenschirm, winkend zu ihm herüberkam. Sie öffnete die Gartentür und machte eine aufmunternde Geste.

»Jetzt kommen Sie schon!«, rief sie ihm durch das Regenrauschen zu. »Sie werden ja klatschnass.«

De Jong wollte erwidern, dass dies längst geschehen sei. Aber er zögerte nicht und folgte ihr ins Gartenhaus.

Sie schloss die Tür hinter ihnen. Es roch nach feuchtem Holz. Draußen prasselte der Regen.

»Danke«, sagte de Jong, während das Wasser von ihm herabtropfte, »das ist wirklich nett von Ihnen.«

Die Frau reichte ihm die Hand. »Sorga Schriebeck«, sagte sie.

De Jong schätzte sie auf Mitte dreißig und fand, dass sie ein offenes Lächeln hatte. »Niklas de Jong«, sagte er. »Ohne Sie wäre ich wahrscheinlich abgesoffen.«

»Na ja, ordentlich nass geworden sind Sie auf jeden Fall. Ich könnte Ihnen mit ein paar Handtüchern aushelfen, drüben im Haus.«

»Hier gibt es auch ein Haus?«

Sorga nickte. »Das Anwesen gehört meinem Schwiegervater. Ab und zu komm ich her und helfe ihm im Garten.«

De Jong warf einen Blick durch das kleine Fenster der Hütte, das auf die waldabgewandte Seite blickte. Da waren Gemüsebeete und Bohnenstangen, die in Reih und Glied standen. Ein Kiesweg führte weiter weg zu einer Wiese, auf der sich Obstbäume befanden und dahinter das Haus. Wie aus Enttäuschung darüber, dass er de Jong nicht mehr jagen konnte, hatte der Regen wieder nachgelassen.

»Schöner Garten«, lobte de Jong.

Frau Schriebeck trat zur Tür und öffnete sie. »Wie wär's? Ich könnte Ihnen auch noch einen Kaffee anbieten.«

»Was sagt denn Ihr Schwiegervater dazu, dass ich hier so hereinplatze?«

Sie zuckte mit den Schultern. »Und wenn der was dagegen hat, stören Sie sich nicht daran. Schwiegerpapa ist manchmal ein bisschen verrückt.«

»Also gut, dann«, sagte de Jong.

* * *

Horst Schriebeck hatte aber nichts dagegen. Im Gegenteil, er freute sich immer über Gesellschaft, auch über ungebetene, wie er lautstark versicherte. De Jong erkannte den untersetzten Mann, der an dem rustikalen Holztisch bei Nachmittagstee und Zeitung saß, sofort wieder: Das runde, vom Bluthochdruck gerötete Gesicht und der etwas wirre, für das fortgeschrittene Alter zu blonde Haarschopf waren ihm von diversen Plakaten vertraut, die in der Innenstadt an Bäumen und Straßenlaternen befestigt waren. *Das lassen wir uns nicht länger bieten!* und *Genug ist genug!* lauteten die Sprüche unter dem Gesicht.

»Wandersleute sind in meinem Haus immer willkommen«, trötete der Alte mit einer leicht heiseren Stimme. »Vor allem, wenn sie Obdach vor einem Unwetter suchen.«

»Das ist sehr freundlich«, sagte de Jong.

»So eine schöne Landschaft, unser Münsterland, aber wer wandert denn heute noch? Heute haben sie diese Dinger in der Hand und alles, was sie interessiert, sind ihre Computer und all das elektrische Zeug, stimmt's oder hab ich recht?«

Sorga stellte de Jong eine Tasse Kaffee hin, und er bedankte sich bei ihr mit einem Lächeln.

»Heute wird nur noch gejoggt und gewalkt. Niemand guckt nach rechts oder links. Sie fragen sich jetzt, woher der alte Sack das weiß?«

»Nicht unbedingt«, sagte de Jong.

»Mein lieber Herr Sohnemann. Der geht nur vor die Tür, um zu hecheln und zu schwitzen, die übrige Zeit hockt er vor seinem Rechner.« Sorga wollte Einspruch erheben, aber er hielt sie mit einer Geste davon ab. »Dass du ihn verteidigst, ist doch klar, das zählt nicht. – Ich sag Ihnen: Unsere Landschaft wird missbraucht als bloßer Schauplatz für sportliche Aktivitäten. Wer geht denn heute noch in die Natur, um sich zu erbauen?«

»Na ja«, sagte de Jong, »wenn ich ehrlich bin, war das auch nicht mein Anliegen. Ich war hier in der Gegend, weil ich auf der Suche war.«

Schriebeck fuchtelte mit seiner leeren Tasse, um seine Schwiegertochter zum Nachgießen zu veranlassen. »Interessant«, sagte er. »Und wonach auf der Suche?«

»Haben Sie von dem Mord am Mörderkreuz gehört?«

Der alte Mann nickte. »Schlimme Sache.« Es folgte ein breites Grinsen. »Aber Gott sei Dank schon eine Ewigkeit her, was?« Er schob einen Teller mit Keksen, den Sorga auf den Tisch gestellt hatte, in Richtung de Jong. »Nehmen Sie. Sind selbst gebacken.«

»Ich meinte nicht den alten Mord«, sagte de Jong und griff zu, »sondern den neuen. Gerade mal eine gute Woche her.«

Schriebeck schaltete sofort wieder auf betroffen. »Richtig, ja, davon hab ich in der Zeitung gelesen. Eine junge Frau in der Blüte ihrer Jahre …« Er deutete auf de Jong:

»Würde es Ihnen etwas ausmachen, die Hand unter den Keks zu halten? Sonst krümeln Sie hier alles voll.«

»Ja«, sagte de Jong, hielt aber gehorsam die Hand unter die Kekshand.

»Wirklich schrecklich. Haben Sie den Mörder schon gefunden?«

»Die Polizei sucht den Mörder. Ich untersuche nur die Umstände, die dazu führten, dass ein Hund zu Tode kam.«

»Wirklich?«, staunte Schriebeck, neugierig und amüsiert zugleich. »Ihr Hund?«

De Jong schüttelte den Kopf. »Er kam auch nicht hier zu Tode, sondern in Münster. Allerdings hat er sich an dem Tag, als die Frau ganz in der Nähe ermordet wurde, im Wald herumgetrieben. Weshalb ich da einen Zusammenhang vermute.«

»Das ist allerdings interessant.«

Frau Schriebeck junior füllte die Teetasse ihres Schwiegervaters nach.

»Hast du auch wieder abgeschlossen?«, zischte der Alte.

Sie nickte.

»Wirklich? Sieh lieber noch mal nach.«

»Aber …«

»Mir zuliebe. Ich bitte dich, mein Kind. Sicherheitshalber.«

Sorga verdrehte die Augen, fügte sich aber um des lieben Friedens willen.

»Was macht denn die große Politik, Herr Schriebeck?«, erkundigte sich de Jong, nachdem sie den Raum verlassen hatte.

»Wissen Sie, Herr …«

»De Jong.«

»Wenn Sie in meinem Alter sind, dann brauchen Sie so was. Eine neue Herausforderung. Ich habe mir über Jahrzehnte den Arsch aufgerissen, um den Namen Schriebeck groß zu machen, groß und bedeutend. Und ich kann sagen, dass ich erfolgreich war. Nur, Erfolg kann auch langweilen. Sie haben irgendwie alles erreicht und denken: Na und? Und dann, sage ich Ihnen, muss was Neues her. – Wie steht's denn mit Ihnen?«

Das hochrote Gesicht mit der blonden Haartolle – die Kombination von Rot und Gold hatte für de Jong etwas Weihnachtliches – musterte ihn eindringlich.

»Ich war mal Kriminalkommissar.«

»Sie waren. Und jetzt?«

»Jetzt nicht mehr.«

»Ja, und was dann?«

»Ich treffe täglich den Tod«, sagte de Jong. »Jeden Morgen steht er an meiner Tür und will einen Grund, warum er mich nicht mitnehmen soll. Wenn ich einmal keinen weiß, bin ich fällig.«

Schriebeck nickte, als hätte ihn das zum Nachdenken gebracht. »Eine kuriose Geschichte«, fand er. »Dann wäre wohl jetzt die Zeit für eine kleine Stärkung, was meinen Sie?« Er erhob sich ächzend, trat an einen Schrank und kehrte mit einer Flasche und zwei Schnapsgläsern zum Tisch zurück. »Machen Sie mir die Freude …«

De Jong wollte nicht unhöflich sein und kippte seinen Korn. Er hatte nicht damit gerechnet, dass sein Glas gleich wieder nachgefüllt wurde.

»Zum Wohl«, sagte Schriebeck, trank aus und knallte das leere Glas auf den Tisch. »Also gut, dann erzähle ich Ihnen auch mal was: Sie sitzen in Ihrem Wohnzimmer, haben die Füße hochgelegt, vor Ihnen auf dem Tisch steht ein Glas Wein. Der Fernseher läuft. Alles scheint so weit in Ordnung zu sein. Aber dann fragen Sie sich, was in der Küche vorgeht. Sie lauschen und hören gar nichts, nicht das geringste Geräusch. Kein Grund zur Sorge? Wenn ein Einbrecher dort wäre, dann würde er wohl kaum so dumm sein und herumpoltern. Am besten, Sie gehen nachsehen. Also gut: Die Küche ist leer, kein Einbrecher da. Dann wieder zurück. Problem geklärt, was?«

»Ja, sieht so aus«, sagte de Jong.

»Genau!« Der alte Mann stellte sein leeres Glas hin und richtete seinen Finger auf de Jong. »Sie haben es sofort kapiert: Es sieht nur so aus! Denn wenn Sie es sich wieder im Sessel bequem machen, kann der Einbrecher in der Zwischenzeit ja locker eingebrochen sein. Sie haben ihn vielleicht nur knapp verpasst. Also gehen Sie wieder nachsehen. Es bleibt Ihnen doch gar nichts anderes übrig. Was ich damit sagen will: Niemals sind Sie sicher.«

»Ja und?«, fragte de Jong, der nicht so recht wusste, was das mit der Geschichte zu tun hatte, die er selbst erzählt hatte.

»Das meine ich damit.« Schriebeck hatte sein Glas wieder aufgefüllt und prostete de Jong zu. »Diese Unsicherheit ist existentiell, ein Sinnbild für die Flüchtigkeit unseres Daseins. Deshalb steht bei Ihnen der Tod vor der Tür. Das Unsichere unserer Existenz, verstehen

Sie? Das können wir nicht eliminieren, es ist immer da. Es ist der Atem Gottes in unserem Leben, die Transzendenz. Ist Ihnen noch gar nicht so klar gewesen, was?«

»Nein«, sagte de Jong und erwähnte nicht, dass es ihm auch jetzt noch nicht so klar war.

Beide warfen sie einen Blick nach draußen, wo die Sonne auf das vor Nässe glänzende Münsterland schien. De Jong erhob sich. »Nochmals vielen Dank. Ich werde dann mal wieder, solange das Wetter hält.«

Schriebeck, der inzwischen leicht angeschickert wirkte, winkte ihm nach und wünschte ihm noch viel Erfolg bei der Suche nach dem Frauenmörder.

Auch bei de Jong zeigte der Alkohol Wirkung. Er meinte, die Haustür hinter sich geschlossen zu haben, fand sich aber in einer Garage wieder. Um nach draußen zu gelangen, zwängte er sich an einer schwarzen Limousine vorbei, einem protzigen SUV. Die Heckscheibe verzierte ein Aufkleber: *Das lassen wir uns nicht länger bieten!* Unter dem Slogan las er die Abkürzung AKP. De Jong schob das Garagentor hinauf und trat ins Freie.

7. Kapitel

Auf dem Rückweg nach Münster bekam er einen Anruf von Eugen Küppers, der sich unbedingt mit de Jong treffen wollte. Wegen etwas Wichtigem, das nicht warten könne, über das er sich aber weigerte, am Telefon zu sprechen.

Der Exhauptkommissar stellte unmissverständlich klar, dass es ihm für heute reiche, nach Münster zurückzuradeln und er nicht die geringste Lust verspüre, von dort aus noch weiter nach Everswinkel zu fahren, um sich wie gewohnt im *Knipperdolling* mit Küppers auf ein Bier zu treffen. Sie einigten sich schließlich auf ein Café in der Innenstadt, das de Jong bisher noch nie betreten hatte.

Um zwanzig vor acht – vorher war er noch nach Hause gefahren, hatte geduscht und anschließend die regenklammen Klamotten gegen frische eingetauscht – betrat er das *Golden Gates*, das letzte antike Internetcafé der Stadt. Für alle Hipster war dieser Laden Kult, weil seine Retroatmosphäre sie zurückversetzte in die guten, alten Zeiten, bevor das Smartphone die Alleinherrschaft über alle Lebensangelegenheiten antrat. Als noch

Laptops auf den Tischen gestanden und Computer- und Netzwerkfreaks Junkfood konsumiert und mit Tastaturen geklickert hatten.

De Jong fragte sich allerdings, was ausgerechnet der Internetanalphabet Küppers an dem Café finden mochte. Er suchte sich einen freien Tisch und arbeitete sich durch eine vier Seiten lange Speisekarte, die ausschließlich Kaffeevariationen feilbot. Schließlich gab er auf und bestellte eine Cola, was die Bedienung, ein junger Kerl mit Salafistenbart, achselzuckend zur Kenntnis nahm. De Jong ärgerte sich: Da war er fast eine halbe Stunde zu spät gekommen, und wer fand es nicht einmal nötig, auf ihn zu warten: Küppers.

Wir hatten doch sieben Uhr gesagt, simste er vorwurfsvoll.

Die Cola stand plötzlich vor ihm auf dem Tisch. Um sich die Zeit zu vertreiben, griff er sich einen der Laptops, schaltete ihn ein und gab den Namen Horst Schriebeck in die Suchmaschine ein. Er bekam so viele Treffer, dass es ihm zunächst ähnlich erging wie mit dem Kaffee. Aber dann stießt er doch auf etwas, das ihn neugierig machte: der Podcast eines WDR-Features mit dem Titel *Der Wutbürger von Münster.* De Jong erfuhr vieles zum ersten Mal – zu viel, wie er fand. Seit seinem Rückzug aus der realen Welt der Kriminalistik in die erdachte der Kriminalliteratur war so manches an ihm vorübergegangen.

Horst Schriebeck, ein westfälischer Selfmade-Unternehmer, besaß ein Küchenstudio in Bösensell. Und noch andere in Hamm, Coesfeld und Warendorf. Vor etwa zwei Jahren hatte er Radfahren als neues Hobby für sich entdeckt. Der spektakuläre Crash mit einem Auto, den allerdings er allein verschuldet hatte, führte zu einer verbalen Eskalation, die in Tätlichkeiten mit dem Autofahrer ausartete. Bei einem späteren Interview im Lokal-TV entgleiste Schriebecks Statement erst so richtig. Er bedachte den Autofahrer mit den derbsten Schimpfwörtern aus der Gossensprache. Das war so etwas wie sein Durchbruch: Anstatt von seiner Art abgestoßen zu sein, fanden ihn viele Menschen sympathisch. Die Pöbeleien und verbalen Entgleisungen, so fanden die Zuschauer, ließen ihn authentisch wirken, nicht so verlogen höflich wie die meisten, die vor ein Mikrofon traten und gar nicht meinten, was sie sagten. Auch die Presse sprach jetzt nicht mehr von wüsten Beschimpfungen, sondern von »Klartext«. Endlich einer, der aussprach, was doch alle dachten und was man doch wohl noch sagen durfte. Und der sich so verhielt, wie sich die meisten am liebsten verhalten würden. Besonders große Unterstützung kam vonseiten der Radfahrer – quer durch alle sozialen Schichten.

In einer Zeit, in der Höflichkeit als antiquierte Angewohnheit, Benehmen als Fremdwort und Pöbeleien und Beschimpfungen als abendländisches Kulturgut empfunden wurden, war Schriebecks Stunde gekommen. Er ergriff den historischen Moment und rief über Nacht die Anti-Kraftfahrerpartei (AKP) ins Leben. De Jong begriff: Der Aufkleber auf dem Auto hatte also nicht jene politische Kraft gemeint, die in der Türkei die Demokratie abschaffte. Aber was hatte der Aufkleber auf der Heckscheibe eines SUVs zu suchen?

Auf dem Monitor bekam er den Wutbürger aus Münster zu sehen, wie er Radfahren nicht nur als Fortbewegung, sondern als geistige Haltung des aufrechten, abendländischen Menschen pries. Autofahren dagegen sei dekadent, umwelt- und gesundheitsschädlich. Die Plage, die unseren Planeten in den Abgrund reite.

Je mehr Schriebeck auf die Autofahrer eindrosch, desto populärer wurde er. Also machte er weiter. Die Radfahrerpartei zog ins Rathaus ein. Versprach nicht nur eine autofreie Innenstadt, sondern eine autofreie Stadt. Die erste in ganz Europa. Ein autofreies Land.

Vor etwa einem halben Jahr war es zu körperlichen Übergriffen gekommen. Daran konnte sich jetzt auch de Jong erinnern: Rad fahrende Horden hatten Autofahrer überfallen, Fahrzeuge demoliert und Fahrer verprügelt. Es hatte polizeiliche Ermittlungen gegeben, Festnahmen und Verurteilungen wegen Körperverletzung.

Schriebeck verurteilte die Gewalt, äußerte aber auch Verständnis: Trotz der viel beschworenen Fahrradfreundlichkeit gebe es immer noch Straßen, die breiter seien als Radwege, zögen immer noch Radfahrer im Zweifelsfall den Kürzeren, seien Radfahrer permanent Schikanen der Polizei ausgesetzt: Bußgelder wegen Fahrens ohne Licht, vorsätzlichen Nichtbeachtens der Vorfahrt oder fahrlässigen Verzichts auf geschwindigkeitsminderndes Zubehör wie Bremsen oder Rücktritt. Er forderte ein Ende der Willkür gegen Radfahrer und versprach, wenn er erst Bürgermeister sei, würde kein Radfahrer in dieser Stadt mehr angehalten oder verwarnt. Erst kürzlich hatte er sich für ein Minirock-Verbot stark gemacht, da Rad fahrende Frauen im Minirock nachweislich männliche Verkehrsteilnehmer ablenkten und damit ein hohes Unfallrisiko darstellten. Abgesehen davon widersprächen freizügig gekleidete Frauen auch der Werteidee des Radfahrens: aufrecht sein und Bewährtes bewahren.

Jemand klopfte neben dem Laptop auf die Tischplatte: »Hab mich ein bisschen verspätet.«

Eugen Küppers im Trainingsanzug, schließlich war er Hobbysportler. Wenngleich de Jong inzwischen vermutete, dass die sportliche Aktivität ausschließlich im Tragen der Trainingsklamotten bestand.

Er klappte den Rechner zu und räumte ihn auf den Nebentisch. »Wie bist du bloß auf dieses Lokal verfallen?«

»Cool, was?« Küppers grinste. »Die sind hier auf dem neuesten Stand der Technik, wie du siehst. Überall Computer und Internet. Das ist die Zukunft.«

De Jong hob sein Glas Cola. »Also dann, auf die Zukunft.«

Küppers nahm ein Bier in Empfang, das er beim Hereinkommen schon am Tresen geordert hatte.

»Was macht die Kriminalistik?«, erkundigte sich de Jong.

»Kann nicht klagen. Wir kommen voran.«

»Weißt du irgendwas über den Fall Meyering?«

»Meyering.« Küppers zuckte mit den Achseln. »Klassefrau, wurde tot im Wald aufgefunden.«

»Wieso Klassefrau?«

»Weil sie schick angezogen war. Wie für ein Date. Nichts zum Wandern.«

»Und weiter?«

»Nichts weiter. Ist ja nicht mein Fall. Wie schon gesagt, ich hab mir diese Mordserie vorgenommen.«

»Und der Meyering-Fall …?«

»Da musst du dich an den Chef wenden. Er ist da dran.« Küppers hob einen Finger. »Übrigens hab ich ihn schon mal gefragt.«

»Was gefragt?«

»Was er davon hält. Und dass du interessiert wärst, eventuell wieder einzusteigen.«

»Wer sagt denn das?«

»Du.«

»Nein, du. Es war deine Idee.«

»Aber keine schlechte. Willst du gar nicht wissen, wie er dazu steht?«

»Nein.«

»Ehrlich nicht?«

»Hör zu.« De Jong hatte sich genug mit seiner Cola abgemüht, er winkte dem bärtigen Jüngling und zeigte auf Küppers' Bier. »Nett, dass du dich um meine Zukunft kümmerst, aber ich bin versorgt.«

»Verstehe, du kommst ja jetzt ins Fernsehen. Hatte ich vergessen.«

»Kann schon sein. Außerdem ermittle ich auch. Und deinen seltsamen Doktor habe ich bereits kennengelernt.«

»Er mag speziell sein, aber er ist ein verdammt guter Bulle«, bekräftigte Küppers. »Hab ich jedenfalls gehört.«

»Mir hat er gesagt, dass er das falsche Gehirn hat. Und gleich darauf beteuert, dass er das nie gesagt hat.«

Küppers nickte beiläufig wie jemand, der eine Sache nicht unbedingt weiter vertiefen will. »Du ermittelst also? In einem Mordfall oder was?«

De Jong beschränkte sich darauf zu nicken. Er hatte schon zu viel gesagt, aber sein Freund ließ nicht locker.

»Und weiter: in welchem Mordfall?«

»Dem Mordfall Meyering.«

»Aber dafür ist doch die Kripo zuständig.«

»Streng genommen«, versuchte de Jong zu erklären, »will ich auch gar nicht herausfinden, wer diese Frau getötet hat.«

Küppers schüttelte den Kopf, nicht um zu verneinen, sondern weil er nicht begriff. »Was denn dann?«

»Der Hund von meinem Nachbarn wurde überfahren. Vorsätzlich. Ich hab ihm versprochen herauszufinden, wer's war. Von Nachbar zu Nachbar sozusagen.«

»Wer den Hund überfahren hat«, wiederholte Küppers überflüssigerweise.

»Meine Theorie stützt sich auf die Tatsache, dass das Tier zu der Zeit in den Baumbergen herumstromerte, als Frau Meyering umgebracht wurde.«

»Jetzt verstehe ich: Du meinst, jemand hat den Hund beseitigt, weil er Zeuge eines Mordes war?«

»So in etwa.« De Jong nickte.

Hauptkommissar Küppers fing nicht sofort an zu lachen. Zwar war das Gelächter von Anfang an da, arbeitete sich aber erst noch in seinem Inneren ab und ließ den massigen Kommissar hin und her schaukeln, als würde sein Körper von tektonischen Aktivitäten heimgesucht. Währenddessen stieß er seltsam gepresste Geräusche im oberen Frequenzbereich aus. Und dann brach das Gelächter so plötzlich und laut aus ihm heraus, dass der Bedienung beinahe das Glas Bier aus der Hand gefallen wäre, das sie gerade gegen das leere Colaglas austauschen wollte. Küppers lachte nicht nur einfach, er schmiss sich geradezu weg vor Lachen. »Ein toter Köter! Das nennen ich wirklich mal eine Ermittlung! Entschuldigung, Niklas, aber das ist einfach zu komisch …«

De Jong wartete geduldig, bis der andere sich zu Ende amüsiert hatte. Seine üblichen Bemerkungen gemacht hatte. Aber das dauerte. Ohne eine Miene zu verziehen, saß er Küppers gegenüber, der sich die Tränen aus den Augen wischte und zwischen den Lachern mühsam die Frage herauspresste: »Und hast du schon so was wie eine heiße Spur?«

»Hab ich doch gerade gesagt: der Meyering-Mord. Sobald ich weiß, wer diese Frau getötet hat, habe ich auch Kennedys Mörder.«

Ebenso abrupt, wie er angefangen hatte, hörte Küppers mit dem Lachen auf. »Kennedy? Was hat der denn jetzt damit zu tun?«

* * *

Der Abend wurde ziemlich lang, nachdem die beiden vom *Golden Gates* in eine Kneipe in der Nähe gewechselt hatten, wo keine Computer auf den Tischen standen und man sich in Ruhe unterhalten konnte, ohne sich in soziale Netzwerke zu verstricken. Später in der Nacht, als er längst zu Hause war, hatte de Jong das Gefühl, es wäre schon Morgen und dass er nicht in seinem Hausboot schliefe, sondern in seiner alten Etagenwohnung. Er stand auf, und als er die Wohnung nach einem kurzen Frühstück verließ, traf er im Treppenhaus einen schlaksigen Kerl im schwarzen Umhang mit einem langen Gartengerät in der Hand.

»Wir hatten einen Deal«, meckerte dieser mit einer merkwürdig metallischen Stimme, als de Jong versuchte, sich schnell an ihm vorbeizudrängeln.

»Stimmt, aber nicht heute«, sagte de Jong. »Bin spät dran.«

»Glaub ich dir gern«, meinte der Tod. »Also: Was liegt heute an?«

»Warum willst du das wissen?«

»Weil, wenn nichts anliegt, du mit mir kommst, ganz einfach.«

»Ach ja?«

»Ach ja. Ich würd's an deiner Stelle nicht drauf anlegen.«

»Also gut«, versetzte de Jong vage, »bei mir kannst du davon ausgehen, dass jede Menge anliegt.«

Der Tod lehnte die Sense vorsichtig an die Wand und wandte sich de Jong zu, als wollte er sich nicht so leicht abspeisen lassen. »Erstens, du warst mal Bulle.«

»War nicht das Richtige für mich«, sagte de Jong.

»Zweitens, du hattest eine Beziehung.«

»War ich etwa derjenige, der sie beendet hat?«

»Drittens: Das mit dem Schreiben hat ja wohl auch nicht so recht funktioniert.«

»Schreibblockade«, sagte de Jong.

Die kalten Augen unter der Kapuze funkelten unbarmherzig. »Ehrlich gesagt, sehe ich da nicht gerade viele Dinge, die du unbedingt noch zu Ende bringen musst.«

»Hör zu«, lenkte de Jong hastig ein, »gestern ist es ziemlich spät geworden, und ich hab einiges getrunken. Was ich damit sagen will: Das ist jetzt ein schlechter Zeitpunkt, um …«

»Geschenkt«, schnarrte der Tod mit einer Befehlsstimme, die de Jong verstummen ließ.

Eine Weile standen sich die beiden im Treppenhaus gegenüber. De Jong, verschlafen und morgenmuffelig, und der Tod mit seinem schwarzen Umhang, der in diesem Treppenhaus unpassend, ja geradezu overdressed wirkte. Die Sense lehnte an der Wand, konnte aber jeden Moment abrutschen und mit Getöse die Treppenstufen hinunterpoltern. Das fehlte gerade noch.

»Also gut«, sagte de Jong. »Da ist ein alter Mann, Herr Reikart, der sich auf mich verlässt. Ich soll für ihn den finden, der seinen Hund umgebracht hat.«

»Kann er nicht jemand anderes fragen?«

»Theoretisch schon. Aber die anderen werden sagen: ein Hund? Du willst den Mord an einem Hund aufklären? Wie lächerlich ist das denn?«

»Und?« Der Mann in Schwarz schien auf eine Antwort zu warten. »Wie lächerlich?«

»Überhaupt nicht so richtig«, erklärte de Jong. »Dieser Köter war nämlich seine einzige Bezugsperson.«

»Na ja.« Der Tod schien darüber nachzudenken.

»Und keiner von denen«, legte de Jong nach, »die das lächerlich finden, wäre bereit, sich mit dem Alten zu unterhalten. Weil das nicht besonders spannend ist und er sich dauernd wiederholt. Also redet er mit seinem Kühlschrank.«

»Das ist nicht lächerlich, sondern traurig.« Der Tod überlegte eine Weile, dann nickte er. »Verstehe, was du meinst.« Er schnappte sich die Sense. »Also dann. Wir sehen uns.« Beim Hinuntergehen drehte er sich aber noch mal um. »Und mach es richtig.«

»Klar«, sagte de Jong.

* * *

Als er aufwachte, war es auch längst Morgen, sonnig und schon ziemlich warm, und natürlich war er auf dem Boot und nicht in seiner alten Wohnung in Everswinkel. Trotzdem vergällte ihm der denkwürdige Traum das Frühstück, das er sonst in aller Ruhe auf dem Achterdeck eingenommen hätte. Im Stehen trank er eine halbe Tasse Kaffee, stopfte sich eins der kissenweichen Croissants in den Mund, die er letzte Woche als Zehnerpack im Angebot erworben hatte, und ging von Bord. Radelte in die Fußgängerzone, schloss das Fahrrad ab und betrat *Lies Beths Leseladen*. Dieses Mal kam er nicht umsonst.

Sanne Schnitzlers äußere Erscheinung passte zu einem uralten Klischee, das de Jong einfiel: dem Klischee der Buchhändlerin. Zum Dutt aufgestecktes Haar, Brille, Strickjacke und hochgeschlossene Bluse. Eine Erscheinung, die der Welt klarmachen soll, dass es auf das Äußere gar nicht ankommt, sondern vielmehr auf innere Werte, nicht auf ein buntes Cover, sondern auf die Inhalte zwischen den Buchdeckeln, nicht auf ein aufregendes Dekolleté, sondern auf den Charakter, das Wesentliche, für die Augen unsichtbar. Frau Schnitzler, eine Frau Mitte dreißig oder Anfang vierzig, ähnelte dem Klischee, obwohl sie weder einen Dutt trug noch eine Brille.

»Die Kriminalpolizei hat mich schon zu allem befragt«, sagte sie zugeknöpft und ließ einen raschen Blick durch den Laden schweifen; doch de Jong hatte Glück, momentan herrschte Flaute.

»Ich bin nicht mehr bei der Kripo«, sagte er. »Vielleicht hätten Sie die Antworten für mich, um die Sie die Kollegen nicht gebeten haben.«

»Ich verstehe nicht.« Frau Schnitzler musterte ihn leicht irritiert. »Was wollen Sie denn wissen?«

»Wie gut kannten Sie Tatjana Meyering?«

»Wir waren seit Langem befreundet. Und sie war meine Chefin.«

»Ihr gehörte der Laden?«

Sie nickte. »Ich habe zuerst nur ausgeholfen, dann und wann. Und nachdem das mit ihrer Schwester passiert war, bin ich mehr eingestiegen. Es ging nicht anders, um den Laden am Laufen zu halten.«

»Das mit ihrer Schwester? Was war das?«

»Olga, sie war acht Jahre jünger. Sie kam bei einem Autounfall ums Leben. Das ist jetzt gut ein Jahr her.«

Ein Kunde betrat den Laden, im weißen Hemd, die Ärmel hochgekrempelt, die Anzugjacke über dem Arm, und trat an das Regal mit den Neuerscheinungen.

»Wie ist das passiert?«, fragte de Jong.

Während sie antwortete, behielt Sanne Schnitzler den Kunden im Auge. »Ein Frontalzusammenstoß mit einem entgegenkommenden Fahrzeug. Sie hatte keine Chance. Der Fahrer hatte über 2,0 Promille Alkohol im Blut.«

»Das ist tragisch«, sagte de Jong. »Und später dann haben Sie den Laden übernommen?«

»Nicht übernommen. Wie gesagt, Tatjana hat das damals ziemlich umgeworfen. Sie brauchte lange, um in den normalen Alltag zurückzukehren. Das betraf ja nicht nur sie, sondern auch Olgas Mann. Die beiden hatten sich gerade frisch getrennt. Und Daniel gab sich lange Zeit die Schuld an Olgas Tod.«

»Könnte es einen Zusammenhang zwischen Olgas und Frau Meyerings Tod geben?«

Frau Schnitzler schüttelte, noch während sie überlegte, den Kopf. »Nein, welchen denn? Olga hatte einen Unfall. Tatjana wurde ermordet. Da gibt es keinen Zusammenhang, außer dass beide nicht mehr da sind.«

»War Tatjana mit jemandem liiert?«, fragte de Jong.

Frau Schnitzler legte irritiert den Kopf zur Seite. »Warum wollen Sie das wissen?«

»Weil sie feine Sachen anhatte, als sie gefunden wurde. Nicht so, als hätte sie vorgehabt, spazieren zu gehen. Eher so, als wollte sie sich mit jemandem treffen.«

»Nein, davon weiß ich nichts. Das alles hat mich Hauptkommissar Selters aber auch schon gefragt. Sie wollten doch andere Fragen stellen.«

Der Anzugkunde bekam Gesellschaft von einer Mutter, die mit einem kleinen Jungen an der Hand bei den Bilderbüchern suchte.

De Jong nickte. »Sie war ihre Freundin, sagen Sie, und Sie hatten überhaupt keine Ahnung, ob sie was am Laufen hatte oder nicht. Oder was sie in den Baumbergen gesucht haben könnte, wenn sie nicht so der Wandertyp war.«

»Wahrscheinlich wurde sie dort gar nicht ermordet, sagt jedenfalls der Kommissar.«

»Das ist richtig.«

»Wissen Sie, dieser Unfall damals hat Tatjana verändert. Sie war einsilbig und schweigsam. Ließ mich nicht mehr an ihrem Leben teilhaben. Deshalb weiß ich nicht, was sie im Wald gesucht hat und ob sie mit einem Mann zusammen war.«

»Aber Sie haben es verneint.«

»Weil ich es mir nicht vorstellen kann. Sie war erst gerade dabei, so langsam wieder in die Normalität zurückzufinden. Und dann das …« Sanne Schnitzler schüttelte noch den Kopf, während sie einmal *Die kleine Raupe Nimmersatt* abkassierte und in eine Tüte steckte. Mutter und Kind verließen den Laden.

»Wollen Sie sonst noch etwas wissen?«, fragte die Buchhändlerin.

»Kennen Sie die Legende vom Mörderkreuz in Tilbeck?«

»Natürlich.« Darin klang regelrechte Entrüstung darüber, dass man ihr unterstellen könnte, sie würde sie *nicht* kennen.

»Diese Sache mit den Nägeln«, sagte de Jong. »Ich frage mich, warum die Frau Nägel dabeihatte. Das hat doch keinen Sinn.«

Frau Schnitzlers Blick war mehr als skeptisch. »Bestimmt hat es Sinn«, widersprach sie. »Auch wenn wir uns nicht gleich einen Reim darauf machen können.«

* * *

Nachdem er den Leseladen verlassen hatte, blieb de Jong nicht lange ohne Gesellschaft. Er ging zu seinem

Fahrrad, schloss es auf, und da stand wie zufällig ein Mann neben ihm und schien ihm aufmerksam zuzuschauen, als plante er, demnächst auch einmal ein Fahrrad aufzuschließen, wollte aber, bevor er sich an so etwas heranwagt, erst mal sehen, wie es geht. Er trug ein weißes Hemd, hatte die langen Ärmel hochgekrempelt und das Jackett über den Arm gehängt. De Jong sah ihn nicht zum ersten Mal.

»Darf ich fragen, woher Ihr Interesse an all diesen Dingen rührt?«, erkundigte sich der Mann spitz, als der Exkommissar keine Anstalten machte, ihn zu bemerken.

»Sie meinen das Mörderkreuz?«

Der Kunde aus dem Buchladen seufzte genervt. »Ich meine Tatjana Meyering. Und Olga Meyering. Das sind private Angelegenheiten, die man nicht in aller Öffentlichkeit ausbreitet.«

»Ein Mord ist keine Privatangelegenheit«, widersprach de Jong. »Sonst wäre eine Mordermittlung ja ein unerlaubter Eingriff in die Privatsphäre.«

»Lassen Sie das doch.« Der Mann seufzte schon wieder, als wären er und de Jong an diesem Punkt schon oft aneinandergeraten. »Noch mal: Wieso wollen Sie das alles wissen?«

»Also gut.« De Jong lehnte sein Rad wieder an die Hauswand und widmete sich dem Jacketträger. »Dann wüsste ich aber erst mal gern, wieso Sie das interessiert.«

»Mein Name ist Dr. Daniel Unger. Olga Meyering war meine Frau.«

»Das tut mir leid. – Ich meine, dass sie tot ist«, fügte de Jong schnell hinzu.

»Alles wurde damals hinreichend und lückenlos aufgeklärt. Also gibt es eigentlich nichts mehr zu fragen.«

»Was meinen Sie?«

»Nun ja, die Umstände ihres Todes. Alles eben.«

»Gab es denn Gründe, sie in Zweifel zu ziehen?«

Unger zog die Mundwinkel herunter, genau das hatte er doch gerade ausgeschlossen. »Hören Sie, Herr ...«

»De Jong.«

»Der Ton Ihrer Frage gefällt mir nicht recht. Diese darin versteckten Mutmaßungen und Unterstellungen. Für welche Zeitung arbeiten Sie, wenn ich fragen darf?«

De Jong wunderte sich. »Für keine.«

»Ach, kommen Sie schon. Mir machen Sie nichts vor.«

»Nein, warum sollte ich das«, versicherte de Jong. »Ich lese Zeitung, aber das betrachte ich nicht als Arbeit in dem Sinne.«

»Wenn Sie glauben, sich über mich lustig machen zu können, wird Ihnen das noch leidtun.«

»Mal anders herum: Könnten Sie mir dann vielleicht beantworten, wer Ihre Schwägerin umgebracht hat?«

»Ich? Aber wie kommen Sie darauf – wieso sollte ich ...?«

»Wollen Sie es denn überhaupt nicht wissen?«

Dr. Unger starrte de Jong an, dann schüttelte er wütend den Kopf. »Sie Sind bei der Kripo?«

»Nein, nicht direkt. Aber in gewisser Weise schon ...«

»Dann rate ich Ihnen hiermit eindringlich, sich rauszuhalten. Mischen Sie sich nicht in Angelegenheiten, die Sie nichts angehen.« Der warnende Zeigefinger ließ de Jong vermuten, dass Unger von Berufs wegen gewohnt war, Anordnungen zu erteilen. »Diesen Rat gebe ich Ihnen nur einmal.«

* * *

Der Exkommissar hatte vor, das Gespräch zu beenden, indem er losradelte, ohne Unger noch eines Blickes zu würdigen. Doch schon nach wenigen Metern stoppte ihn das Klingeln seines Handys in der Hosentasche.

»Sag mal, wo steckst du denn eigentlich?«, schnaubte ein wütender Thiemo Ritschek. »Ich warte hier auf dich.«

»Du wartest? Auf mich?«

»*Der große Wurf*? Hallo! – Das Casting. Elf Uhr, hatten wir gesagt. Und jetzt sind es schon fast zwölf.«

De Jong hatte es völlig vergessen.

»Sag mal, du hast es doch nicht etwa vergessen?«, kam es argwöhnisch aus dem Gerät. »Das fände ich überhaupt nicht lustig.«

»Nein, nein, wie kommst du darauf? Ich bin doch längst auf dem Weg, aber dummerweise ist mir die Kette abgesprungen.«

»Zehn Minuten«, zischte Ritschek. »Wenn du dann nicht hier bist, brauchst du nicht mehr zu kommen.«

Das war aber nicht zu schaffen. Denn das Studio, das von *Super Nova TV* genutzt wurde, befand sich mitten im Zentrum Nord. Auch mit funktionsfähiger Kette konnte de Jong frühestens zwanzig Minuten später vor Ort sein.

Aber seltsamerweise traf er trotz Verspätung einen Ritschek an, der bester Laune war. Er schäkerte mit der

Producerin, einer jungen Blondine mit großem Busen und Lippenpiercing, und sobald er de Jongs ansichtig wurde, lief er ihm entgegen und umarmte ihn herzlich, als wäre der Exkommissar ein lange verschollener und längst tot geglaubter Verwandter. So waren sie halt, diese Filmleute, dachte de Jong, sie trugen das Herz auf der Zunge und ließen den Verstand in der Maske. Er hatte ein leicht mulmiges Gefühl, was seine neue Karriere als Darsteller anging.

Das war aber erst der Anfang der Mulmigkeit. Als Erstes gab es eine kurze Vorstellungsrunde – nur mit Vornamen und per Du, versteht sich. Außer de Jong gehörten der künftigen Jury noch ein Physiotherapeut in Umschulung, eine Kabarettistin im Ruhestand und zwei selbst ernannte Drehbuchautoren an, unter ihnen Kim, die Frau, die in Liesbeths Buchladen aushalf. »Der Typ ist doch wohl nicht dein Agent«, knurrte sie mit einem geradezu angeekelten Blick in Richtung Ritschek.

»Und wenn?«, fragte de Jong neugierig.

»Frag bloß nicht, woher ich den kenne.«

»Also gut«, sagte de Jong.

»Wir haben uns über *Lover2go.de* kennengelernt. Ein Two-Nights-Stand, der mich übrigens nicht gerade umgehauen hat. Jedenfalls hatten wir ein Rundum-Sorglos-Paket gebucht.« Kim schnaufte abfällig. »Und der Kerl hat sich so blöd angestellt, dass wir aufgeflogen sind.«

De Jong verstand kein Wort, kam aber auch nicht mehr dazu nachzufragen. Denn Melania, die Producerin, bestand auf ungeteilter Aufmerksamkeit für eine kleine Performance, die allen Newcomern einen kurzen Eindruck »von dem, was wir hier machen« vermitteln sollte.

»Dort drüben, auf den Rängen, das Publikum. Mal johlend, mal applaudierend, je nach Regieanweisung. Wir hier, nebeneinander an einem langen Tisch, die Jury.« Dazwischen die Wurfbahn. Fiona, Graziana und Oona – die Werferinnen, in hautengen, weit ausgeschnittenen Latexanzügen. Fiona leuchtete rot, Graziana gold und Oona magentafarben. Sie warf einen schweren Hardcover-Schinken, der auf der Spiegelbestsellerliste auf Platz sechs rangierte. Das Buch flatterte wie ein im Flug erschossener Vogel durch die Luft und schlug kopfüber auf der gläsernen Wurfbahn auf, knappe zwei Meter von Oona entfernt. Eine Fanfare ertönte, und den Aufschlagspunkt markierte ein blutrotes Schimmern, das wellenförmig im Glasboden waberte. Jetzt war die Jury dran: Bewertung von Schwung, Körperhaltung, Anlauf und Flugbahn auf einer Skala von eins bis zehn. Insgesamt kamen 23 Punkte zusammen, gar nicht mal schlecht.

»Und das war's dann auch schon«, beendete Kolja, ein U-21-Regisseur mit hochmodischem Flaum um das Kinn, das Casting und teilte die Skripte aus. »Den Text habt ihr am Samstag alle drauf, dann machen wir einen Probedurchgang. Noch Fragen?«

Davon gab es reichlich, und de Jong überflog währenddessen schon den Text. Wie er feststellen musste, stand wirklich alles drin. Jede kleinste Bewegung, jedes Augenzwinkern. Welche Bewertungen er abzugeben hatte, nicht ohne vorher immer eine witzige Bemerkung gemacht zu haben. Genauer gesagt, eine Bemerkung, die laut Skript viele Lacher bekam, obwohl er sich fragte, was an ihr witzig sei.

»Moment mal«, fragte er dazwischen. »Aber wenn schon hier drinsteht, welche Note ich gebe, dann wisst ihr doch auch, welches Buch auf Platz eins kommt und welches durchfällt?«

»Genau.« Kolja war anzumerken, dass er keinen Spaß daran hatte, Dinosauriern die Welt von heute zu erklären. »Das ist ja der Witz. Wohl noch nie was von Scripted Reality gehört?«

Lover2go. Scripted Reality. Noch ein Wort, das ihn als Idioten dastehen ließ, und er wäre hier weg, dachte de Jong. Aber er überstand die Fragerunde und gönnte sich am Ende noch einen Coffee-to-go in der Cafeteria. Kim hatte dieselbe Idee.

»Jetzt heißt es also good bye, Liesbeth – hello Hollywood?«, erkundigte sich de Jong, um etwas Konversation zu machen.

Kim nickte. »Die werden das schon ohne mich schaffen.«

»Sicher. Glücklicherweise hat Tatjana Meyering in ihrer Freundin eine würdige Nachfolgerin gefunden.«

»Ihrer Freundin«, wiederholte Kim und quetschte ein säuerliches Grinsen auf ihr Gesicht, als hätte sie auch sagen können: Ja, der war wirklich gut.

Was de Jongs Neugier erregte. »Gibt es irgendetwas, das zwischen den beiden steht?«

Kim winkte ab und setzte sich mit ihrem Kaffeebecher an einen Tisch, obwohl ihr Getränk ein Coffee-to-go war.

»Erzählen Sie es mir. Ich würde es gern wissen«, setzte er nach.

»Ich weiß nur, dass die beiden sich heftig gefetzt haben. Das ist noch gar nicht so lange her. Tja, Sie werden sagen, Freundinnen können sich eben auch mal fetzen. Aber so hoch, wie das zwischen denen hergegangen ist – da hab ich mir gedacht, wenn das Freundinnen sind, will ich lieber Feinde haben. Und später haben sie sich auch nicht wieder vertragen.«

»Wissen Sie noch, worum es bei dem Streit ging?«

»Ach, ich habe doch nicht gelauscht.«

»Natürlich nicht.«

»Aber wenn es laut wurde, konnte man nicht weghören. Sanne wollte immer, dass Tatjana aufwacht. Sie solle endlich die Augen aufmachen und sich der Wirklichkeit stellen. Das kam immer wieder.«

»Und Tatjana?«

»Sie hat gesagt, sie sei noch nie so hintergangen worden.«

»Das hört sich interessant an«, fand de Jong.

»Ich hab ja keine Ahnung, worum es ging. Hörte sich jedenfalls nicht nach beste Freundinnen an.«

»Aber vorher hatten die beiden gut zusammengearbeitet? Auf relativ harmonische Weise?«

Es gurgelte, als Kim den letzten Rest Kaffee aus ihrem Becher saugte. »Keine Ahnung. Im letzten Jahr war Tatjana ja so gut wie nie da. Alles, was so anfiel, hat Sanne erledigt. Beziehungsweise ich.«

* * *

Nach dem Casting hatte de Jong das dringende Bedürfnis nach einer Welt, die nicht komplett den Verstand verloren hatte, davon abgesehen war er neugierig auf weitere Einzelheiten über Sanne Schnitzlers heißen Disput mit Tatjana Meyering. Gegen dreizehn Uhr dreißig erreichte er den Leseladen, aber der war abgeschlossen: Mittagspause, und das in der Innenstadt. Also machte er kehrt, blieb mit dem Fahrrad aber in einer Gruppe englischer Touristen stecken, die ihn wie ein Kokon einschlossen, sodass er samt Fahrrad beinahe in die Lambertikirche gespült worden wäre.

Dann erblickte er Frau Schnitzler, drüben, auf der anderen Seite des Platzes, an einem Tisch, der zu einem der Cafés gehörte, und sie war nicht allein: Bei ihr saß der mit Humor so sparsam bedachte Dr. Unger. Die Reisegruppe gab de Jong wieder frei, und er wollte sich schon zu den beiden gesellen, als er innehielt: Das war keine lockere Plauderei. Die Gesichter angespannt, Unger verbissen und mit rotem Kopf, Schnitzler genervt den Kopf schüttelnd. Fast eine halbe Minute lang blickten sie beide in verschiedene Richtungen. Dann legte Unger seine Hand auf ihren Arm, und sie zog ihn weg. Jetzt war er mit Kopfschütteln dran, stand auf und entfernte sich in Richtung Salzstraße.

»Na, das ist ja eine Überraschung!«, drängte sich de Jong mit übertrieben guter Laune auf, ergriff die Chance, obwohl dies wohl kein guter Zeitpunkt war, und setzte sich auf Ungers Platz.

Frau Schnitzler zog ihr Portemonnaie hervor, um deutlich zu machen, wie wenig begeistert sie davon war. »Was wollen Sie denn noch?«

»Ich sah nur zufällig, dass Sie und Herr Unger einen kleinen Streit hatten.«

»Hatten wir nicht. Außerdem geht Sie das überhaupt nichts an.«

»Was war es denn dann?«

Zum Zeichen, dass sie nicht einmal daran dachte, darauf zu antworten, winkte die Buchhändlerin mit dem Portemonnaie, aber die Bedienung war zu beschäftigt, um sie zu bemerken.

»Also gut«, bohrte de Jong gnadenlos weiter, »es ist nämlich so: Ich hatte erst heute Vormittag auch keinen Streit mit Dr. Unger. Er hat mich lediglich ultimativ ersucht, mich nicht in gewisse Dinge einzumischen. Ohne mir allerdings zu sagen, um welche Dinge es sich …«

»Daniel – ich meine Dr. Unger – ist der Leiter des St. Euthymia-Internats. Falls Sie es nicht wissen, das ist ein katholisches Haus im Kreuzviertel, nur für Mädchen. Ein Haus mit Tradition. Es ist doch wohl klar, dass er da um seinen Ruf besorgt sein muss.«

»Vielleicht«, gab de Jong zu. »Aber ist der denn in Gefahr?«

Frau Schnitzler gab das mit dem Portemonnaie auf und schüttelte den Kopf. »Darum geht es doch nicht. Daniel ist ein sehr umsichtiger Mensch. Und zu Recht: Er hat Frau und Kind.«

»Viele Menschen haben Frau und Kind, aber das ist für sie nicht gleich ein Grund zur Sorge.« De Jong hatte eine Idee: »Könnte es vielleicht sein, dass Sie dieser Grund sind?«

»Ich?«

»Nun ja, Sie beide haben für mich nicht wie ein Herz und eine Seele gewirkt. Vielleicht irre ich mich ja, aber man bekam durchaus den Eindruck, als hätte es mal eine Zeit gegeben, in der Sie das waren.«

Sanne Schnitzler sah ihn direkt an, eher verwirrt als wütend. Und traurig. »Es ist mir doch egal, welchen Eindruck Sie bekommen haben«, sagte sie leise. »Nach Olgas Tod brauchte Daniel jemanden. Eine Schulter, an die er sich lehnen konnte. Ich hab sie ihm gegeben. Aber das war auch schon alles.«

Plötzlich erinnerte sie de Jong wieder an die in sich gekehrte Bücherfrau, die nicht viel für Sinnenfreuden übrighat und der alles Äußerliche nur oberflächlich ist. Trotzdem tat sie ihm irgendwie leid. Vielleicht sogar deshalb.

Die Kellnerin hatte nun doch ihren Weg hergefunden. »Kann ich Ihnen noch etwas bringen?«, fragte sie.

»Zahlen«, sagte Frau Schnitzler.

* * *

Trotzdem hatte sie ihm nicht die Wahrheit gesagt. Ebenso wenig wie Unger, darauf konnte er wetten. De Jong mochte es für die berühmte kriminalistische Spürnase halten – das Gefühl, dass der heftige Streit zwischen Tatjana und Frau Schnitzler etwas mit dem Mord zu tun hatte; schlussendlich war es wohl eher die heimliche Freude daran, einen Blick hinter die saubere akademische Fassade des Dr. Daniel Unger zu riskieren und sich in die berühmten Angelegenheiten zu mischen, die ihn nichts angingen. Das hätte er allerdings niemals zugegeben.

Es war inzwischen halb drei. Die studentische Aushilfe am Empfang des Euthymia-Kollegs klärte ihn darüber auf, dass der Internatsleiter schon vor über einer

Stunde nach Hause in den freien Nachmittag gefahren sei, und erklärte ihm auf sein Bitten arglos den Weg dorthin. Also trat de Jong in die Pedale. Die Sonne hatte sich gehalten, die Wärme zugelegt und das Wetter eindeutig auf sommerliches Niveau gebracht. Unterwegs kam de Jong ziemlich ins Schwitzen und wünschte, sich für etwas leichtere Klamotten entschieden zu haben. Außerdem spürte er links oben seinen bösen Zahn, den er schon seit Monaten ignorierte und der sich mit immer heftigerem Pulsieren gegen diese Missachtung wehrte. Ausgerechnet jetzt, dachte er. Aber gab es überhaupt einen passenden Zeitpunkt für eine Zahnbehandlung, deren Ausgang niemand vorhersehen konnte und deren Verlauf sich niemand vorstellen wollte?

Dr. Ungers Haus verdiente für de Jong eher die Bezeichnung Residenz. Am Rand von Angelmodde gelegen, auf einem Grundstück mit Zugang zur Werse, ein großzügiger, einstöckiger, jedoch nicht einsehbarer Bau mit breiter Glasfront und zwei nebeneinanderliegenden Garagen, die zusammen so breit waren wie das Haus. De Jong stellte sein Fahrrad an der Straße ab, stapfte eine blendend weiße Kiesauffahrt hinauf, die den saftgrünen Rasen in zwei Teile schnitt, und betätigte einen goldenen Knopf neben der Eingangstür, der einen mehrstimmigen, klassisch anmutenden Gong zum Klingen brachte. Daraufhin öffnete nicht etwa eine Angestellte, womit er fest gerechnet hatte, sondern der Hausherr selbst. Ganz ungewohnt in einem hellblauen T-Shirt und bunten Bermudashorts.

»Sie?« Augenblicklich verfinsterte sich Ungers Feiertagsmiene, die sommerliche Freizeitstimmung verpuffte, dagegen konnten auch noch so bunte Bermudashorts nichts ausrichten.

»Dr. Unger, schön, dass ich Sie antreffe«, flötete de Jong und ließ vorsichtshalber seinen rechten Fuß vortreten, dass man ihm nicht die Tür zuschlagen konnte.

»Los, gehen Sie, sonst rufe ich die Polizei!«

»Nur ein oder zwei Fragen«, konterte de Jong, »und die Polizei bleibt Ihnen erspart.«

Der Schulleiter starrte ihn perplex an. Sein Gesicht nahm eine rote Farbe an. »Was wollen Sie damit sagen, dass mir die Polizei erspart bleibt?«

»Tatjana Meyering. Über sie habe ich mit Ihrer Freundin gesprochen, Sanne Schnitzler.«

Das Wort Freundin ließ Unger förmlich zusammenzucken. »Diesen Rat gebe ich Ihnen nur einmal: Machen Sie, dass Sie wegkommen und hören Sie auf, Ihre Nase in Dinge zu stecken, die …«

»Wer ist das, Papa?«, erkundigte sich eine Vierzehn- oder Fünfzehnjährige, die plötzlich hinter Unger auftauchte. Sie trug eine übergroße spiegelnde Sonnenbrille, grellrote Turnschuhe und beäugte de Jong neugierig.

Der Internatsleiter fuhr herum. »Brenda!«

»Ist er ein Freund von dir?«

»Na ja«, schwamm Unger herum. »Natürlich, er ist ein alter Freund.«

Selbst schuld, dachte de Jong, nutzte die Gunst des Augenblicks und schob sich hinein. »Ganz schön unhöflich von mir, einfach so hereinzuschneien … aber ich dachte mir: auf die alten Zeiten. Will auch gar nicht lange stören.« Er reichte Brenda die Hand. »Ich bin Niklas.«

»Hi. Willst du was trinken?«

Es lief perfekt. Der völlig überrumpelte Dr. Unger stand tatenlos und mit einem falschen Freundschaftsgrinsen im Gesicht da, während seine Tochter Brenda den Gast mit einem Orangensaft versorgte und in den Garten führte. Dort lernte de Jong Ilona Unger kennen, eine attraktive, blonde Frau in einem schwarzen Bikini, die am Ufer der Werse ein Sonnenbad nahm. Brenda stellte sie als ihre Stiefmutter vor, und der Blick, den die beiden austauschten, war kälter als die Eiswürfel in de Jongs Orangensaft.

Der Exkommissar, der zwar nicht sehen, aber spüren konnte, wie der Hausherr hinter seinem Rücken ungeduldig gestikulierte, ließ sich von Unger schließlich ins Arbeitszimmer entführen.

»Also gut.« Die Hände tief in den Taschen der unmöglichen Bermudashorts, stand der katholische Internatsleiter am Fenster, sah hinaus und wippte nervös mit den Fußspitzen. »Sagen Sie schon, was Sie von mir wollen.«

»Ganz einfach: Ich bin zwar nicht mehr bei der Kripo Münster, gehöre aber doch noch zum Team, verstehen Sie?«

»Nein.«

»Betrachten Sie mich am besten als eine Art inoffiziellen Sonderermittler.«

»So was gibt es überhaupt nicht.«

»Erzählen Sie mir von Olga.«

»Warum sollte ich?«

»Weil ich herausfinden will, wer ihre Schwester getötet hat.«

»Was hat das mit Olga zu tun?«

»Olga ist auch tot. Vielleicht gibt es da einen Zusammenhang.«

»Ausgeschlossen.« Energisches Kopfschütteln. »Wie kommen Sie denn darauf? Ich wüsste überhaupt nicht ...«

»Wie war Ihre Beziehung zu Olga?«

»Was soll denn bitteschön diese Frage? Wir waren verheiratet.«

»Deshalb ja: War es eine glückliche Ehe?«

Unger schnaubte. »Das geht Sie doch überhaupt nichts an! So eine Dreistigkeit ...«

De Jong nippte an seinem köstlichen Orangensaft und wartete.

»Also gut: Es war eine normale Ehe, würde ich sagen. Eine vorbildliche.«

»Was denn jetzt?«

»Sie hatte Höhen und Tiefen, so wie jede Partnerschaft.« Unger sah sich sorgfältig um, trat einen Schritt vor und senkte seine Stimme: »Und wenn Sie jemals etwas anderes behaupten sollten, Herr de Jong, werde ich Sie verklagen, gehen Sie davon aus.«

Schon wieder, wunderte sich der Exkommissar. Unger glich dem berühmten einfältigen Mörder, der auf einer weiten Wiese stand und auf eine bestimmte Stelle zeigte: Wehe, du kommst auf die Idee, hier zu graben. Hier wirst du nämlich ganz bestimmt nichts finden, schon gar keine Leiche!

»Wenn die Ehe so vorbildlich war, wieso haben Sie sich dann getrennt?«

»Wegen der Höhen und Tiefen, sagte ich doch bereits. Und wer etwas anderes behauptet, der ...«

»Schon gut«, sagte de Jong. Er stellte das leere Glas auf Ungers Schreibtisch ab. »Aber danke für den Drink.«

* * *

Es war kurz nach halb vier, als er Angelmodde hinter sich ließ. Das Badewetter lockte Stadtbewohner, ausgerüstet mit Badetüchern, Sonnenmilch und kühlen Getränken, scharenweise an die Ufer von Kanal und Werse. De Jong war so ziemlich der Einzige, der stadteinwärts radelte. Na ja, fast der Einzige. Noch jemand sauste von hinten heran und holte ihn ein, zog an ihm vorbei und wartete im Schatten einer Bushaltestelle auf ihn. Brenda.

»Danke noch mal für die Gastfreundschaft«, sagte de Jong und stoppte.

»Sie sind gar kein Freund von meinem Vater.«

»Woher weißt du das?«

»Er ist immer schon ein miserabler Lügner gewesen.«

»Also gut, du hast recht, ich bin nicht sein Freund. War Olga deine Mutter?«

Sie nickte. »Wer denn sonst? Diese Schnepfe ist gerade mal zehn Jahre älter ist als ich.«

»Dein Vater sagt, er und Olga hätten eine vorbildliche Ehe geführt. Und trotzdem haben sie sich getrennt.«

»Eine vorbildliche Ehe.« Das Mädchen schüttelte angewidert den Kopf. »Das hat er wirklich gesagt? Sieht ihm richtig ähnlich.«

»Na ja«, sagte de Jong. »Es kommt immer darauf an, was man unter vorbildlich versteht.«

Brendas angeekeltes Schnaufen klang ganz nach ihrem Vater. »Okay, dass Mama es alle paar Wochen mit einem anderen getrieben hat. Und dass sie es irgendwann nicht mal mehr geheim gehalten hat. Wenn das vorbildlich ist …«

De Jong entschied sich dagegen, die Tochter über den Tod ihrer Mutter auszufragen. »Jedenfalls vielen Dank, dass du es mir gesagt hast.« Er stieg wieder auf sein Rad.

»Mein Vater stellt sich dagegen gern als Heiliger dar.«

»Was gar nicht stimmt?«

»Er hat auch eine andere. Hab ich zufällig rausgefunden. Papa denkt, ich hätte keine Ahnung.«

»Und Ilona?«

Brenda verzog das Gesicht. »Die Schnepfe wird es auch nicht erfahren. Sie hat es nicht besser verdient.«

8. Kapitel

Gegen Abend waren die meisten Stadtbewohner wieder zurück, um am Hafen und in der Innenstadt die Restaurants zu füllen. De Jong simste Eugen Küppers, um sich mit ihm im *Knipperdolling* zu verabreden, aber der konnte nur am Mittwoch, also am nächsten Tag. De Jong machte sich achselzuckend daran, sein Fahrrad an Bord des *Alten Mädchens* zu hieven, als er angesprochen wurde.

»Herr de Jong?«

Er drehte sich um. Da stand ein Kerl im Anzug, de Jong schätzte ihn auf Mitte dreißig. Genauer gesagt, war es auch kein Anzug, sondern eher ein legeres, wenn auch gediegenes Outfit für den Feierabend. Zum Ausgehen und was Hermachen. Der Mann lächelte unsicher und hielt de Jong seine Hand hin: »Schriebeck. Axel Schriebeck. Ich habe die Sache mit Herrn Reikart gehört …«

De Jong ergriff die Hand, die sich leicht verschwitzt anfühlte. »Welche Sache?«

»Dass sein Hund überfahren wurde. Diese tragische Sache.«

»Und von wem haben Sie davon gehört?«

»Nun ja, zufällig arbeite ich direkt gegenüber.« Schriebeck deutete auf ein Haus, das wenige Hundert Meter von der Anlegestelle des *Alten Mädchens* entfernt lag, ein recht unansehnliches, dreistöckiges, betonverkleidetes Bürogebäude. »Meine Firma befindet sich in der zweiten Etage, über dem AKP-Büro.«

»Die Anti-Auto-Partei. Ich verstehe. Von Ihrem Vater gegründet.«

Der junge Mann nickte. »Für ihn produziere ich auch Werbefilme und Clips für seine Wahlkampfauftritte. Die können Sie auf *YouTube* ansehen, wenn Sie wollen.«

De Jong nickte anerkennend, wusste aber nicht recht, was er dazu sagen sollte.

»Nun ja, das mache ich eigentlich auch nur nebenbei. Abgesehen davon designe und verkaufe ich Bildschirmschoner für Arztpraxen und Anwaltskanzleien.«

Der Exkommissar spielte auf das noble Freizeitoutfit an: »Wie man sieht, scheint das ja sehr einträglich zu sein. Allerdings ist mir immer noch nicht klar, wie Sie auf Herrn Reikart kommen.«

»Mein Vater hat es mir erzählt. Und weil ich ja hier irgendwie zur Nachbarschaft zähle, hatten wir uns überlegt …« Axel Schriebeck druckste herum, als hätte er mit irgendeiner Peinlichkeit herauszurücken.

»Was haben Sie überlegt?«

»Etwas zu tun. Ein Zeichen zu setzen.«

Wieder kam nichts.

»Also gut. Dann machen Sie das«, sagte de Jong und schickte sich an, dem Herrn einen guten Abend zu wünschen.

»Sie wissen doch, wofür mein Vater, Horst Schriebeck, steht?«

»Tja, nicht so richtig«, sagte de Jong. »Wutbürgerlichkeit? Kampf gegen Toleranz?«

»Jemand wurde zu Tode gefahren.« Endlich schien sich Schriebeck junior ein Herz gefasst zu haben. »Zwar nur ein Hund, aber die Hauptsache ist: Der Täter war ein Autofahrer.«

»Verstehe«, sagte de Jong.

»Und wer, wenn nicht wir, sollte sich dieser Sache wohl annehmen? Wer, wenn nicht wir, sollte sie als seine Angelegenheit betrachten?«

»Lassen Sie mich überlegen, ich hab's gleich.«

»Nein, ich meine, wir sollten das machen.«

»Also was wollen Sie?«

»Solche Dinge sollten nicht einfach so unter den Teppich gekehrt werden. Dieser Hund mag nur ein Hund sein, aber er ist ein weiteres Opfer des in dieser Stadt immer mehr ausufernden Autoverkehrs.«

»Ich glaube, das sehe ich ein bisschen anders.«

»Gern. Aber wir finden, dass es Zeit ist, Flagge zu zeigen. Und deswegen hat sich mein Vater überlegt, dem Geschädigten …«

»Sie meinen Kennedy.«

»Kennedy? John F., den Präsidenten?«

»Nein. So hieß der Hund, den es erwischt hat.«

»Mit dem Geschädigten meine ich natürlich Herrn Reikart, den Halter des Tieres. Wir wollen ihm vor laufenden Kameras einen nagelneuen Hund überreichen. Vor Vertretern der Presse. Wie denken Sie darüber, Herr de Jong?«

»Ich verstehe nicht ganz, wieso es Sie interessiert, wie ich darüber denke.«

»Nun ja.« Jetzt fing die Druckserei wieder an. »Der alte Mann ist fremden Menschen gegenüber etwas zurückhaltend. Besonders jetzt, nachdem das alles … Jemand aus unserem AKP-Team hat ihm bereits einen Besuch abgestattet, aber ihm wurde nicht geöffnet.«

»Und jetzt denken Sie, dass ich …?«

Erleichtert darüber, dass der Groschen gefallen war, erhellte sich Schriebecks Miene. »Es wäre doch eine gute Nachricht, die Sie überbringen würden.«

»Da bin ich mir nicht sicher. Ich bin eigentlich derjenige, von dem Herr Reikart erwartet, dass er Kennedys Mörder findet.«

Das Wort Mörder schien dem Mann im legeren Anzug einen kleinen Schrecken einzujagen. »Es ist ja nur ein Vorschlag«, betonte er. »Bitte, denken Sie darüber nach.«

* * *

In den Träumen, die er in der Nacht zum Mittwoch träumte, verzichtete der Tod auf einen Auftritt, was de Jong so deutete, dass der Kerl in der schwarzen Kutte bis jetzt leidlich damit zufrieden war, wie sich der Fall Reikart entwickelte. Was man von ihm selbst übrigens nicht behaupten konnte. Der Exkommissar war so ähnlich vorgegangen wie früher: Solange sich keine konkrete Spur fand, Ungereimtheiten aufspüren und den Leuten, die diese Ungereimtheiten offenbarten, auf den Zahn fühlen. Um über kurz oder lang auf eine Spur zu stoßen, die ihn schon bald zur Aufklärung des Falles führte. Im Übrigen lautete der Plan: Finde denjenigen, der die Tote in den Baumbergen auf dem Gewissen hatte, dann weißt du auch, wer den Hund abgemurkst hat.

Das war aber nur eine Hypothese.

Es war ja nicht nur verquere AKP-Propaganda, sondern geradezu ein Allgemeinplatz, dass besonders am Steuer PS-starker Limousinen selten besonnene Autofahrer saßen, sondern in den allermeisten Fällen Soziopathen, die unter Allmachtsfantasien und Potenzängsten litten, hilflose Opfer ihrer eigenen Aggressionen waren und denen man jederzeit zutrauen durfte, dass sie im Angesicht eines läppischen Köters, der es wagte, ihnen den Weg zu versperren, einfach mal aufs Gas statt auf die Bremse traten. Nicht etwa, weil sie was gegen Hunde hatten, sondern einfach nur, weil sie es konnten.

Auf der anderen Seite: Die Ungereimtheiten, an denen er sich entlangtastete, waren ihm bisher nur an Leuten aufgefallen, denen er eben nicht so recht zutraute, einen Menschen umgebracht zu haben.

Um etwas gegen diese Unzufriedenheit zu unternehmen, konnte es nicht schaden, sich ein wenig bei der Mordkommission umzuhören. Gegen Mittag betrat de Jong das Polizeipräsidium und wurde schon auf dem Flur von Hauptkommissar Selters alias Dr. Seltsam in Empfang genommen. »Wenn man vom Teufel spricht«, begrüßte er de Jong mit einem breiten, wenn auch unpassenden Grinsen im Gesicht und bugsierte ihn in sein Büro. »Hab gehört, Sie wollen eventuell wieder zu uns ins Team?«

»Wer hat Ihnen das erzählt, Herr Kommissar?«

»Wie auch immer, ich sage Ihnen gleich, dass das selbst aufgrund der Empfehlung des geschätzten Kollegen Küppers nur möglich ist, wenn Sie fortan auf das Begehen von Straftaten verzichten.«

»Was für Straftaten?«

»Amtsanmaßung zum Beispiel.«

»Sagen Sie bloß.« De Jong lachte zischend. Er dachte: Jetzt spielen wir wieder das Spiel »Ich hab nie etwas Dergleichen gesagt« und »Sie waren auch nie hier«.

Aber er täuschte sich. Kurz darauf standen sie im Büro. Auf dem Stuhl, den bei seinem letzten Besuch de Jong eingenommen hatte, saß jemand. Der Mann drehte sich um. Dieses Mal trug er keine Bermudashorts, sondern einen dunklen Anzug, der ihn nicht kleidete, sondern nur älter aussehen ließ.

»Dr. Unger«, erklärte der Hauptkommissar, »hat sich bei uns beschwert, dass jemand, der gar nicht bei der Kripo ist, sich als Kriminalkommissar ausgibt und in seinem Privatleben herumschnüffelt. Ihn sogar zu Hause im Kreise seiner Familie belästigt.«

»Nein, das ist ja unerhört!«, empörte sich de Jong.

Unger deutete auf de Jong. »Er ist der Kerl, Herr Kommissar.«

»Ich habe nie behauptet, Kommissar zu sein.«

»Oh doch, haben Sie.«

»Habe ich nicht. Aber Sie«, startete de Jong einen Gegenangriff, ein durchschaubares Ablenkungsmanöver, »haben sich verhalten wie ein Verdächtiger, der sich als Unschuldiger ausgibt, was vielleicht noch viel schlimmer ist.«

»Also, das ist ja wohl …«

»Wessen verdächtig?«, erkundigte sich Selters neugierig.

Stille trat ein. Auch Ungers fragender Blick war jetzt auf de Jong gerichtet.

»Des Mordes.«

Unger sprang von seinem Stuhl auf. »Das ist ja ungeheuerlich!«

»Und zwar an Tatjana Meyering, Ihrer Schwägerin.«

»Lächerlich! Welchen Grund sollte ich haben, Tatjana zu töten?«

»Ich nenne Ihnen einen: Tatjana war es leid, über das Leben und Sterben ihrer Schwester lügen zu müssen. Sie wollte endlich offen darüber reden, auch über Olgas Tabubrüche, ihre wechselnden Männerbekanntschaften. Und damit hätte sie Sie, Dr. Unger, ziemlich in Verruf gebracht.«

Unger atmete aufgebracht. Er wirkte wie jemand, der gar nicht genug Puste hat, um sich der Sache angemessen aufzuregen.

»Nicht, dass ich Sie auch gleich verdächtigen würde.« Selters hatte offenbar keine Probleme, den reinen Mutmaßungen seines Exkollegen Gehör zu schenken. »Aber können Sie uns dazu vielleicht etwas sagen?«

Der Leiter des Euthymia-Kollegs fasste sich wieder. »Sie kannten Tatjana nicht. Zugegeben, sie wollte immer die Wahrheit ans Licht bringen. Das war so etwas wie ihre heilige Bestimmung. Sie hasste jede Form von Lüge. Aber war das wirklich so?«

»Wie meinen Sie das?«

»Wer andere der Lüge bezichtigt, belügt sich doch oft selbst.«

»Hat sie das, Ihrer Meinung nach?«

»Es war ihr völlig egal, zu welchem Preis und wem sie schadete. Hauptsache, ihr ging es gut damit. Wissen Sie was: Ich glaube, dass sie das, was ihre Schwester machte, heimlich bewunderte.«

De Jong verstand, was er meinte. »Sie war das Mauerblümchen und hatte bisher kaum Beziehungen gehabt. Und ihre Schwester Olga war in dieser Hinsicht relativ aufgeschlossen.«

»Wie standen Sie dazu?«, erkundigte sich Selters.

»Ich war um meinen Ruf besorgt, das gebe ich ja zu. Es steht ja nicht nur mein Renommee auf dem Spiel, sondern auch mein Job. Das ist ein katholisches Mädcheninternat, was denken Sie denn? Da wird nicht lange gefackelt und auch nicht nach Schuldigen gesucht. Wenn irgendwas ruchbar wird, bist du zur Steinigung freigegeben.«

»Mal ganz anders herum gefragt«, sagte de Jong. »Weiß Ihre Frau von Ihrer Beziehung mit Sanne Schnitzler?«

Unger wedelte genervt mit der Hand. »Jetzt kommen Sie doch nicht schon wieder damit.«

»Darf ich vielleicht auch mal erfahren, worum es hier geht?«, fragte Dr. Seltsam dazwischen.

»Es ist eine Langzeitbeziehung. Ziemlich zerrüttet«, sagte de Jong. »Wenn auch außerehelich.«

»Ach, hören Sie doch auf. Sie wissen doch gar nicht, wovon Sie sprechen.«

»Aber bestreiten Sie denn, dass nicht nur Ihre verstorbene Frau ihr Glück außerhalb der trauten Zweisamkeit gesucht hat, sondern auch Sie …«

»Ihr Glück gesucht? Wechselnde Männerbekanntschaften?«, ereiferte sich der Internatsleiter auf eine

Weise, die de Jong noch nicht an ihm kennengelernt hatte. »Das sind alles schöne Formulierungen, aber reden wir doch davon, was wirklich war! Diese Frau war regelrecht süchtig. Schon mal was von *Lover2go* gehört? – Hab ich mir gedacht. Ich vorher nämlich auch nicht. Da können Sie übers Internet irgendeinen Kerl mieten und sich von ihm bespringen lassen.«

»Herr Doktor Unger, ich muss schon bitten«, tadelte Selters pastorenhaft, aber der Doktor war nicht zu stoppen.

»Und Olga – Gott hab sie selig – hat das in vollen Zügen ausgekostet. Ich hab mir gedacht: Halt still, sie wird sich eines Tages ausgetobt haben. Aber stattdessen wurde es immer schlimmer. Das ganze großzügig bemessene Haushaltsgeld ging dafür drauf. Sie gebärdete sich geradezu … ja: nymphomanisch!«

De Jong nickte. »Und nach ihrem tragischen Unfalltod wollte Tatjana nicht weiter lügen, sondern öffentlich dazu stehen, dass die Ehe ihrer Schwester weder vorbildlich noch normal war, sondern eine Farce. Und das konnten Sie unmöglich zulassen.«

»Wie sollte ich das denn verhindern?«

De Jong sparte sich, darauf zu antworten, sondern sandte einen vielsagenden Blick an Dr. Seltsam.

»Indem Sie sie zum Schweigen brachten«, übernahm der Hauptkommissar.

Wieder herrschte einen Augenblick angespanntes Schweigen.

»Sie hat Ihnen das in den Kopf gesetzt, stimmt's?«, stieß Unger schließlich hervor.

»Sie?«, fragte de Jong.

»Sanne. Das hab ich mir vom ersten Moment an gedacht. So was schafft sie immer. Mit ihrer Unschuldsmiene des weltfremden Bücherwurms kriegt sie alle herum. Niemand kommt auf die Idee, dass sie jemandem Böses will.«

»Zum Beispiel?«

»Tatjana aus dem Geschäft drängen. Die letzte Zeit war sie ja nie im Laden, sie hatte Besseres zu tun. Sanne hat die Zeit genutzt und war mit einem potenziellen Käufer im Geschäft. Sie wollte den Laden vor die Wand fahren und nach dem Verkauf als Geschäftsführerin fungieren.«

»Verstehe«, sagte de Jong. »Darum ging es also bei ihrem Streit.«

Dr. Seltsam nickte versonnen. »Jetzt ist Tatjana tot, und Sannes Plan steht nichts mehr im Wege. Sie profitiert also von der Tat.«

Die Vorstellung, dass zwei Menschen miteinander liiert waren und sich gegenseitig des Mordes bezichtigten, fand de Jong zwar kein bisschen verlockend, aber dennoch faszinierend. Da Dr. Unger jedoch nicht mehr auf die Amtsanmaßung zurückkam, beschuldigte de Jong ihn auch nicht mehr, Tatjana Meyering umgebracht zu haben. Sein Zahn meldete sich inzwischen wieder, er bestand darauf, dass de Jong etwas seinetwegen unternahm und nicht immer nur leere Versprechungen machte. De Jong berührte ihn vorsichtig mit der Zungenspitze: Der Zahn fühlte sich größer an als sonst und bedrohlicher, heiß und angespannt, wie ein Vulkan kurz vor dem Ausbruch.

Nachdem der Leiter des Euthymia-Kollegs den Rückzug angetreten hatte, nutzte er die Gelegenheit, noch einmal auf Olga Meyering zurückzukommen. »Ich frage mich«, überlegte er, »ob zwischen den Toden der beiden Schwestern nicht doch ein Zusammenhang besteht.«

Hauptkommissar Selters, offenkundig kein Fan dieser Hypothese, schüttelte den Kopf. »Hier Mord, da Verkehrsunfall. Wo soll ein Zusammenhang sein? Und warum sollte man den konstruieren?«

»Was ist mit dem Täter – ich meine: dem Verursacher?«

»Verursacher von was?«

»Des Unfalls. Der andere Fahrer, der über zwei Promille Alkohol im Blut hatte.«

Selters runzelte die Stirn. »Was für ein anderer Fahrer? Es gibt keinen.«

»Ach nee. Wenn am Steuer des anderen Wagens niemand saß, dann wundert es mich allerdings nicht, dass es geknallt hat.«

»Es gibt auch keinen anderen Wagen.« Die Runzeln wurden zu beeindruckenden Furchen. »Die Frau ist gegen einen Baum gefahren. Und sie war diejenige, die zwei Promille im Blut hatte.«

9. Kapitel

Es war gegen 18 Uhr, als ihm der Sportwagen zum zweiten Mal auffiel. Wieder gab sich der Abend traumhaft, noch dazu blieb einem das übliche Gedrängel erspart: Es war ein Wochentag, und die von Arbeitszeiten weitgehend unabhängigen angehenden Akademiker zog es an die Hafenmeile der Innenstadt, wo sie sich so zahlreich tummelten, dass sie um jeden freien Sitzplatz erbittert kämpfen mussten.

De Jong hatte noch ein paar Besorgungen gemacht, Sachen fürs Abendessen eingekauft, und dann war Eugen Küppers mit einer Einladung ins *Knipperdolling* um die Ecke gekommen. Er wollte gerade wieder an Bord gehen, als er den grellroten Sportwagen bemerkte. Der Wagen parkte an der gleichen Stelle wie am Mittwochabend. Die Besitzerin hatte ihn auch schon erspäht und winkte ihm zu. Vom Kanalufer aus, sie wartete direkt beim *Alten Mädchen*, ohne zu wissen, dass es sein Boot war.

»Tut mir leid, dass ich Ihnen einfach so auflauere«, sagte sie, als er näherkam.

Ellie Uhlenbrock hatte ein blumiges Parfüm aufgelegt, sommerlich duftend wie der Abend. Was auch für ihr Outfit galt: Sie war nicht so aufgebrezelt wie beim letzten Mal, sondern trug eine leichte, helle Kombination, die schlicht wirkte, aber genau damit unterstrich, wie sehenswert die Frau war, die in ihr steckte.

»Schön, Sie wiederzusehen«, sagte de Jong.

»Könnte ich Sie vielleicht sprechen?«

»Gern. Kommen Sie doch an Bord.«

Ellie zeigte sich überrascht, dass de Jong der Kahn gehörte, gab sich neidisch und nannte das Boot »richtig urig«, genau wie Eugen Küppers. Der Exkommissar bot ihr ein Getränk an und führte sie auf das Achterdeck.

»So ein bezaubernder Abend«, meinte sie. »Wenn nur der Anlass meines Kommens auch so bezaubernd wäre.«

»Also gut. Erzählen Sie mir, wo der Schuh drückt.«

»Es geht wieder mal um Hagen, meinen Bruder. Er ist verschwunden.«

»Was meinen Sie mit verschwunden?«

»Ich weiß nicht, wo er steckt. Und ich bin mir ziemlich sicher, dass es mit seinem Leiden zusammenhängt.«

»Sie meinen diese Sache mit dem Golfwagen, der ihn überrollt hat …«

»In den letzten Tagen wurde es immer schlimmer. Dieses Franziskus-Syndrom. Er hat ständig gebetet, Rosenkränze und ganze Litaneien, und ist deshalb schon morgens um fünf auf den Beinen gewesen. Manchmal habe ich ihn singen gehört, wenn er im Park spazieren ging. Um den Herrn zu preisen, wie er versicherte. Obwohl er eine sehr schöne Tenorstimme hat – engelsgleich kann man fast sagen – ist es mir durch Mark und Bein gegangen. Ich weiß nicht, ob Sie das verstehen können …«

De Jong nickte vorsichtshalber, dass er das sehr wohl könne.

»Hagen ist schließlich mein Bruder und«, Ellie schüttelte verzweifelt den Kopf, »ich meine, wenn man ihn gekannt hat, wie er war, bevor er diesen Unfall hatte. Er hatte es überhaupt nicht mit Religion und …« Die Stimme schien ihr zu versagen. De Jong legte tröstend seine Hand auf ihre. Aber Ellie hatte sich gefasst, presste die Lippen zusammen. Sie war eine tapfere Frau.

»Und dann: Gestern Abend ist er gegangen, ohne sich zu verabschieden. Einfach so. Und in der Nacht ist er nicht wiedergekommen. Keine Spur von ihm.«

»Vermuten Sie ein Kidnapping?«

Ellie schüttelte den Kopf. Sie blickte einem Motorboot hinterher, das gemütlich in den Sonnenuntergang tuckerte, am Steuer ein rüstiger Rentner mit Kapitänsmütze, an seiner Seite eine fette Bulldogge. Dann drehte sie sich zu ihm um. »Mir würde ein Stein vom Herzen fallen, wenn Sie sich der Sache annehmen könnten, Herr de Jong.«

Würde ich ja gern, war er drauf und dran zu sagen. Aber erstens war er kein Privatdetektiv, sondern nur ein ehemaliger Bulle, und das war ein himmelweiter Unterschied. Außerdem kümmerte er sich um eine andere Sache, und wenn es auch so aussehen mochte, als ginge es nur um einen toten Hund, so steckte er inzwischen doch mitten in einem ausgewachsenen Mordfall.

Er seufzte, weil ihm das nicht leicht über die Lippen kam. Aber sagen musste er es trotzdem.

»Sie müssten das natürlich nicht umsonst machen«, fügte Ellie Uhlenbrock leise hinzu und nippte an ihrem Sprudelwasser.

Obwohl es danach aussehen mochte, war es letztlich nicht das Geld, das de Jong umstimmte. Keine Frage, dass er es gut gebrauchen konnte. Die Einnahmen sprudelten nicht gerade üppig, und Reikart, der alte Geizkragen, würde ihm höchstwahrscheinlich nicht mal ein Bier ausgeben als Anerkennung für seinen Gefallen. Aber de Jong ging es so ähnlich wie dem Mann mit der Sense, dem auch das Geld egal war, aber nicht das, was er sich für den Tag vorgenommen hatte. Überdies war de Jong nicht der Typ, den man umstimmte, indem man ihm mit einem Schein vor der Nase herumwedelte. Er jedenfalls war fest davon überzeugt, nicht der Typ zu sein.

»Also gut«, sagte er schließlich, »ich werde sehen, was ich tun kann.«

Ellie lächelte ihn dankbar an, und ihm wurde klar, dass es auch nicht der Blick gewesen war, mit dem sie ihn angesehen hatte. Durchaus denkbar war aber, dass es die Art und Weise gewesen war, wie sie an der Reling gestanden und auf die Wasseroberfläche hinuntergesehen hatte – und nicht weiterwüsste, wenn de Jong jetzt nein sagte. Hinzu kam, dass sie eine attraktive Erscheinung war, und attraktive Frauen, die nicht weiterwissen, Hilfsbereitschaft geradezu anziehen.

»Natürlich kann es trotzdem sein, dass er gekidnappt wurde«, räumte sie ein. »Aber bisher hat sich niemand mit einer Lösegeldforderung bei uns gemeldet, und das spricht doch eigentlich dagegen.«

»Eigentlich ja«, bestätigte de Jong.

»Außerdem glaube ich eher, dass er sich abgesetzt hat.«

»Abgesetzt? Was meinen Sie damit?«

»Er wollte Dr. Melchiors Gutachten zuvorkommen.«

»Das ihn für nicht zurechnungs- und geschäftsfähig erklärt?«

Ellie nickte. »Aber das ist noch nicht alles. Ich bin außerdem fest davon überzeugt, dass er dem Einfluss von Leuten ausgesetzt ist, die seine missliche Lage schamlos ausnutzen.«

»Inwiefern?«

»In den letzten Tagen hat er mehrere Tausend Euro von unserem gemeinsamen Familienkonto abgehoben. Ich kann es nicht sperren lassen, dazu brauche ich seine Unterschrift. Nur darum geht es diesen Leuten: Sie wollen unser Geld stehlen.«

»Haben Sie eine Vermutung, wer dahintersteckt?«

Ellie Uhlenbrock seufzte jetzt auch und sah besonders ratlos aus. »Wenn ich die hätte …«

De Jongs Handy meldete den Eingang einer SMS. Er machte Licht auf dem Display: *Kannst du auch mal pünktlich sein? Ich warte hier schon seit einer Ewigkeit.* Von Eugen Küppers.

»Also gut, ich werde mal sehen, was ich herausbekomme«, sagte de Jong. »Leider muss ich jetzt los. Ich melde mich bei Ihnen, sobald ich was habe.«

»Ach ja«, meinte sie, während sie ihm einen Zettel mit ihrer Telefonnummer überreichte, »eine Vermutung hätte ich ja vielleicht schon.«

»Dann raus damit.«

»Hagen hat nach seinem Unfall mit dem Golfwagen einmal in der Woche einen Glaubenskreis besucht.«

»Das würde ja auch passen«, meinte de Jong.

»Ich weiß nicht, was das für Leute sind, und er hat auch nichts darüber gesagt. Ob die wirklich so gläubig sind, wie sie vorgeben. Nur wer die Gruppe leitet, hat er mal erwähnt. Ein Mann namens Gunnar Schmidt. Angeblich ist er Aktionskünstler und Therapeut. Eine Kombination, die einen schon stutzig macht, finden Sie nicht?« Sie reichte ihm ein Foto, de Jong betrachtete das Gesicht eines jungen Mannes mit leichten Segelohren und etwas zu dicken Lippen, fast so wie die von Reikart. »Ist das der Aktionskünstler?«

»Nein, das ist Hagen, mein Bruder.«

»Also gut«, sagte de Jong und steckte das Foto ein. »Das ist immerhin etwas, mit dem ich anfangen kann.«

* * *

Es war schon eine ganz schöne Strampelei bis Everswinkel. De Jong hatte leichten Gegenwind, demotivierend wirkte außerdem, dass unterwegs mindestens drei hochbetagte E-Bike-Radler mit beeindruckender Geschwindigkeit an ihm vorbeisausten.

De Jongs Gedanken kreisten währenddessen um Ellie. Es waren nicht besonders tiefgründige Gedanken. Er fragte sich, ob sie wirklich in Schwierigkeiten steckte oder den Fall ihres Bruders nur als Vorwand benutzt hatte, um mit ihm wieder in Kontakt zu treten, was ihm unwahrscheinlich erschien, aber immerhin denkbar war. Er fragte sich auch, wie eine Frau wie sie ihre Tage verbrachte. Die Morgen, die Nachmittage, die Nächte – und was sie unter ihrer hellen Kombination trug …

Aber auch über Axel Schriebeck dachte er nach, natürlich nicht über dessen Unterwäsche. Der Hund eines alten Mannes, von einem rücksichtslosen Autofahrer überfahren – das war wie gemacht für Schriebeck seniors AKP-Propaganda. Trotzdem kam de Jong etwas komisch an der Sache vor. Dass Schriebeck junior ihn völlig unbekannterweise auf der Straße ansprach? Dass er irgendwie nicht wie jemand gewirkt hatte, der eiskalt einen Trauerfall für politische Zwecke instrumentalisiert?

De Jong hätte gern herausbekommen, was es war. Aber dazu reichte jetzt die Fahrzeit nicht mehr, was auch damit zu tun hatte, dass er mehr als die Hälfte des Weges ausschließlich darauf verwandt hatte, sich Ellie Uhlenbrock nackt vorzustellen.

Eugen Küppers erwartete ihn, aber dass de Jong über eine Stunde zu spät dran war, darauf kam er gar nicht mehr zurück, was de Jong eigentlich wunderte.

»Na endlich«, sagte er nur und hielt ein fast leeres Bierglas hoch. »Das ist schon mein zweites.«

Das *Knipperdolling* war eine der wenigen Kneipen im beschaulichen Everswinkel, vielleicht die einzig nennenswerte, wie de Jong fand. Westfälisch rustikal, mit schweren Holztischen ausgestattet, schummerigem Licht und Buntglasfenstern. Sicher kein spektakulärer Ort, aber gerade weil sie den ästhetischen Vorstellungen der Städter mit ihrer ständigen Sucht nach Kultigem und Verrücktem kaum noch entsprach, einen Besuch wert. Natürlich nur, wenn keine Männergesangsvereine einfielen und ihre Ständchen brachten, während sie im Takt ihre Bierhumpen auf den Tisch knallten, auch keine Schwärme beschickerter Kegelclub-Damen, die den Lärmpegel auf unerträglich schrille Frequenzen hochschraubten, was gelegentlich vorkam; ansonsten herrschte hier eine beschauliche Stille, in der nicht nur die Luft, sondern auch die Zeit stillstand und die altertümliche Musikanlage leise und fast unbemerkt vor sich hin dudelte.

Küppers schien heute nicht der Sinn nach Smalltalk zu stehen. Er wollte etwas loswerden, das merkte de Jong sofort an der Art und Weise, wie sein Gegenüber einen Bierdeckel nach dem anderen aus dem Halter nahm und ihn in kleine Fetzen zerriss, die er in der Mitte des Tisches aufzustapeln versuchte. Aber irgendwie war ihm auch heute nicht danach, Küppers zu fragen, was ihn umtrieb, also sah er sich einfach nur die Stapelei an und wartete.

»Jetzt sag doch schon, was los ist«, forderte er sein Gegenüber dann doch auf, als ihm nach etlichen Minuten das Treiben auf die Nerven ging.

»Was soll schon los sein?«

»Dieser Müllhaufen da auf dem Tisch – stresst dich irgendwas? Raus mit der Sprache.«

Küppers nahm sich einen neuen Bierdeckel und knickte ihn in der Mitte. »Ermittlungsstress. So was kennst du ja gar nicht mehr.«

»Verstehe. Deine Aushilfsstelle bei der Kripo.«

»Aushilfsstelle vielleicht.« Der zweite Exkommissar zuckte mit den Schultern über die Spitze hinweg. »Aber manchmal gerätst du in was hinein und hast dann plötzlich ein richtig dickes Ding an der Backe.«

Bei »Ding an der Backe« musste de Jong an seinen Zahn denken und spürte ihn im selben Moment. »Was für ein Ding?«

Eugen Küppers bemühte sich um einen möglichst beiläufigen Gesichtsausdruck. »Serienmord zum Beispiel.«

»Alle Achtung.« De Jong staunte nicht schlecht. »Du als Notfall-Teilzeitkraft bearbeitest einen Serienmord?«

»Na ja.« Eugen Küppers malte mit dem Finger in einer kleinen Pfütze herum, die der Bierschaum auf dem Tisch hinterlassen hatte. »Die lieben Kollegen haben es noch nicht so ganz begriffen. Aber das wird schon.«

»Nicht begriffen? Was denn?«

»So ziemlich alles an der Sache. Und der Chef ganz besonders.«

»Dr. Seltsam, der Eigentümliche.«

»Also pass mal auf.« Hauptkommissar Küppers wischte den Finger an der Hose ab, schnappte sich die restlichen Bierdeckel und legte drei vor sich auf den Tisch. »Schottmann, Hans-Werner. Handwerker, Heizung und Sanitär, wohnhaft in Bad Oeynhausen. Wurde in einer Badewanne tot aufgefunden, zusammen mit einem Heizlüfter.«

»Heizung und Sanitär«, sagte de Jong. »Das passt doch.«

»Ist jetzt ziemlich genau sechs Monate her.« Zweiter Bierdeckel. »Dr. theol. Friedemann Kronzucker. Kirchenhistoriker an der Theologischen Fakultät Paderborn. Wurde vor etwa vier Monaten tot aufgefunden. Mit zertrümmertem Schädel am Fuß der Externsteine.« Küppers mit seinem Und-das-ist-noch-lange-nicht-alles-Blick sah aus, als wäre er dabei, eine Weltverschwörung aufzudecken.

»Was sagt die Polizei dazu?«, erkundigte sich de Jong.

»Unfall, möglicherweise Selbstmord. Aber das interessiert uns jetzt nicht.«

»Es interessiert uns nicht? Warum nicht?«

»Die haben die Fälle schließlich einfach so abgeschlossen. Keine weiteren Fragen gestellt. Unfall und damit fertig. Selbstmord und damit fertig.«

»Ja. Und …?«

»Nur Geduld.« Küppers zückte den dritten Bierdeckel wie eine Trumpfkarte und spielte ihn regelrecht aus. »Unser dritter Fall: Ringold, Heiner, Dr. dent.«

»Ein Zahnarzt?«

»Ganz genau. Praktizierte gemeinsam mit seiner Frau, und jetzt kommt's: hier in Münster. Wurde tot in der Davert aufgefunden, ganz in der Nähe des Hiltruper Sees. Überfahren von einem Kraftfahrzeug. Und das vor weniger als zwei Monaten.«

Ein unangenehm ziehender Schmerz meldete de Jong, dass nicht nur er, sondern auch sein schlimmer Zahn bei dem Wort hellhörig geworden war. »Also Unfall mit Fahrerflucht?«

Eugen Küppers schnaufte unwillig, als bereute er es allmählich, sich mit einem begriffsstutzigen Idioten zum Bier verabredet zu haben. »Fahrerflucht, tödlicher Unfall, Suizid – das ist es ja gerade. Für sich allein ergibt nichts davon einen Sinn, aber als Ensemble …«

De Jong sah seinen Freund fragend an, gespannt darauf zu erfahren, welchen.

»Es ist eine klassische Serie.«

De Jong nickte nur, enthielt sich aber eines Kommentars. »Bad Oeynhausen und Paderborn«, fragte er nach einer Weile, erst als zwei neue Bier auf dem

Tisch standen, »wie bist du eigentlich an diese Fälle geraten?«

»Hab ich mir kommen lassen. Bei einer Mordserie suchst du immer nach Elementen, die die Taten verbinden, ist doch klar.«

Der Exkommissar wollte es eigentlich vermeiden, Küppers mit Fragen in die Enge zu treiben; schließlich kannte er dessen dünnhäutige Art, mit der eigenen Fehlbarkeit umzugehen. Aber dann fragte er trotzdem so vorsichtig wie möglich: »Und das wären?«

»Wären was?«

»Die Elemente, die die Fälle verbinden.«

Falsche Frage – Küppers reagierte ungehalten. »Sag mal, glaubst du eigentlich, ich hätte mir das alles aus den Fingern gesaugt?«

»Nein, ganz sicher nicht, wie kommst du nur darauf, aber …«

»Aber was?«

»Schon gut, Eugen …«

»Nein, jetzt sag schon. Ich will es wissen.«

»Du hast ja recht, ich bin überhaupt nicht in die Materie eingearbeitet, so wie du. Aber kann es nicht sein – ich meine: Als Aushilfsbulle kämpfst du doch sicher nicht an vorderster Front. Also sitzt du an deinem Schreibtisch und hast diese Fälle da vor dir liegen, alles Sachen, die irgendwie im Sande verlaufen sind. Und du sagst dir: Wieso schnüre ich mir nicht ein nettes Bündel daraus und …«

»Bündel!« Eugen spie das Wort geradezu aus wie ein schlimmes Schimpfwort, das kein zivilisierter Mensch je in den Mund nimmt. »Was willst du mir erzählen,

Niklas: Dass ich mir das alles zusammenreime, nur um nicht vor Langeweile umzukommen? Willst du mir das erzählen, ja?«

»Nein, will ich ganz und gar nicht.«

»Ganz sicher? Es hört sich nämlich so an.«

»Nein. Ich meine, ja. Ganz sicher.«

»Was dann?«

De Jong nutzte den Moment, in dem die Frage drohend in der Luft schwebte, um innerhalb von Sekunden möglichst alle Treffen mit Küppers im *Knipperdolling* Revue passieren zu lassen und eine kleine Statistik aufzustellen, wie viele davon im Streit geendet hatten. Und sich zu fragen, ob es vielleicht Sinn hatte, mal die Kneipe zu wechseln oder jemand anderen zu treffen.

»Was dann?«, beharrte Küppers streitlustig und knallte sein Bierglas auf den Tisch, als wäre er Mitglied in einem Männergesangsverein.

»Dann sag mir doch einfach, was diese Fälle verbindet.«

Zuerst sah es danach aus, als erachte Küppers es als unter seiner Würde, darauf auch nur zu antworten, damit de Jong mal merkte, was er davon hatte, wenn er mit einer solch hanebüchenen Unterstellung ankam. Aber dann rang er sich doch zu etwas durch. »Zum Beispiel, dass in allen drei Fällen das Opfer männlich ist.«

»Okay«, sagte de Jong, ernsthaft nickend und behutsam und mit aller Kraft jeden Anflug von Ironie vermeidend. Er wollte Küppers auf keinen Fall noch mehr reizen. »Da hat es also jemand auf Männer abgesehen.«

»Du brauchst das gar nicht so zu sagen.«

De Jong fühlte sich auf einmal erschöpft. »Wie zu sagen?«

»So als wäre es das Banalste von der Welt. Als hätte ich gesagt, die Opfer sind alle Zweibeiner.«

»Du hast nicht Zweibeiner gesagt, sondern Männer.«

»Eben, aber erzähl das mal jemandem wie Selters.«

De Jong kam jetzt gar nicht mehr mit. »Warum, zum Teufel, sollte ich ihm das erzählen?«

»Als ich ihm meine Theorie von dem Serienmord unterbreitet habe, hat er nur gesagt: Sehr schön, Herr Kollege. Und jetzt darf ich Ihnen noch ein Opfer beisteuern: den Fall Meyering.«

»Aber sie war doch eine Frau.«

»E-ben!«, trötete Küppers mit einer Lautstärke, dass einige der Kneipenbesucher zusammenzuckten und alle ohne Ausnahme sich nach ihm umdrehten. »Aber für unseren Chef, der nicht nur engstirnig und geizig ist, sondern von einer pathologischen Sparwut gleichsam innerlich aufgefressen wird, zählen nur Kostengründe. Wenn schon eine Mordserie, dann packen wir doch die Frau einfach dazu, ganz egal, ob sie passt oder nicht.«

Also darum ging es. Eugen Küppers, der nur nachberuflich als Kriminalist arbeitete, hatte es trotzdem wieder einmal geschafft, sich mit seinem Chef anzulegen.

»Außerdem«, fügte Küppers patzig hinzu, und vom Ton her verwechselte er ganz offensichtlich de Jong mit Selters, »habe ich mit Dr. Hattkämper von der Rechtsmedizin gesprochen: dass Tatjana Meyering zur Mordserie gehört, ist so gut wie ausgeschlossen. Höchstwahrscheinlich war es nämlich überhaupt kein Mord, sondern ein Unfall.«

»Ein Unfall?«

»Es gab einen Streit und sie ist unglücklich auf den Hinterkopf gefallen.«

»Und dann hat sie sich mit letzter Kraft zum Mörderkreuz geschleppt?«

»Natürlich nicht. Jemand hat sie da abgelegt. Der, mit dem sie sich gestritten hat. Ich vermute mal, wegen der Symbolik.«

»Aber nennt man das dann noch Unfall? Juristisch gesehen, meine ich.«

»Ist mir doch egal, wie man das nennt. Tatsache ist jedenfalls, dass ich hinter einem Männerserienmörder her bin. Und da hat eine Frau nichts, aber auch gar nichts zu suchen.« Küppers winkte mit seinem Glas nach dem Kellner wie ein Schiffbrüchiger, der ein Flugzeug am Horizont auf sich aufmerksam machen will. »Also was ist: Bist du dabei?«

»Dabei?« De Jong war irritiert. »Aber ich lebe doch noch …«

»Hilf mir, den Fall aufzuklären. Du wolltest doch sowieso einsteigen.«

»Nein, du wolltest, dass ich sowieso einsteige.«

»Jetzt komm schon, Niklas: Das mit dem Fernsehen ist nichts für dich, das weißt du doch selbst.«

»Vielleicht nicht«, gab de Jong zu. »Aber noch mal zurück zu dem Zahnarzt, den du eben erwähntest …«

* * *

De Jong konnte Eugen Küppers verstehen. Serienmorde waren fraglos eine ernste Angelegenheit und durften nicht zum Spielball kriminalistischer Sparpolitik werden.

Aber er konnte auch Dr. Seltsam verstehen. Schließlich erwartete er von seinem Aushilfsmitarbeiter, dass er ihm seine kalten Fälle aus den Füßen schaffte und nicht, dass er seine kostbare Zeit damit verbrachte, sich aus willkürlich zusammengerafften Mordfällen eine schicke Serie zu zimmern.

Viel mehr dachte er an diesem Abend aber nicht mehr. Auch die restliche Nacht verbrachte er in einem dumpfen Zustand des Nichtdenkens, Nichthörens und Ins-Leere-Starrens, und daran war sein Zahn schuld, der sich mit seinem Schmerz im ganzen Kopf ausgebreitet hatte und noch vor Mitternacht in jeden kleinsten Winkel vorgedrungen war.

Da ihm keine andere Wahl blieb, kreuzte er am nächsten Morgen ohne Voranmeldung bei Frau Dr. Ringold auf, der Witwe des laut Eugen Küppers dahingeschiedenen Dr. Heiner Ringold. Die Praxis war in einem Kreuzviertel-Gründerzeitaltbau untergebracht und hatte sehr viel Stil, selbst die weiß getünchten Toilettenräume verströmten einen angenehmen, schmerzlindernden Geruch.

Noch auf dem Hinweg hatte sich der Zahn stark gefühlt und ordentlich Beschwerden bereitet, wahrscheinlich weil er darauf spekulierte, dass de Jong ohne Termin gar nicht erst durchgelassen werde. Aber da hatte er sich getäuscht: Als Fall von akuten Beschwerden wurde der Exkommissar in ein spezielles Wartezimmer gelotst und bekam das Versprechen, dass Frau Doktor sich seiner so bald wie möglich widmen werde.

Jetzt dämmerte dem Zahn allmählich, dass de Jong ernst machte. Und deshalb wurde er von einem Moment auf den anderen ziemlich kleinlaut. Eine Viertelstunde Wartezeit später musste sich der Exkommissar schon sehr anstrengen, um ihn überhaupt noch zu spüren.

Die Tür öffnete sich, die Sprechstundenhilfe schaute herein: »Herr de Jong?«

De Jong sprang auf und folgte ihr ins Behandlungszimmer 3, überlegte unterwegs, ob er ihr nicht beichten solle, dass alles ganz offensichtlich falscher Alarm sei und sie die Sache am besten abblasen sollten, weil er so gut wie überhaupt keine Schmerzen mehr spüre und, wenn er es recht überlege, sich gar nicht mehr erinnern könne, ob er überhaupt welche verspürt habe, aber so richtig ergab sich keine Gelegenheit. Und ehe er sich's versah, lag er schon auf dem Behandlungsstuhl, hatte ein Papierlätzchen um den Hals und starrte in einen Scheinwerfer mit bläulichem Licht, der genau über ihm an der Decke angebracht war.

»Hören Sie«, sagte er, obwohl er stark geblendet wurde und deshalb gar nicht sehen konnte, ob die Sprechstundenhilfe noch im Raum war, »ich weiß auch nicht, wie es gekommen ist, aber ich habe überhaupt keine Schmerzen mehr. Zu dumm, was? Aber insofern wäre mein Vorschlag, dass wir die Angelegenheit doch einfach auf sich beruhen lassen und …«

»Keine Sorge, das ist ganz normal«, meldete sich eine andere, etwas dunklere Stimme. »Einige Kollegen nennen es ›Heilung durch die Androhung von Therapie‹ – der gleiche Mechanismus übrigens, der auch im kalten Krieg zwischen den Supermächten funktionierte. Ich dagegen spreche lieber von versuchter Vereitelung einer notwendigen Behandlungsmaßnahme.«

Frau Dr. Ringolds Gesicht schob sich zwischen den Scheinwerfer und de Jong, was die Ränder ihrer Silhouette mit einem Leuchten versah, ähnlich der Korona bei einer Sonnenfinsternis. Er schätzte sie auf etwa fünfzig, soweit man das bisschen, was von ihr zu sehen war, überhaupt schätzen konnte: nichts als Augen und Nase – das Haar versteckte sich unter der Haarhaube und der Mund hinter dem Mundschutz. »Aber wenn's so einfach ginge, dann wären wir Zahnärzte ja wohl längst bankrott, meinen Sie nicht?«

»So habe ich das noch gar nicht gesehen«, sagte de Jong, jetzt genauso kleinlaut wie sein Zahn, während Dr. Ringold mit den gummibehandschuhten Fingern seinen Mund schon etwas aufsperrte und sich mit einem silbernen Piekser darin suchend umhertastete. »Dann wollen wir doch mal …«

»Der Backenzahn links oben«, sagte de Jong hilfsbereit.

Es piekste. »Also gut, den werde ich mir mal genauer ansehen. Dazu müsste ich Sie kurz nach nebenan bitten …«

Zehn Minuten später. Frau Ringold hielt eine briefmarkengroße Röntgenaufnahme ins bläuliche Licht. »Nein, das sieht überhaupt nicht gut aus. Nein, wirklich nicht. Aber keine Sorge: Eine Wurzelfüllung ist schließlich kein Weltuntergang.«

»Nur fast«, präzisierte de Jong, der die Hoffnung immer noch nicht aufgegeben hatte, alles noch stoppen zu können.

»Seien Sie froh, dass wir keine Kopfamputationen durchführen«, scherzte die Zahnärztin. »Das wäre die nachhaltigere Lösung.«

De Jong hatte einen zu trockenen Mund, um über diesen dentistischen Witz zu lachen. Trotzdem täuschte er ein Grinsen vor, weil er die Zahnärztin nicht verstimmen wollte. Brav öffnete er den Mund weit, und schon steckte eine Nadel in seinem Zahnfleisch.

»Wir wollen doch nicht, dass es allzu wehtut«, kommentierte die Ärztin.

Die Spritze verließ den Mund, Dr. Ringold warf einen kurzen Blick auf die Uhr, und ihre Finger trommelten ungeduldig auf der Armlehne. Kaum fünfzehn Sekunden verstrichen. »Tja, dann wollen wir mal«, sagte sie unternehmungslustig und ließ die Gummihand über ihrem Bohrersortiment kreisen.

»Moment!«, hielt sie de Jong auf. »Noch spüre ich etwas.«

»Wie Sie wollen. Dann warten wir eben.«

»Das mit Ihrem Mann tut mir leid«, sagte de Jong schnell.

Zugegeben, das war nicht besonders pietätvoll, aber irgendetwas musste er sagen, um sie aufzuhalten. Nur ein paar Sekunden waren vergangen, viel zu wenig, als dass die Betäubung schon wirken konnte, und sie wetzte schon die Messer! De Jong kannte nur ein Ziel: Zeit gewinnen, und wenn es nur Sekunden waren.

»Mein Mann …« Dr. Ringold nickte traurig. »Der arme Kerl.«

»Würde es Ihnen etwas ausmachen, mir noch eine Spritze zu geben? Nur zur Sicherheit.«

Sie nickte und erfüllte seine Bitte kommentarlos. »Ich mache mir solche Vorwürfe.«

»Vorwürfe?«

»Ich war misstrauisch, hab ihn verdächtigt. Ihm unterstellt, eine andere zu haben, mit der er mich betrügt. Aber dann …«

Sie machte noch ein bisschen weiter mit den Selbstbezichtigungen und fragte de Jong mehrmals, ob er das verstehen könne und de Jong gähnte und bestätigte nuschelnd, dass er das verstehen könne, wenn er auch längst nicht mehr ganz mitbekam, was eigentlich. »Ich bin plötzlich so müde«, sagte er. »Vielleicht sollten wir das Ganze später nachholen, was meinen Sie …?«

Frau Dr. Ringold lächelte hinter ihrem Mundschutz. »Lassen Sie mich einfach machen, okay? Entspannen Sie sich in der Zwischenzeit.«

»Entspannen ist gut …«

Der Bohrer begann in einer Tonart zu singen, so schrill, dass einem das Herz stillstand.

Dr. Ringold hielt ihn hoch wie ein Feuerschwert, ihr Gesicht senkte sich herab, näherte sich immer weiter de Jongs aufgeklapptem Mund, um ihn optimal in Stellung zu bringen. »Wissen Sie, ich hab mir gedacht: Okay, er wird sich eines Tages ausgetobt haben. Aber stattdessen wurde es immer schlimmer. Das ganze Haushaltsgeld ging dafür drauf. Der Kerl gebärdete sich geradezu … ja: nymphomanisch! Und da hab ich mir eines Tages geschworen, ihn nicht davonkommen zu lassen.« Sie gab der Sprechstundenhilfe, die aus dem Nichts aufgetaucht war und seit einiger Zeit auf de Jongs anderer Seite stand, ein Zeichen, worauf diese eine ganze Handvoll Schaumstoffröllchen in seinen Mund stopfte.

»Ist es das, was Sie hören wollten?«, erkundigte sich Ringold.

»Nein, eigentlich nicht«, versuchte de Jong, sich verständlich zu machen. »Mir wäre es fast lieber, wenn Sie es für sich behalten würden.«

Die Zahnärztin lachte glucksend. »Danke für das Angebot, aber dazu ist es leider zu spät. Gesagt ist gesagt, nicht wahr? Trotzdem keine Sorge, mein Guter, ich weiß einen Weg, um sicherzustellen, dass es unter uns bleibt. Dass es, wie sagt man so schön, diesen Raum nicht verlässt …«

Der Bohrer kam noch näher, das Geräusch wurde schier unerträglich. Ein Rumoren wie von tausend Presslufthämmern, begleitet von einem messerscharfen, engelsgleichen und gleichzeitig abgrundtief bösartigen Singsang, zwanzig Oktaven höher, kalt und ohne eine Spur Erbarmen, dass es einem in den Ohren gellte, wurde lauter und lauter. Die Spitze des silbern blitzenden Foltergeräts drehte sich wie verrückt, ein Monstrum, das vor Gier und Geifer Wasser verspritzte …

»Ups!«, hörte er, wie die Zahnärztin sich über seinen Kopf hinweg an die Sprechstundenhilfe wandte, »jetzt hab ich auch noch die Spritzen verwechselt. Was soll's – er bildet sich ein, dass das Zeug ihn betäubt. Also bloß kein Wort an unseren Patienten, wenn er aufwacht, verstanden …?«

De Jong nahm alle Kraft zusammen und schaffte es, die Augen zu öffnen. Atmete wie ein im letzten Moment vor dem Ertrinken Geretteter, schnaufte und prustete und entdeckte über sich zwei ebenso besorgte wie verwunderte Augenpaare, die auf ihn gerichtet waren.

»Alles in Ordnung mit Ihnen?«, fragte Dr. Ringold fürsorglich.

»Das … müssen Sie gerade fragen.«

»Sie waren kurz weg.«

»Und Sie haben die Spritzen verwechselt.«

»Wie kommen Sie denn darauf? Sie hätten mir sagen sollen, dass Sie so panisch auf zahnärztliche Behandlung reagieren.«

»Entschuldigung«, lenkte de Jong ein, der sich bemühte, langsam ein- und auszuatmen, um sich zu beruhigen. Das war gar nicht passiert. Er hatte geträumt, weil er kurz weg gewesen war, soviel war klar. Aber was davon hatte er geträumt? Und was hatte Frau Ringold tatsächlich gesagt?

»Meinen Sie nicht, dass er genug Strafe bekommen hat?«, erkundigte er sich, nachdem die Sprechstundenhilfe den Schaumstoff aus seinem Mund geborgen hatte. »Ihr Mann Heiner, meine ich.«

»Seine Strafe? Wofür?«

»Dafür, dass er Sie hintergangen hat und mit all den anderen Frauen …«

»Aber nein!« Energisch schüttelte sie den Kopf. »Im Gegenteil, ich bin es doch, die sich bodenlos verhalten hat. Ich war misstrauisch, dabei hat er mir niemals einen Grund dazu gegeben. Es war meine Eifersucht …«

»Er hat Sie also gar nicht betrogen?«

Frau Ringold ließ den Bohrer zurück in den Halter gleiten. »Er war auf einer Tagung auf Teneriffa«, erzählte sie. »Zum Thema ›Die Kieferorthopädie im digitalen Zeitalter‹. Na gut, habe ich gedacht, die berühmte Tagung auf Teneriffa, damit kannst du vielleicht einer anderen kommen, die auf diese Masche reinfällt, aber nicht mir. Also habe ich seine Sachen durchsucht …«

Eine Träne rann aus ihrem Auge und versickerte im Mundschutz. »Dafür schäme ich mich jetzt, das können Sie mir glauben. Aber ich habe eine Telefonnummer gefunden, die habe ich angerufen. Habe mit einem Dr. Riesenbeck telefoniert und der hat mir bestätigt, dass alles genau so ist, wie er gesagt hat. Keine Lüge, keine Betrügerei. Tja, das hat man davon, wenn man misstrauisch ist und dem geliebten Ehemann nachspioniert. Und dann beim nächsten Mal, als er loswollte, hab ich ihm viel Glück gewünscht, eine schöne Tagung, und er hat noch gesagt, das nächste Mal bist du dann auch dabei. Aber dazu ist es nicht mehr gekommen …« Sie schluchzte.

»Das tut mir leid«, sagte de Jong, während ihn der Behandlungsstuhl in eine aufrechte Position brachte. Er wartete noch, bis Frau Doktor sich wieder gefangen hatte.

»Mit Ihrem Zahn müsste jetzt eigentlich alles in Ordnung sein.« Dr. Ringold reichte ihm die Hand. »Warten Sie eine Stunde, bevor Sie was essen. Und falls es zwickt, kommen Sie einfach wieder.«

»Vielleicht muss das gar nicht sein«, sagte de Jong.

10. Kapitel

Das Ringold-Abenteuer war für de Jong eine Grenzerfahrung gewesen; jetzt hatte er das dringende Bedürfnis nach Erholung. Er radelte zurück zum *Alten Mädchen*, tigerte eine Weile rastlos auf dem Achterdeck herum, aber die Erholung wollte sich nicht einstellen. Es war Mittagszeit, und obwohl de Jong eigentlich nicht der Typ war, dem ein regelmäßiges Mittagsmahl etwas bedeutete, labten seine Gedanken sich ausgerechnet heute an der Vorstellung eines üppigen Mittagessens. Sie kamen gar nicht davon los.

Der Grund dafür war natürlich Frau Dr. Ringold, die ihm ausdrücklich geraten hatte, möglichst eine Stunde mit dem Essen zu warten. Eine Stunde, die sonst lächerlich schnell verging und sich ausgerechnet heute zäh von Sekunde zu Sekunde schleppte und so tat, als wäre in dieser endlosen Zeit der Hungertod alternativlos. Eine Stunde – in zähen Sekunden gerechnet konnte das eine Ewigkeit sein.

Hier an Bord war er dieser Ewigkeit schutzlos ausgeliefert. Glücklicherweise aber gab es einen Ort, an dem er sich vielleicht ablenken und obendrein hundertprozentig sichergehen konnte, dass man ihn nicht mit leckeren Knabbereien in Versuchung führen würde.

Reikarts Ähnlichkeit mit dem späten Udo Lindenberg fiel heute nicht so deutlich aus – vielleicht weil er sich rasiert hatte und seine spärlichen, aber frisch gewaschenen Haare am Kopf klebten. Vielleicht aber auch deshalb, weil er einen hellen Bademantel umhängen hatte, der ihm eher einen Hauch von Udo Jürgens verlieh.

Während de Jong noch darüber grübelte, kam Reikart schon zur Sache. »Also dann«, sagte er, während er ins Wohnzimmer voranging. »Was haben Sie mir zu berichten, Herr Nachbar?«

»Nun ja«, mit der Zunge betastete de Jong seinen Zahn, »was den Fall angeht, kann ich Ihnen nicht viel Neues berichten. Ich dachte, ich schaue einfach mal so vorbei. Auch ohne etwas zu berichten.«

Für einen Augenblick machte Reikart ein Gesicht, als könnte er sich nichts Bescheuerteres vorstellen als einfach so vorbeizuschauen, dann nickte er und wies auf seine muffigen Sitzmöbel. »Machen Sie es sich bequem. Kommt schließlich nicht jeden Tag ein Kommissar zu Besuch, was?«

»Exkommissar«, berichtigte de Jong.

Während er in die Küche ging, brummte Reikart etwas über das Leben und seinen Lauf, Genaueres konnte de Jong aber nicht verstehen. »… tja, und irgendwann kommt dann der Tag, da ist es vorbei«, lautete der Rest der Brabbelei, als der Alte mit zwei Bierflaschen wieder im Wohnzimmer erschien. »Na ja, ich hätte schon noch weitermachen können. Aber ich dachte, es reicht jetzt.« Reikart platzierte sich ihm gegenüber und stellte die Flaschen auf den Tisch. Schob eine de Jong hin. »Ich sag Ihnen mal was: Ich war über zwanzig Jahre bei der Stadt beschäftigt. Abfallwirtschaftsbetriebe. Schon gut, damals, als ich anfing, hieß das noch nicht so. Da sagte man ganz stinknormal Müllabfuhr.«

»Trotzdem, eine wichtige Sache«, heuchelte de Jong den guten Zuhörer. »Und bestimmt auch gar nicht so uninteressant.«

»Na ja, die Wenigsten verstehen was davon«, räumte der Alte ein. »Müll ist für die Leute Müll, basta. Mülleimer auf, Müll rein, Mülleimer zu. Und das war's auch schon.«

»Dabei ist das noch lange nicht alles?«, vermutete de Jong.

Reikart hatte einen Öffner in der Hand. »Erzählen Sie heute mal einer dieser Rotznasen was von Mülltrennung«, sagte er, nachdem er die Kronkorken weggehebelt hatte.

»Sie meinen grüne und gelbe Tonne und was es da sonst noch alles gibt?«, sagte de Jong und nahm die Flasche entgegen.

»Ja, das denken die.« Reikarts Stimme erhob sich triumphierend, und der Zeigefinger nahm eine lehrerhafte Haltung ein. »Grüne Tonne – ja, die kennen die meisten, aber eine gelbe gibt's überhaupt nicht.«

»Sind Sie sicher?«

»Gelb ist der Sack.«

»Ach ja«, gab de Jong zu.

»Grüne Tonne und gelber Sack – welcher Laie will sich da noch zurechtfinden? Abgesehen davon, dass Restmüll auch noch lange nicht gleich Restmüll ist.«

»Ach nein?«, hakte de Jong nach, ohne zu wissen, wovon der andere sprach.

»Und nicht zu vergessen die Gretchen-Frage: Was lassen wir gerade noch durchgehen und was ist schlussendlich zu groß für die Tonne?« Für einen winzigen Moment erinnerten Reikarts Stimme und Gestus an Hamlet. »Wo hört der Müll auf«, deklamierte er geradezu, »und wo fängt das Sperrgut an? Das ist hier die Frage.«

De Jong war jetzt aber auf der Hut. Kurz davor, einen belehrenden und sicher wenig kurzweiligen Vortrag vom Zaun zu brechen, hielt er lieber den Mund und beschränkte sich auf ein respektvolles Nicken. Und es half, der Vortrag blieb aus.

»So, aber jetzt mal zu Ihnen«, sagte der Alte.

»Ich hab doch schon gesagt, dass ich keine Neuigkeiten habe.«

»Aber Sie haben doch sicher inzwischen irgendeinen Verdacht, welcher hinterfotzige Feigling meinen Kennedy auf dem Gewissen hat?«

»Sagen wir, ich bin ihm auf der Spur«, kam de Jong ihm ein Stück entgegen.

Reikart nickte, starrte ihn erwartungsvoll an.

»Oder besser gesagt: Ich verfolge eine Spur, die mich möglicherweise auf seine Spur bringt.«

Der andere starrte weiter, sein Mund stand leicht offen. Und schüttelte den Kopf zum Zeichen leichter Missbilligung. »Eine Spur, die auf eine Spur führt.«

»Genau das. In den Baumbergen wurde kürzlich eine Frau ermordet, und es könnte sein, dass Ihr Hund sterben musste, weil er den Mord beobachtet hat. Also muss ich nur herausfinden, wer die Frau umgebracht hat.«

»Ein Frauenmord also …«

»So ist der Plan.«

Der alte Mann hörte mit dem Kopfschütteln auf. »Ich wüsste nicht, dass ich Sie dafür bezahle, einen Frauenmord aufzuklären.«

»Ich wüsste nicht, dass Sie mich überhaupt bezahlen.«

Reikart nickte steif. »Also gut. Der Punkt geht an Sie.«

Eine ziemlich lange Weile saßen sie sich gegenüber und es passierte nichts, außer dass sie von Zeit zu Zeit an ihrem Bier nippten. Draußen fuhr ein gelber Transporter mit DHL-Logo vor. Der Fahrer stieg aus und holte ein fettes Paket von der Ladefläche, näherte sich damit dem Haus und klingelte dann an der Nachbartür.

»Man weiß gar nicht, wohin mit der Zeit«, beklagte sich Reikart seufzend.

»Sie sind zu beneiden«, flachste de Jong, aber der tief genervte Blick des alten Mannes machte ihm klar, dass er falsch gescherzt hatte. »Haben Sie denn keine Hobbys?«

Kichern. »Hobbys. Was meinen Sie denn damit: Briefmarkensammeln, Volleyball oder einen Erotikkanal?«

»So in etwa. Endloses Bahnenschwimmen im Hallenbad. Halma oder Doppelkopf …«

»Schach«, sagte Reikart. »Früher haben wir das oft gespielt. Bruno Göck und ich. Eine Partie nach der anderen. Na ja, jetzt ist er tot, und da ist eben Schluss mit Schachspielen …« Der alte Mann erstarrte plötzlich, wie von einem Geistesblitz getroffen. Dann nickte er, und sein vager, gerade noch in die Ferne gerichteter Blick wurde starr und fixierte de Jong. »Außer Sie kämen einmal die Woche und wir spielen. Das wäre natürlich eine Möglichkeit.«

»Gern«, wiegelte de Jong ab, »aber leider kann ich überhaupt nicht Schach spielen. Jedenfalls nicht so richtig.«

»Richtig muss auch nicht«, beharrte der Alte. »Holzfiguren auf einem Brett hin und her schieben, das kriegen Sie doch wohl noch hin.«

De Jong war ganz und gar nicht begeistert. Mit Giulia hatte er ab und zu gespielt, ihretwillen. Aus irgendeinem Grund schwärmte sie für Schach, aber ihn schien das, was sie »die Königin der Spiele« nannte, intellektuell zu überfordern. Er hatte sich gerade noch merken können, dass ein Turm immer gerade zog und ein Läufer schräg. Abgesehen davon hatte er bei einem Spielbrett mit so vielen schwarzen und weißen Feldern nie verstanden, wieso man nicht wenigstens einen Würfel zur Hand hatte, der einem sagte, wie viele Felder man ziehen durfte.

»Warum fragen Sie nicht Joey?«, schlug er schnell vor, dabei war ihm eigentlich klar, dass Joey wohl eher der Mau-Mau-Typ war, wenn überhaupt.

Reikart schüttelte entschieden den Kopf. »Dieser Mann ist vorlaut«, meckerte er. »Außerdem zu unterbelichtet, um Schach zu spielen. Verzeihen Sie den Ausdruck.«

»Gern. Was meinen Sie mit vorlaut?«

»Ein Krimineller, der sich für Geld vermöbeln lässt. Haben Sie das gewusst? Er hält seine Birne hin und verdient Kohle damit, dass andere sie ihm verbeulen. Ehrlich gesagt, vermute ich stark, dass das verboten ist.«

»Ist es nicht«, widersprach de Jong. Er stand vom Tisch auf und trat an die Fensterbank, wo ihm ein Blumenstrauß in einer Vase aufgefallen war. Er wunderte sich, wieso er ihn erst jetzt zur Kenntnis nahm, denn die bunten Blüten passten so wenig zur erdrückenden Tristesse dieses Hauses wie ein fröhliches Feuerwerk zur andächtigen Stille eines winterlichen Friedhofes.

»Stellen Sie sich mal vor, da klingelt so ein junger Spund an der Tür und kondoliert mir wegen Kennedy«, berichtete Reikart, der de Jongs Neugier bemerkte.

»Das ist ja sehr aufmerksam«, sagte de Jong und dachte: Axel Schriebeck. Und: Na, sieh mal an. »Hat er sonst noch etwas gesagt?«

»Ja, aber das glauben Sie mir jetzt nicht: Er will mir einen neuen Hund kaufen. Einfach so.«

De Jong wunderte sich, weil Schriebeck junior ja eigentlich ihn, de Jong, um diesen Besuch gebeten hatte. Warum hatte er es sich anders überlegt und doch lieber selbst vorgesprochen? Er sagte: »Da haben Sie ja wirklich Glück.«

»Glück.« Der Alte verzog das Gesicht, als bereitete es ihm Beschwerden, dieses Wort auszusprechen. »Wissen Sie, was ich ihm gesagt habe: ›Sie haben wohl nicht mehr alle Tassen im Schrank, junger Mann.‹«

»Haben Sie denn neuerdings etwas gegen Hunde?«

»Ach kommen Sie, da stinkt doch irgendwas: Einer klingelt und sagt hey, wie wär's denn mit einem neuen Köter? Ich nehm doch keinen Hund von einem völlig Fremden.«

Da war was dran, dachte de Jong.

»Und mal abgesehen davon: Damals, als Marlies, meine Frau, von mir gegangen ist, was hätten Sie gemacht, wenn es kurz darauf an der Tür geklingelt hätte und jemand hätte Ihnen gesagt: ›Hey, wissen Sie was, ich hab eine neue Frau für Sie und das auch noch völlig umsonst‹?«

»Was ich gemacht hätte? Marlies war doch nicht meine Frau«, redete sich de Jong heraus, der diesen Vergleich reichlich unangebracht fand. Er kehrte dem Blumenfenster den Rücken und sah auf die Uhr. »Ich muss dann auch mal wieder los. Danke für das Bier.«

Der Alte begleitete ihn zur Haustür. »Was ist jetzt mit dem Schach?«

»Würde ich ja gern«, log de Jong. »Aber ich kann leider nicht Schach spielen.«

»Der Appetit kommt mit dem Essen. Überlegen Sie es sich.«

»Gut, ich überleg's mir«, versprach de Jong widerwillig, nur weil Reikart sich offenbar sonst weigerte, ihm zum Abschied die Hand zu reichen.

»Das ist ein Wort.« Zum ersten Mal und für den Bruchteil eines Augenblicks schien ein Sonnenstrahl über die Miene des alten Mannes zu huschen. Der Anflug von Unternehmungslust. »Also dann bis morgen Abend.«

* * *

Die Fastenstunde war vorbei, er gönnte sich ein üppiges Mittagessen bei Aristoteles, dem Besitzer des *Monasterion*, den de Jong noch aus alten Kripokantinenzeiten kannte. Der Grieche zeigte sich begeistert, aber auch ein wenig besorgt angesichts de Jongs gewaltigem Appetit.

»Hab dich gestern oder so mit einer flotten Biene gesehen«, sagte er neugierig, während er die bestellte doppelte Portion Tsatsiki mit Brot und Pommes servierte.

»Bienen sind so gut wie ausgestorben«, sagte de Jong. »Sicher war es eine Wespe, du hast nicht richtig hingesehen.«

»Ich meine doch eine Frau. Sah sehr schick aus.«

»Frauen als Bienen zu bezeichnen ist nicht mehr zeitgemäß«, belehrte ihn de Jong. »Wann hast du Deutsch gelernt: in den frühen Siebzigerjahren?«

»Ist sie deine neue Flamme?«

»Sie ist eine Klientin. Abgesehen davon ist Flamme auch nicht mehr zeitgemäß.«

»Du bist derjenige, der nicht mehr zeitgemäß ist«, widersprach der Grieche trotzig. »Klientin bedeutet, du hast, was sie angeht, keinerlei Absichten?«

»Das schon. Aber es ist nur eine Gefälligkeit, nichts weiter. Eigentlich habe ich damit zu tun, den Mord an Kennedy aufzuklären.«

Aristoteles machte große Augen, enthielt sich aber eines Kommentars. Er war ein höflicher Mensch, deshalb entfernte er sich weise nickend in Richtung Tresen und verzichtete großzügig darauf, diese Steilvorlage in Sachen Nicht-mehr-zeitgemäß-Sein für sich zu nutzen.

* * *

Aber de Jong war wieder eingefallen, dass er nicht nur dem alten Reikart etwas versprochen hatte. Da war auch noch die Angelegenheit Hagen Uhlenbrock, um die er sich kümmern wollte, wenn auch nur Ellie zuliebe. Falls ihm der Mann mit der Sense wieder im Treppenhaus begegnete, dann sollte er von dieser Sache auf jeden Fall erfahren, nahm er sich vor.

Laut Eintrag auf der Website trafen sich die Mitglieder des KkC (*Kreis kreativer Christen*) immer donnerstags von 20.00 bis 21.30 Uhr. Also radelte de Jong kurz vor halb zehn in die Innenstadt, ließ sich vom Kopfsteinpflaster auf dem Domplatz durchschütteln und nutzte den Schub, den der kleine Abhang auf dem Weg hinunter zur Überwasserkirche ihm gab. Schließlich stoppte er auf der Frauenstraße, betrat das ehrwürdige Gebäude der katholischen Studierendengemeinde und erkundigte sich bei einem sehr katholisch aussehenden jungen Mann, der ihm auf dem Flur entgegenkam, nach den kreativen Christen und einem gewissen Gunnar Schmidt.

»Gehen Sie einfach diesen Gang entlang, am Ende der Raum auf der linken Seite.« Der Jüngling wies in die Richtung. »Folgen Sie am besten der Musik.«

De Jong bedankte sich, obwohl er keine Musik vernahm, und ging in die angezeigte Richtung. Aber dann, nach ein paar Schritten, spitzte er die Ohren. Er hörte eine Gitarre und Männer und Frauen, die etwas sangen, das sich wie ein Gospel anhörte. Kurz bevor er die Tür erreichte, erklang ein lauter Schlussakkord – und die Musik verstummte. Eine sonore männliche Stimme bedankte sich bei den Anwesenden für ihr Kommen, lud sie ein, auch das nächste Mal wieder dabei zu sein und wünschte ihnen eine gute Woche.

Die Tür öffnete sich und die Gläubigen strömten auf den Flur, meist junge Leute, aber ein paar Gesetztere waren auch dabei. Allein zurück blieb der Mann mit der Gitarre, ein Kerl in den Zwanzigern in einem hellblauen Hemd, mit dichtem, leicht salafistisch anmutendem Bart und buschigen Augenbrauen.

»Gunnar Schmidt?«, erkundigte sich de Jong, und als der Angesprochene nicht reagierte, versuchte er es mit einem Kompliment. »Diese Musik gerade, die war wirklich … ziemlich kreativ.«

»Wir sind hier alle Künstler«, sagte der Mann mit der sonoren Stimme, trat auf de Jong zu und schüttelte ihm die Hand. »Gläubige Künstler. Und wir denken, dass der Glaube auch eine Kunst ist, verstehen Sie?«

»Nun ja«, sagte de Jong ausweichend.

»Und Sie wollen sich unserem Kreis anschließen?«

»Das nicht. Mein Name ist Niklas de Jong. Ich würde gern mit Ihnen über einen jungen Mann namens Hagen Uhlenbrock sprechen.«

Schmidts Stimme veränderte sich merklich, auch seine Haltung. Waren beide gerade eben noch von christlicher Nächstenliebe erwärmt gewesen, so waren sie plötzlich kühl, regelrecht frostig, jedenfalls bildete de Jong sich das ein. »Hagen wer?«

»Uhlenbrock. Soviel ich weiß, war er ziemlich oft hier in Ihrem Glaubenskreis.«

Schmidt überlegte und überlegte, gab sich ehrlich Mühe, dann schüttelte er den Kopf. »Nein, den Namen habe ich noch nie gehört. Da kann ich Ihnen leider nicht helfen, Herr …«

»De Jong«, sagte de Jong und dachte, dass der Mann sich vielleicht einfach keine Namen merken konnte.

»Was wollen Sie denn von ihm, wenn ich fragen darf?«

»Von wem?«

»Na, von Hagen«, sagte Schmidt, worauf de Jong seine Vermutung sofort wieder zurücknahm.

»Also kennen Sie ihn doch?«

»Na ja«, ruderte der andere auf ungeschickte Weise zurück, »er war vielleicht ein-, zweimal hier.«

»Das reicht doch«, sagte de Jong, »um seinen Namen gehört zu haben.«

Diese Bemerkung verdarb Gunnar Schmidt wohl die Lust daran, das Gespräch weiter fortzusetzen. Ganz plötzlich wurde er hektisch, schnappte sich sein Instrument und packte es in den Gitarrenkoffer. Die Verschlüsse knallten zu.

»Es tut mir leid, aber ich bin heute noch verabredet.« Schmidt sah auf die Uhr. »Um genau zu sein, seit ungefähr zehn Minuten. Also dann …« Mit dem Koffer in der Hand verließ er den Raum und eilte den Flur entlang in Richtung Ausgang.

De Jong folgte ihm. Nicht dass er Herrn Schmidt interessant fand, aber diese heillose Flucht machte ihn dann doch neugierig.

Er sah, wie der Bärtige draußen in einen knallgrünen, nagelneu aussehenden Audi einstieg und wenige Sekunden später damit aus der Parklücke stieß. Kreativer Glaube musste ein lukratives Geschäft sein, wunderte sich de Jong, lief zu seinem Fahrrad und folgte dem Auto durch den zähen Innenstadtverkehr. Er war sich selbst nicht sicher, ob diese spontane Verfolgungsjagd zu irgendetwas führte, aber der Glaubenskreis war bisher sein einziger Anhaltspunkt, und er sah nicht ein, warum Gunnar Schmidt ihm nicht sagen sollte, was er über Hagen Uhlenbrock wusste.

Am Schlossplatz fuhr ihm der Audi davon, zum Glück war das leuchtende Grün immer noch leicht in den qualmenden Blechschlangen vor den Ampeln zu orten, sodass de Jong den Wagen auch noch aus ziemlicher Entfernung in die Lazarettstraße einbiegen sah. Wenige Minuten später kam er selbst nach und entdeckte kurz darauf das grüne Gefährt, geparkt am Straßenrand.

Das Haus, vor dem er stand, war mehrstöckig und verfügte über acht Klingeln. Nur eine war mit dem Namen Schmidt beschriftet, was für diesen Namen wohl nicht selbstverständlich war. *Schmidt, Lappe und Schnellinger* stand da. De Jong drückte den Klingelknopf.

Der Türöffner schnarrte, der Exkommissar trat ins Treppenhaus. Holzstufen, mit Teppichboden beklebt. Erster Stock, dann zweiter. Oben an der Tür erwartete ihn eine rastagelockte Frau, die verschlafen gähnte und eine Tasse Kaffee in der Hand hielt. »Ja?«

»Ich bin Niklas de Jong«, sagte de Jong. »Eigentlich wollte ich zu Gunnar.«

»Gudrun«, sagte die Frau und ließ ihn eintreten. »Keine Ahnung, ob er da ist. Am besten, du siehst selbst nach.«

De Jong betrat eine weiß verputzte Wohnung mit hohen Decken, folgte Gudrun durch einen langen Flur in eine Küche und war einigermaßen überrascht; wohl, weil er eine übliche Chaos-WG erwartet hatte, Zeitschriften und Klamotten, die auf dem Boden verteilt lagen, ungespültes Geschirr im Bad und in der Küche. Etwas in der Art. Und jetzt fand er sich in einer sehr gediegen eingerichteten Wohnung mit Vollholzmöbeln und feinstem Parkettboden. Nicht billige Poster zierten die Wände, sondern zeitgenössische Kunst, die für einen Laien wie de Jong jedenfalls ziemlich echt und auch teuer aussah.

Am Tisch in der Küche saß ein junger Spund in einem fleckigen T-Shirt, auf dem *Jesus loves U* stand. »Hi«, sagte de Jong, »ich bin Niklas.«

»Roland.«

»Schön habt ihr es hier«, lobte der Exkommissar.

Roland prostete ihm mit seiner Kaffeetasse zu.

»Woher kennst du Gunnar eigentlich?«, wollte Gudrun wissen, die in einen in Orange schimmernden Sari gehüllt war und ein sehr süßes Parfüm benutzte.

»Vom Glaubenskreis. Und ihr, macht ihr auch in Kunst?«

»Na ja«, meinte Roland. »Kann man so sagen.« Er grinste. »Ich würde mich als Lebenskünstler bezeichnen.«

»So wie Gunnar?«

»Nee, der ist ja mehr Aktionskünstler, verstehste?«

»Eine völlig andere Kunstrichtung.«

»In gewisser Weise. Eine andere Form der Ausübung, würd ich mal sagen. Und sie«, sein Kopf bewegte sich in Richtung Gudrun, »ist Aktivistin.«

»Aktivistin.« De Jong nickte anerkennend. »Für welche Sache denn?«

»Das hängt ganz davon ab«, antwortete Gudrun schmallippig, ohne weiter auszuführen, wovon.

»Ihr kennt doch Hagen Uhlenbrock«, versuchte de Jong sein Glück.

»Klar.« Roland nickte. »Den kennen wir. Ist ein echt christlicher Typ.«

»Aber das war's auch schon, was wir über ihn wissen«, intervenierte Gudrun nervös und funkelte ihren Wohnungsgenossen böse an, was de Jong nicht entging.

»Was meinst du denn mit christlich?«, hakte er nach.

»Na ja, nichts Besonderes«, sagte Roland. Gudruns Funkeln wirkte offenbar. »Nur dass er ein gläubiger Mensch ist. Und seine Musik ist auch religiös geprägt.«

Auf dem Tisch bemerkte de Jong einen losen Stapel Prospekte, die weniger religiös geprägt waren. Es handelte sich um Hochglanzbroschüren voller bunter Bilder mit weißen Hotels über türkisblauem Meer. Palmen und Sonne. Weltweite Urlaubsparadiese von der Stange. Flüchtig blätterte er einen der Kataloge durch. Um eine Mittelmeerkreuzfahrt *zur Wiege des Abendlandes* war ein roter Kringel gemalt. Und um ein Hotel auf den Malediven.

»Wer will denn hier verreisen?«, erkundigte er sich neugierig.

Gudrun nahm ihm den Prospekt weg. »Wen geht denn das was an?«

»Das alles ist nicht billig, oder?«

»Und wenn doch?«

»Ach kommt schon: diese Möbel hier, die Bilder, die Malediven, der neue grüne Audi.«

»Was hast du damit zu tun?«

»Eigentlich nichts. Ich frage mich nur, ob die Lebenskunst so lukrativ ist, dass man sich solche Sachen leisten kann.«

»Schon mal was von bedingungslosem Grundeinkommen gehört?«, fragte Roland patzig.

»Hörst du jetzt mal auf mit dem dämlichen Gequatsche!«, fiel ihm Gudrun, die sich nur mühsam beherrschte, ins Wort.

»Was? Ich sag doch nur, dass …«

Er verstummte, weil in diesem Moment Gunnar die Küche betrat. Er erkannte de Jong, und seine Miene verfinsterte sich. »Was geht denn hier ab? Wieso habt ihr den reingelassen?«

»Er hat gesagt, er ist ein Freund von dir«, erklärte Gudrun.

»Was ist denn aus der dringenden Verabredung geworden?«, fragte de Jong dazwischen.

Gunnar beachtete ihn nicht. »Und du hast ihm natürlich geglaubt?«

»Ich hätte nur noch eine Frage«, de Jong hob beschwichtigend beide Hände, »dann bin ich ja auch schon weg. Wegen des Grundeinkommens: Wer stellt das zur Verfügung? Ist das zufällig Herr Uhlenbrock?«

Schmidt, der Aktionskünstler und offenbar Chef dieser skurrilen WG, baute sich vor dem Exkommissar auf. »Wenn Sie etwas auf dem Herzen haben, dann kommen Sie zum Glaubenskreis. Stellen Sie da Ihre Fragen. Hierher habe ich Sie nicht eingeladen.«

»Ich will ja nur wissen, wo ich Hagen Uhlenbrock finde«, beharrte de Jong. »Das ist keine Glaubensfrage, insofern nichts für den frommen Kreis.«

Angespanntes, trotziges Schweigen.

De Jong gab schließlich auf und wandte sich achselzuckend zum Gehen. »Dann werde ich wohl oder übel die Kripo einschalten müssen«, murmelte er. »Aber euch noch viel Spaß auf den Malediven.«

Er hatte erst zwei Treppenstufen genommen, als Gudrun ihn einholte. De Jong blieb stehen. Sie beugte sich zu ihm hinunter, was den Sari leicht nach vorn schwingen ließ und in der einen Sekunde, bevor sie ihn hastig zusammenraffte, offenbarte, dass sie darunter nichts trug – was de Jong für den Moment komplett ablenkte.

»… eben wirklich keine Ahnung, wo er ist«, bekam er gerade noch mit.

»Na schön«, flüsterte er, »das ist schade, aber dann werde ich wohl weiter nach ihm suchen.«

»Ich muss dir leider sagen, dass Hagen, so nett er auch ist, höchstwahrscheinlich nicht mehr alle beisammen hat.«

»Das bedeutet?«

»Er ist plemplem, aber irgendwie auf gute Weise. Ich weiß auch nicht … Soviel ich weiß, zeltet er irgendwo an der Werse. In der Nähe vom Stapelskotten.«

»Danke«, sagte de Jong. »Da werde ich mich mal umsehen.«

»Sei vorsichtig. Die Kerle, mit denen er zusammen ist, sind auch nicht mehr bei Trost. Aber im unguten Sinne.«

* * *

Es war schon halb elf, als er wieder Schiffsplanken unter den Füßen hatte. Die Sommernacht war von der Art, wie man sie nicht jeden Tag hatte: Die Luft war von einer geradezu zärtlichen Milde und das Wasser unter ihm, das in vollkommener Stille verharrte, hatte seinen ganz eigenen Geruch, eine verlockende Mischung aus vertrautem, heimischem Nest und verwegenem Abenteuer, das in die Ferne zog. Ein Abend, wie geschaffen für ein Date mit einer schönen Frau.

Ein Ping, das den Eingang einer SMS meldete, zerstörte die sich anbahnende romantische Stimmung. Eigentlich war de Jong schon lange fest entschlossen, sich selbst von hochentwickelter digitaler Technik nicht vorschreiben zu lassen, wann und wo er zu kommunizieren hatte, aber er brachte es dann doch nicht fertig, den Benachrichtigungston zu deaktivieren. Und das machte es nicht gerade leicht, eine Nachricht zu ignorieren, erst recht nicht, wenn sie, wie in diesem Fall, von Giulia kam: *Komme am Montag aus Amsterdam und muss Dienstagabend in Berlin sein. Kann ich bei dir auf deinem Boot übernachten? LG Giulia.*

De Jongs Daumen fingen sofort an, hektisch auf dem Display herumzudrücken: *Klar. Freue mjch imer, wenn du komms t.* Er schickte die Nachricht ab, ließ das Smartphone in der Hosentasche verschwinden und fühlte sich mit einem Mal besser.

Kurz darauf ertönte wieder ein Ping. *Ich komme aber nicht allein, nur dass du das weißt.*

Die bessere Stimmung verpuffte sofort. *Das ist etwas anderes,* schrieb de Jong sorgfältig zurück, dieses Mal ohne Tippfehler.

Du bist ein Schatz! Also dann bis Montag.

Immer wenn man was für sie tun sollte, war man ein Schatz. Und am nächsten Tag war dann alles wie vorher. Es juckte de Jong in den Fingern, ihr das per SMS um die Ohren zu hauen. Aber es war schon seltsam: Obwohl ihm dies in aller Klarheit vor Augen stand, zögerte er, ihr zurückzuschreiben, dass sein Hausboot kein Liebesnest sei und er es im Übrigen schade finde, dass sie offenbar so tief gesunken sei, das anzunehmen. Lieber schrieb er ihr gar nichts und das alles nur aus der einen Angst, dass sie den »Schatz« zurücknehmen könnte.

11. Kapitel

Die milde Sommernacht verging, ohne dass de Jong irgendeinen auch nur annähernd romantischen Nutzen aus ihr gezogen hätte. Er schlief schlecht und am nächsten Morgen nervte ihn die Hitze, die einem schon relativ früh am Morgen ein halbwegs gemütliches Frühstück auf dem Achterdeck vergällte. Ein Frühstück, das man allein einnahm, taugte in der Regel auch nicht dazu, jemanden, der schon übel gelaunt aufgestanden war, wieder an die schönen Dinge des Lebens heranzuführen. In einem solchen Fall gab es meist keine andere Option als Ablenkung.

De Jong packte die Frühstücksutensilien zurück in den Kühlschrank und ging von Bord. Lief die wenigen hundert Meter zu dem unansehnlichen Bürogebäude, von dem Axel Schriebeck gesagt hatte, dass er dort, im zweiten Stock, seine Bildschirmschoner kreiere. Leider traf er ihn nicht an. Ein junger Spund, der wie ein Bankangestellter gekleidet war und sich als Schriebecks Geschäftspartner vorstellte, erklärte ihm, dass Axel heute in Baumberge bei seinem Vater zu Gast sei und erst kurz vor Feierabend zurückkomme.

Also gut. Mehr über den seltsamen Besuch Schriebecks bei dem alten Reikart zu erfahren – mitsamt dem skurrilen Hundeangebot – erschien ihm trotzdem als die aussichtsreichste Möglichkeit, in diesem Fall weiterzukommen, auch wenn man dafür wieder hinaus nach Tilbeck radeln musste. Immerhin drohte dieses Mal kein Unwetter, die Sonne lachte – beste Voraussetzungen, um die kleine Tour auf dem Rad zu genießen.

Andere hielten dies auch für eine gute Idee. Wandergruppen in Armeestärke, ganze Geschwader von Senioren auf Mieträdern, marschierende Nordic-Walker und Hundebesitzer mit kilometerlangen Leinen. Unterwegs verstand de Jong endlich, warum es ihm nicht gelang, die berühmte Münsteraner Landschaft zu genießen. Weil nämlich die Landschaft zu einem riesigen Outdoor-Bereich verkommen war, dessen einzige Bestimmung es zu sein schien, Schauplatz für Outdoor-Aktivitäten zu sein – Jogging, Nordic-Walking, Bike-Riding, Running und Dog-Walking. Niemand verließ einfach so das Haus, um Luft zu schnappen, auf das Rauschen der Blätter im Wind zu lauschen oder das Grün der Wiesen zu schnuppern. Die Seele baumeln zu lassen. Man versorgte beide Ohren mit ausreichender Beschallung und machte sich hektisch daran, das tägliche Pensum Fitness zu erledigen, um in Form zu bleiben, im Job voranzukommen, den eigenen Marktwert zu steigern. Wenn man trotzdem noch die Seele baumeln lassen wollte, konnte man dafür immer noch einen Kurs belegen.

Dieses Mal näherte sich de Jong dem Anwesen von der Vorderseite. Das Garagentor stand einen Spalt weit offen, und er erwog für einen Moment, das Haus auf dem Weg zu betreten, auf dem er es beim letzten Mal verlassen hatte – vorbei an dem schwarzen SUV mit dem seltsamen AKP-Aufkleber. Aber er entschied sich dagegen und betätigte einen goldenen Klingelknopf, worauf sich ein schmiedeeisernes Tor mit einem leisen Klicken öffnete. Ein Kiesweg führte ihn zu einer breiten, zweiflügeligen Haustür, die man treffender als Portal bezeichnete.

Eine Frau in einer Küchenschürze und mit zu einem Dutt hochgestecktem Haar öffnete ihm, die er zuerst für eine Hausangestellte hielt, doch dann sofort erkannte: Es war Sorga, die er offenbar beim Zubereiten des Mittagessens gestört hatte. Im Haus roch es nach Braten. »Sie schon wieder?«, fragte sie, überrascht, aber nicht unfreundlich.

»Eigentlich wollte ich Ihren Mann sprechen. Ich habe in seiner Firma nachgefragt und man sagte mir, dass ich ihn hier finde.«

»Tut mir leid, dass Sie den ganzen Weg umsonst gemacht haben. Axel ist mit einem Geschäftspartner nach Eindhoven gefahren, um sich dort neue Software anzusehen. Worum geht es denn? Kann ich ihm etwas ausrichten?«

»Sorga! Wer ist denn da?«, ertönte aus dem Herrenzimmer die raue Stimme des alten Schriebeck.

»Schon gut«, sagte de Jong. »Ich werde ihn sicher morgen erreichen.«

Die Tür auf der anderen Seite des Foyers öffnete sich und Schriebeck senior schaute heraus, vorwurfsvoll den Kopf schüttelnd, weil er sich extra herbemühen musste, wenn man ihm schon nicht sagen wollte, wer an der Tür sei.

Aber sobald er de Jong erkannte, verzog sich sein Mund zu einem breiten Grinsen. »Sieh an, der Herr Kriminalkommissar.«

»Exkommissar«, sagte de Jong.

»Na kommen Sie schon, erzählen Sie mir, was Sie Neues zu berichten haben.«

»Eigentlich wollte ich zu Ihrem Sohn.«

»Da gibt es nichts, was Sie nicht auch von mir erfahren könnten.« Der alte Mann winkte ungeduldig und schlurfte heran, wobei de Jong zum ersten Mal auffiel, dass er das linke Bein leicht nachzog. »Los, ich lade Sie zu einem Schnaps ein. Den schlägt man nicht aus.«

Aufgrund seiner langjährigen Erfahrung mit Aristoteles wusste de Jong, dass man Schnäpse sehr wohl ausschlagen konnte, ja dass man es manchmal unbedingt tun sollte. Aber in diesem Fall ließ er sich überreden und folgte Schriebeck in das rustikale Zimmer an den schweren Holztisch. Während der Hausherr den Schnaps und die Gläser herbeischaffte, betrachtete de Jong die Wände, die antike Säbel und altertümliche Schusswaffen zierten, aber auch auf Holz genagelte Schädelpartien von Rehböcken und ausladende Hirschgeweihe. Letztere waren mit einem Messingschild ausgestattet, auf dem der Name des Schützen und das Hinrichtungsdatum eingraviert waren.

»Was macht die große Politik?«, erkundigte sich de Jong, während Schriebeck eingoss und die beiden Gläser behutsam auf kleinen Untersetzern aus Kork abstellte. Sein dunkelrotes Gesicht leuchtete heute stärker als beim letzten Mal. »Wie kommt Ihr Kreuzzug gegen die Autofahrer voran?«

»Kreuzzug.« Schriebeck nahm ächzend ihm gegenüber Platz, griff sich ein Glas und prostete de Jong zu. »Glauben Sie mir oder nicht: Die anderen sind auch keine Heiligen.«

»Die anderen?«

»Erst heute. Zwei Stunden ist es her. Ich setze aus meiner Einfahrt, da kommt wie aus dem Nichts so ein Zweiradidiot angeschossen und spuckt mir auf die Heckscheibe. Ich hätte ihn fast überfahren, hat er gebrüllt.«

»Na ja, wenigstens haben Sie es nicht getan.«

»Ganz egal, aber was ist das für ein Benehmen? Denken Sie vielleicht, für so einen halte ich politisch den Kopf hin?«

De Jong staunte. »Soll das bedeuten, Sie wollen sich nicht nur die Autofahrer, sondern jetzt auch die Radfahrer vornehmen?«

Schriebeck trank und nickte gleichzeitig. »Davon gehen Sie mal aus«, bestätigte er, stellte das Glas ab und erhob sich. Tappte zur Tür und öffnete sie. »Sorga!«, brüllte er.

Ihre Stimme antwortete von irgendwo im Haus.

»Wie wär's allmählich mit Mittagessen?«

»… ist so gut wie fertig, Papa.«

»Und vergiss nicht, die Tür abzuschließen, wenn du reinkommst!« Der alte Mann kehrte an den Tisch zurück.

»Na ja«, meinte de Jong, »ich kann mir jedenfalls vorstellen, dass diese Kehrtwende für eine Radfahrerpartei wie die Ihre gar nicht so leicht zu vollziehen ist.«

Schriebeck schnaufte verächtlich. Dann richtete er seinen Zeigefinger auf sein Gegenüber. »Wissen Sie was, de Jong? So einer wie Sie sollte bei uns mitmachen. Stattdessen haben wir nur einen Haufen Armleuchter und dann noch diese Schlampe namens Petra Fracke. Mit dieser Gurkentruppe gewinnen Sie keine Wahl.«

»Eine Schlampe in Ihrer Partei?«, spielte de Jong den Verwunderten.

»Sie wittert Morgenluft. Ja klar: Der Alte will es mit den Radfahrern verderben und obendrein Miniröcke verbieten lassen. Also wird er kurzerhand abgeschossen, jedenfalls wenn's nach ihr geht. Aber so weit sind wir noch nicht.«

De Jong durchfuhr der Gedanke, dass dieser nörgelnde Alte mit voller Absicht so selten das Haus verließ, weil er unbedingt vermeiden wollte, dass frische Luft und Natur seine Laune allzu sehr heben und auf diese Weise seine wutbürgerlichen Grundwerte gefährden könnten.

»Verstehen Sie, de Jong: Ich bin diese Partei. Sonst ist da doch nichts. Und das wird diese verkappte Emanzenschlampe auch irgendwann kapieren müssen.«

»Immerhin war es doch eine gute Idee, Herrn Reikart einen neuen Hund zu schenken. Aktiver Wahlkampf sozusagen, noch dazu mit einer menschlichen Note.«

»Ach was.« Schriebeck zog eine indignierte Schnute. »Das war nicht meine Idee.«

»Nicht? Aber ich dachte …«

»Axel, den ich nur zögernd meinen Sohn nenne. – Warum? Weil er so gar nicht nach seinem Vater schlägt. Na ja, er war es. Er hatte diese bescheuerte Idee. Hunde!

Was mich angeht, ich hasse Hunde. Haarige Viecher, tückisch und unberechenbar.«

»So wie Auto- und Radfahrer?«

»Ach, hören Sie auf. Andererseits habe ich schon des Öfteren darüber nachgedacht, die Forderung nach einem generellen Hundeverbot in unser Parteiprogramm zu schreiben. Darüber werden wir noch in den Gremien beraten.«

»Axel dagegen schwärmt in den höchsten Tönen von Ihnen. Er bewundert Ihre Arbeit und ist stolz darauf, Wahlspots für Sie zu produzieren.«

»Na und. Wenn er Eier in der Hose hätte, würde er mein Küchenimperium übernehmen.« Schriebeck verzog das Gesicht wie im Schmerz. »Stattdessen fabriziert er diese Bildschirmschoner – wer braucht so was? – Apropos Eier in der Hose«, er beugte sich zu de Jong, als wollte er ihm etwas anvertrauen, das nicht für andere Ohren bestimmt war, »ich wäre wohl der Letzte, der nicht verstehen könnte, wenn einem eine einzige Frau nicht genügt. Bin früher selbst kein Kind von Traurigkeit gewesen.«

Und wenn doch, fragte sich de Jong. Vor seinem inneren Auge spielte sich eine Szene ab: Schriebeck plärrend als trotziges Kind, seine Mutter, die Traurigkeit, die ihn ohne Abendessen auf sein Zimmer schickt.

»Aber wenn schon, dann macht man es im Geheimen, wie es sich gehört, und nutzt nicht aus, dass die Angetraute«, der rote Kopf nickte in Richtung Tür, zum Rest des Hauses, wo auch immer sich Sorga zurzeit aufhalten mochte, »mit ihrem Kaplansgemüt alles geduldig erträgt.«

Genau in diesem Moment klopfte es, und ihr freundliches Lächeln erschien in der offenen Tür. »Essen ist fertig.«

»Na, was habe ich gesagt?« Schriebeck feixte in Richtung de Jong und sein Feixen hatte etwas Unverschämtes, als wären sie beide Verschworene im Geiste. Dieses unverschämte Feixen war es hauptsächlich, was de Jong veranlasste, sich unverzüglich auf den Weg zu machen.

Der Alte stand auf, um sich zu Tisch zu begeben. »Es gibt Sauerbraten. Bleiben Sie doch zum Mittagessen.«

* * *

De Jong ließ sich als Vegetarier beschimpfen und nahm in Kauf, dass nach den Radfahrern und den Minirockträgerinnen jetzt auch noch die Vegetarier ins Fadenkreuz der AKP gerieten, aber er blieb nicht zum Mittagessen. Stattdessen zog er es vor, die folgende Stunde auf dem Fahrrad zu verbringen. Zunächst war nur eine Dreiviertelstunde geplant, aber anstatt sich wie auf dem Hinweg an der Landschaft zu erbauen, spürte der Exkommissar auf dem Nachhauseweg der Frage nach, wieso die Vorstellung, zum Sauerbraten zu bleiben, beinahe Übelkeit bei ihm verursachte hatte, wo er doch ansonsten Sauerbraten durchaus zu schätzen wusste. Eigentlich lag die Antwort auf der Hand: Horst Schriebecks überhebliches Feixen, seine Neigung, das eigene, in Sachen Küchenmöbel höchst erfolgreiche Leben schönzureden, indem er auf dem seines Sohnes herumtrampelte. Die gönnerhafte Art, wie er sich von seiner Schwiegertochter bedienen ließ.

Das alles ergab kein Ambiente für einen entspannten Sauerbratengenuss.

Trotzdem hatte der alte Schriebeck in einem Punkt recht: Von ihm hatte de Jong vielleicht mehr erfahren, als ihm sein Sohn Axel hätte sagen können.

Die Stunde Fahrzeit ergab sich, weil er nicht auf sein Boot zurückkehrte, sondern das Stadtzentrum in östlicher Richtung umfuhr, sodass er gegen sechzehn Uhr beim direkt an der Werse gelegenen Freibad Stapelskotten eintraf. Inzwischen war Wind aufgekommen, und der Himmel hatte eine bleigraue Farbe – ein Wetter, das man nicht so ohne Weiteres als Badewetter bezeichnen würde. Trotzdem ließ der Freitagnachmittag das Freibad aus allen Nähten platzen, auch der nebenan gelegene Campingplatz konnte sich nicht über zu wenige Bewohner beklagen. Grillgeruch lag in der Luft, vermischt mit dem Duft von Sonnenmilch, aus dem Freibad drang Mädchenkreischen, und von irgendwoher wummerte monoton ein elektrischer Bass.

Eine Weile kurvte de Jong ziellos herum, denn da waren Zelte und die Werse, genau wie Gudrun gesagt hatte. Aber trotzdem konnte er sich nicht vorstellen, in diesem Badetrubel auf Hagen Uhlenbrock zu stoßen. Schon bald stieg er wieder aufs Rad und folgte dem Flüsschen weiter in nördlicher Richtung, nahm Kurs auf die Pleister Mühle. Wieder gelang es der idyllischen Landschaft, ihn in seinen Bann zu schlagen und in eine selige Urlaubsstimmung zu versetzen, bis er gegen siebzehn Uhr auf einen Wimpel aufmerksam wurde, der hinter einem kleinen Wäldchen irgendwo im Gebüsch aufleuchtete. De Jong stoppte, stellte sein Fahrrad ab und stapfte querfeldein durch Brennnesseln, umrundete das Wäldchen und lüftete das Geheimnis, das es verbarg: Hinter dem Gebüsch duckte sich eine kleine Zeltstadt, umgeben von hohem Gras und dornigen Sträuchern, vom Weg aus so gut wie unsichtbar, bis auf den roten Wimpel, der auf der Spitze eines der Zelte flatterte.

Genau das, wonach er gesucht hatte.

De Jong schlich näher heran. Insgesamt waren es zehn Zelte, aus dunkelblauen Planen errichtet, sie bildeten einen Kreis, in dessen Mitte ein Holzkreuz aufragte. Die Anlage war mit einem provisorischen Zaun aus Zweigen und Holzlatten umgeben. Keine Menschenseele in Sicht, das Lager machte einen verlassenen Eindruck. De Jong kletterte über ein niedriges Gatter, das den Eingang bildete, direkt daneben prangte ein kleines, handgemaltes Pappschild: *Biwak der wahren Jünger unseres HERRN*.

Inzwischen lugte die Sonne wieder aus der Wolkendecke, die, obwohl sie aufgerissen war, immer noch hässliche, dunkle Flecken aufwies, die immer für Regen gut waren. Aber alles hier unten auf Erden war in friedliches Abendlicht getaucht, und das rote Fähnchen, lustig im Abendwind flatternd, fachte seine Neugier an. Warum, fragte sich de Jong, fühlte er sich wie ein Eindringling? Worauf wartete er? Hier lagerten doch nur fromme Christenmenschen in ihren Zelten.

Na gut, dachte de Jong, überstieg das Gatter, das nicht höher war als ein Jägerzaun, und sah sich drinnen auf Zehenspitzen ein bisschen um. Schließlich wollte er nur wissen, womit er es zu tun hatte und ob und wenn ja, wie Ellies Bruder darin verwickelt war. Ob der sich überhaupt hier aufhielt? Sicher hätte er auch ein fröhliches »Hallo, ist jemand zu Hause?« rufen können; im Nachhinein sagte er sich sogar, dass das wahrscheinlich besser gewesen wäre. Und in diesem Nachhinein befand er sich schon etwa fünf Minuten später.

»Darf ich fragen, was du hier suchst?«, ließ ihn eine weibliche Stimme herumfahren.

Wenige Meter entfernt stand eine junge Frau mit rundem Gesicht und Sommersprossen. Sie starrte ihn feindselig an, als wollte sie ihn mit ihrem Blick durchbohren. Neben ihr nahm ein pausbäckiger Jüngling Aufstellung mit vor der Brust verschränkten Armen, kahlköpfig, mit ebenso rundem Körper – er erinnerte de Jong ein wenig an Bruder Tuck. Etwas weiter weg, aus einem der Zelte, näherte sich noch jemand, ein hünenhafter Kerl mit einem langen, nach unten fast spitz zulaufenden Gesicht, das in einem verfilzten Bart endete. Die Strähnen wirkten wie Wurzeln an einer Knolle, die man allzu forsch aus der Erde gerissen hatte. Alle drei Gestalten waren in seltsame, sackartige Kutten gehüllt.

»Guten Abend allerseits, ich bin Niklas de Jong.«

»Das ist Simon Petrus«, sagte Bruder Tuck und zeigte auf den Bärtigen.

»Ach«, sagte de Jong. »Sehr erfreut, Herr Petrus.«

»Warum dringst du hier ein?«, fragte der große Kerl. Er war im eindringlichen Starren noch besser als das Mädchen. »Was hast du hier zu suchen?«

»Na ja, ich kam zufällig vorbei und da habe ich gedacht …«

»Du sollst nicht lügen!«, wies ihn die Frau mit scharfer Stimme zurecht. Hinter ihr hatten sich inzwischen noch zwei andere Kuttenträger aufgebaut, weitere waren im Anmarsch – das Ganze sah nach de Jongs Eindruck wenig friedfertig aus.

»Also gut. Ich bin auf der Suche nach Hagen Uhlenbrock. Könnt ihr mir vielleicht sagen, wo ich ihn finde?«

»Wage es nicht!«, ereiferte sich das Mädchen, aber Bruder Tuck hielt sie zurück: »Moment mal.« Er wandte sich an de Jong. »Was willst du denn von ihm?«

»Wie ich hörte, hat ihn der Ruf Gottes ereilt«, erklärte de Jong. »Und da wüsste ich natürlich auch gern, was er so gesagt hat. Der Allmächtige, meine ich.«

»Dieser Mensch hat hier herumgeschnüffelt«, zischte das Mädchen und hielt ihren Zeigefinger auf de Jong gerichtet wie eine schussbereite Waffe.

»Ihr wisst also nicht, wo ich ihn finden kann?«, versuchte de Jong, sich aus der Situation zu retten, die ihm mehr und mehr ungemütlich erschien. »Na ja, also gut, dann …«

Simon Petrus verstellte ihm den Weg. »Nicht so eilig.«

De Jong blieb stehen. Der selbst ernannte Apostel, ein Baum von einem Kerl, verschränkte jetzt auch die Arme vor der Brust, während seine Glaubensgenossen sich hinter ihm postierten, wie gesetzestreue Bürger in einem Western, die sich hinter ihrem Sheriff verstecken, weil der am besten von allen mit dem Colt umgehen kann.

De Jong wartete.

Die Schar der Gläubigen hielt ihre Blicke auf ihn gerichtet. Blicke, die voller Vorwurf waren.

De Jong fühlte sich unbehaglich. »Also, wenn sonst nichts mehr anliegt ...«, startete er schließlich einen weiteren Versuch, sich aus der Affäre zu ziehen, »dann werde ich jetzt einfach mal ...«

»Hagen ist ein Prophet«, deklarierte Simon Petrus endlich mit einer herablassend näselnden Stimme, und seine Getreuen bestätigten es mit andächtigem Murmeln und eifrigem Nicken. »Er ist von Gott, unserem Herrn, auserwählt. Und wir sind hier, um ihm Obdach und Schutz zu geben.«

»Vor solchen wie dir«, erläuterte Bruder Tuck.

»Die hier nur herumschnüffeln wollen«, fügte das Mädchen hinzu, »und mit dem Glauben nichts zu schaffen haben. Sich gar nicht dafür interessieren, nach den Geboten der Schrift ...«

Petrus hob die Hand, die nörgelnde Menge verstummte. »Der Mensch, den du suchst, hat keine Zeit für dich. Für niemanden. Er ist ganz für seine Eingebungen da.«

»Ich wollte auch nicht lange stören«, sagte de Jong, obwohl das ja nicht stimmte. »Seine Schwester macht sich nur Sorgen um ihn und da ...«

Petrus wies mit einer weiteren großen Bewegung in Richtung Ausgang, der majestätischen Geste eines Apatschenhäuptlings würdig, der über die endlosen Weiten der Prärie zeigt. »Es ist besser, du gehst jetzt.«

»Selbstverständlich. Sobald ich mit ihm gesprochen habe, seid ihr mich los, versprochen.«

Der Anführer der Truppe schüttelte den Kopf. Das Zeichen für die Schar der Gläubigen, ein drohendes Grummeln von sich zu geben. De Jong wich vorsichtshalber zurück. Manchmal war es eben doch keine so gute Idee, das Maul aufzureißen, das hätte er eigentlich längst wissen sollen.

»Na schön«, kapitulierte er. »Wenn ihr das so seht, dann akzeptiere ich das natürlich und gehe eben sofort …«

»Denkst du, wir wissen nicht, dass du uns für durchgeknallte Typen hältst?«

»Wie kommt ihr bloß darauf?«

»… für weltfremde Fanatiker, die, wenn's drauf ankommt, vor Gewalt nicht zurückschrecken …«

»Überhaupt nicht. Bestimmt schreckt ihr davor zurück, jedenfalls hoffe ich das inständig. Wie sagt man noch so schön: Friede auf Erden und den Menschen ein Wohlgefallen.«

»Schweig und vergehe dich nicht an den Worten der Heiligen Schrift …!«

Die Frau verstummte, als der Apatschenhäuptling erneut mit einer Armbewegung Stille gebot. »Die Welt mag uns ablehnen, weil sie lieber auf die Mächte des Bösen hört. Weil ihr Schicksal besiegelt ist. Aber wahrlich, ich sage euch: Wenn das Gericht kommt, wird Gott der Herr die Spreu vom Weizen trennen.« Wieder der eindringliche Blick, der keinen Zweifel daran ließ, dass de Jong die Spreu war, der eine erdrückende Übermacht aus Weizen gegenüberstand.

Der Apatsche legte noch ein bisschen nach und drohte der sündigen Welt und ihrer moralischen Verkommenheit unverhohlen mit Untergang, vielleicht wollte er de Jong aber auch Gelegenheit geben, sich schleunigst zu verdrücken, bevor sich das Ganze zu einer unschönen

Situation entwickelte. Der Exkommissar ergriff die Gelegenheit jedenfalls und machte, dass er wegkam.

Niemand folgte ihm, bis auf Simon Petrus' mahnende Stimme, von der er sich immer weiter entfernte. Bis sie vom Gezwitscher der Vögel übertönt wurde. Bienen summten und Mücken tanzten im idyllischen Abenddunst, aber die Luft schien immer noch zu knistern.

In den Zelten dort wohnten recht eigentümliche Gestalten, ging es de Jong durch den Kopf, aber der Gedanke konnte ihn nicht belustigen. Eher war ihm klamm zumute, und die scharfen Stimmen der Zeltbewohner hallten in seinen Ohren nach. Dass der Glaube Berge versetzen konnte, sagte man ihm schon lange nach, aber das eigentlich Befremdliche war doch, dass er es vollbrachte, gewöhnliche Alltagsmenschen in einen Bruder Tuck zu verwandeln. Oder einen Whyatt Earp alias Simon Petrus. Zu was war er dann noch in der Lage, fragte man sich da mit einem gewissen Gruseln. De Jong wollte lieber keine Antwort.

* * *

Möglichst schnell brachte er das kleine Wäldchen zwischen sich und die Glaubensgemeinschaft. Dann ließ er sich ins Gras fallen und atmete erst mal durch. Obwohl es ihn dazu drängte, stieg er noch nicht aufs Rad, sondern beschloss, erst mal seine Lage zu überdenken.

Natürlich konnte man die Angelegenheit in gewisser Weise als abgeschlossen betrachten. Ellie Bericht erstatten, dass er ihren Bruder gefunden habe, der sich, nachdem er eine Weile in einer katholisch orientierten WG die Spendierhosen angezogen hatte, anschließend von einer seltsamen, höchstwahrscheinlich gemeingefährlichen Sekte hatte kapern lassen, die ihn als Prophet benutzte. Und ihn deshalb so schnell wahrscheinlich nicht mehr herausgeben würde, sodass man von jetzt an alle weiteren Schritte mit dem die Angelegenheit beobachtenden Verfassungsschutz abstimmen müsse. Aber weder konnte er ihr sagen, ob es Hagen gut ging, noch die Frage beantworten, warum er sich nicht wenigstens hatte blicken lassen und das Drohgebaren seiner Glaubensbrüder und -Schwestern mit seiner Anwesenheit unterstützt hatte, wovon de Jong ausging, wenn er doch für diese schräge Truppe der angesagte Guru war. Alles in allem durfte dies für eine Schwester, die sich um ihren geliebten Bruder sorgte, wohl kaum ein befriedigender Abschluss sein.

Und was mindestens ebenso bedenkenswert war: Konnte ein solch kaum befriedigender Abschluss dann sie dazu bewegen, de Jong mit neuen Augen zu sehen? Den Augen einer schönen Frau, für die er nicht nur der Exkommissar war, der ihr gefällig gewesen war, sondern ein Mann, der sich ihretwegen in diese brenzlige Situation begeben hatte?

So gern er sich die Lage auch schöngeredet hätte: Jetzt die Brocken hinzuwerfen und den skurrilen Fanatikern das Feld zu überlassen, war im Endeffekt kein guter Plan. Viel besser war es, sich zu überlegen, wie man sie austricksen konnte.

Endlich erhob sich de Jong aus dem Gras, stieg auf das Rad und radelte etwa zwei Kilometer weiter zur Pleister Mühle, um dort bei einem Kaffee mit sich selbst Kriegsrat zu halten.

Das Ausflugsrestaurant war momentan nicht gerade ein Ort der Ruhe, da eine mindestens vierzigköpfige Kinderradtour hier eine Rast eingelegt hatte. Für de Jong kam das wie gerufen, er genoss den Kontrast zur lähmenden Stille, die drüben im Camp der christlichen Jünger geherrscht hatte. Mitten im Gelärm und Gekreische spielender Sechsjähriger schlurfte er seinen Kaffee und schmiedete einen Plan.

Wie wäre es denn so: Er würde einfach zurückkehren und den Bullen herauskehren – eine bewährte Strategie. Darf ich mal die Genehmigung zum Zelten sehen, vom Ordnungsamt oder vom Bauern, auf dessen Grund Sie sich befinden. Nein, das ist keine Lappalie und auch alles andere als eine Schikane, und wo wir schon dabei sind, können Sie sich überhaupt ausweisen? Und dann mit Räumung drohen, schlimmstenfalls mit einem SEK-Einsatz.

Nein, das war viel zu brachial. De Jong hatte den Kaffee ausgetrunken, bestellte sich ein Bier und entschied sich dagegen. Erstens war er nicht Dirty Harry, und zweitens hatte er es nicht mit einfachen Kriminellen zu tun, die man mit derartigen Manövern beeindrucken konnte. Hier handelte es sich um religiöse Fanatiker, die schon den bloßen Appell an die Vernunft als einen Angriff auf ihre heilige Sache der Hirnverbranntheit betrachteten. Erst neulich hatte er gelesen, dass sich die meisten religiösen Bewegungen des einundzwanzigsten Jahrhunderts nicht mehr über sexuelle, sondern vielmehr über völlige geistige Enthaltsamkeit definierten. Gott mochte uns ein Hirn gegeben haben, aber wo in der Schrift stand denn bitteschön, dass wir es auch benutzen sollten?

Nach dem dritten Bier war de Jong ein wenig verwundert, dass so früh schon die Dämmerung hereinbrach. Ein Blick auf die Uhr sagte ihm jedoch, dass es auch schon sehr früh halb zehn geworden war. Inzwischen herrschte ländliche Stille, ein paar Tauben gurrten und in der Ferne ratterte irgendwo ein Zug vorbei. Der Kinderlärm war schon lange verstummt. Gäste außer ihm gab es auch keine mehr. Die Bedienung lehnte am Eingang zur Gaststube und wartete darauf, dass er endlich Anstalten machte zu zahlen.

Also trank er aus und kramte sein Portemonnaie hervor. Wie dämlich von ihm, unbefugt in das Camp einzudringen und dann auch noch die Klappe weit aufzureißen, dachte er, während er zahlte und dem Kellner einen schönen Feierabend wünschte.

Dann machte er sich auf den Rückweg zu seinem Fahrrad. Niemand würde erwarten, dass er denselben Fehler zweimal macht, und genau das wollte er zu seinem Vorteil nutzen.

* * *

Diesmal schlich er im Schutz der Nacht auf das Campgelände, und er betrat es nicht durch die Vordertür, sondern drückte sich außen herum, bis er eine geeignete Stelle fand, an der er unbemerkt hineinschlüpfen konnte. Sein Fahrrad hatte er vorsichtshalber an der Pleister Mühle stehen lassen.

Jeden Schritt setzte er mit äußerster Vorsicht und sobald er das winzigste Geräusch hörte, suchte er im Dunkel auf der Rückseite der Zelte Deckung, zusätzlich getarnt durch die tief hängenden Zweige einer mächtigen Buche, die den äußersten, von der Werse abgewandten Punkt der Zeltstadt markierte.

Ein paar Grillen zirpten, weit weg bellte ein Hund. Es war still. De Jong atmete Nachtluft.

Und dann setzte unvermittelt Gesang ein. Geistliche Lieder zur Gitarre, die von Jesus und seinen Taten kündeten – de Jong bildete sich ein, dass sie forscher klangen als die, die er in der Studierendengemeinde gehört hatte. Kämpferischer. Die Gitarre schlug dazu einen geraden, regelrecht knallenden Rhythmus, dass man sich unwillkürlich Stiefel vorstellte, die im Gleichschritt über den Boden stampften. Vermutlich hielten die Jünger unseres Herrn eine Art Gottesdienst oder einen Liederabend ab, was de Jong ja nur recht sein konnte.

Preiset den Herrn, feuerte er sie insgeheim an und wagte sich ein bisschen vor, um einen Blick zu riskieren. De Jong wurde mutiger, Meter für Meter näherte er sich dem geistlichen Treiben am Lagerfeuer. Da saßen sie, schätzungsweise zwanzig Personen, starrten in die Glut und klatschten und sangen. Simon Petrus und ein schmächtiger Jüngling schrammelten auf der Gitarre. Wo war der Prophet? Bei seiner Rast im Ausflugsrestaurant hatte de Jong sich Hagens Gesicht anhand des Fotos eingeprägt, aber er konnte ihn nirgends entdecken. Wenn diese Sektenheinis den Kerl so sehr verehrten, wieso befand er sich nicht jetzt und hier in ihrer Mitte? Ein Abend wie dieser war doch wie geschaffen dafür, ein paar weise Worte loszuwerden.

Wo steckte Uhlenbrock?

Und dann schoss ihm das Wort Falle in den Kopf: Diese Bibeljunkies hatten ihn ausgetrickst, und er Blödmann war darauf hereingefallen! Mit einem klammen Gefühl in seinem Rücken wich de Jong Schritt für Schritt zurück, stolperte aber schon nach dem dritten über einen Hering, der im Boden steckte, und landete unsanft auf dem Hosenboden. Als er aufsah, ragte einer von denen direkt über ihm auf.

De Jong hielt die Luft an.

Die Gestalt schnaufte. Und dann raunte sie: »Fürchte dich nicht!«

»Leicht gesagt«, raunte de Jong zurück.

»So spricht der Herr: Fürchte dich nicht.« Der Mann beugte sich zu ihm herunter, und sein Gesicht tauchte aus dem Dunkel ins Halbdunkel, das der Schein des nahen Feuers erzeugte. De Jong bemerkte Segelohren und erkannte im selben Moment, wem er gegenüberstand.

»Hagen Uhlenbrock!«, zischte er. »Ich hab dich überall gesucht.«

»Viele suchen mich.« Der vermeintliche Prophet gähnte ausgiebig. »Entschuldige, aber ich bin hundemüde. Die dämlichen Tabletten sind schuld.«

»Was für Tabletten?«

»Die muss ich immer nehmen, wegen meiner Visionen, verstehst du? Ohne die Visionen sind meine Jünger verloren.« Uhlenbrock hatte eine seltsame Art zu flüstern. Sie erinnerte ihn an den belehrenden Tonfall eines dreijährigen Mädchens, das einen ermahnt, nicht zu laut zu sprechen, weil es gerade eben seine Puppe schlafen gelegt hat. »Nur, diese Pillen helfen gar nicht. Die machen nur müde.«

De Jong rappelte sich auf, ging in die Hocke. »Was treibst du denn überhaupt hier?«

Hagen antwortete nicht, hockte sich aber daneben. Sein Kopf sank leicht zur Seite, wahrscheinlich war er kurz davor einzuschlafen. Ein Lied, das drüben am Feuer wie eine Fanfare einsetzte, brachte den Propheten wieder in die Wirklichkeit zurück, wenigstens fast.

»Das ist auch wieder wahr …«, nuschelte er und riss den Mund zu einem Gähnen auf, als wollte er alles hier – die Zelte, das Feuer und den Wald ringsherum – verschlingen.

»Ich wollte eigentlich …«, setzte de Jong an, aber der andere unterbrach ihn.

»Leiser«, mahnte er. »Sprich bloß leiser! Wenn Simon uns hört, dann gibt's Ärger.«

»Moment mal.« De Jong schüttelte den Kopf. »Heißt das, die halten dich hier gegen deinen Willen fest?«

»Pssst!« Uhlenbrock war ein einziges Gähnen, aber der weiße Umhang, in dem er steckte, verstärkte de Jongs Eindruck, es nicht mit einem Propheten, sondern einem Schlafwandler zu tun zu haben.

»Deine Schwester macht sich Sorgen um dich.«

»Ellie? Diese gute, gute Frau …«

Jetzt verstummte die Musik. Jemand sagte ein paar Worte, es folgte rhythmisches Klatschen. Dann erklang das nächste Lied über Gottes Herrlichkeit und den Kampf gegen die Sünde.

Es konnte nicht schaden, fand de Jong, möglichst schnell von hier zu verschwinden. »Los komm, wir hauen ab«, schlug er vor.

Hagen antwortete nicht. Er lehnte gegen eins der Zelte und war eingeschlafen.

»Hey!« De Jong packte ihn und hievte ihn hoch.

»Lass mich …«

»Wir müssen los. Sonst ist es zu spät.«

»Wozu? Wozu zu spät …?«

»Erzähl ich dir gleich. Lass uns erst mal …«

»Nein.« De Jong hatte es geschafft, den Schlafenden ein paar Meter hinter sich herzuziehen, aber jetzt bockte er. »Das geht doch nicht. Meine Jünger.«

»Die kommen schon klar. Hörst du doch: Sie sind putzmunter und singen Lieder. Los jetzt.«

Uhlenbrock gähnte ununterbrochen, aber er leistete auch Widerstand. »Du verstehst das nicht. Ehrlich und ohne Scheiß. Ich bin Gott begegnet.«

»Ja, ich auch«, sagte de Jong leichthin, weil ihm nichts anderes einfiel.

Hagen richtete sich auf und machte große Augen. »Echt?«

»Ja, echt. Soll ich dich zu ihm bringen?«

»Bitte, ja. Ich muss ihn so vieles fragen.«

Na endlich, dachte de Jong. »Dann los. Worauf warten wir?«

Die Aussicht auf das bevorstehende Date schien Hagen Uhlenbrock zu beflügeln. Von jetzt an kamen sie gut weiter und näherten sich eine gute Minute später dem provisorischen Zaun, der das Camp umgrenzte. Der Weißgewandete hob den Fuß, um darüber zu steigen, und verharrte dann mitten in der Bewegung. »Was ist mit den anderen? Die wollen auch mit ihm sprechen.«

»Du kennst ihn doch«, sagte de Jong. »Der alte Knabe ist nicht scharf darauf, mit allen zu reden. Erst mal du, okay?«

Hagen zögerte, setzte den Fuß auf den Boden. Überlegte einen Moment. Die Frommen in der Mitte des Zeltkreises hatten ein weiteres Lied beendet. Ewig würde das Gesinge sicher nicht mehr dauern.

»Vielleicht hast du recht«, meinte Hagen schläfrig. »Also sag schon: wohin?«

De Jong half ihm über den Lattenzaun und zerrte ihn in ein Gebüsch gleich hinter der Buche. Er peilte die Lage, dann packte er Uhlenbrock und zog ihn zügig über die Wiese, bis sie das Werseufer erreichten. Die Aussicht, mit dem Herrn zu sprechen, machte den Jungen mitteilsam. Er plapperte vom Nadelöhr, durch das kein Kamel, ja nicht mal eine Kellerassel hindurchpasse, und dass es deshalb unbedingt erforderlich sei, weltlichen Gütern zu entsagen und allen Reichtum den Armen zu überlassen.

»Zum Beispiel Gunnar Schmidt, Roland und Gudrun«, sagte de Jong. »Du hast ihnen zu einer Kreuzfahrt oder einem Urlaub auf den Malediven verholfen. Was es am Ende wird, steht soviel ich weiß, noch nicht fest.«

»Hauptsache, sie haben auf den Weg des Glaubens gefunden«, meinte Uhlenbrock. »Das ist doch schon einen Preis wert, meinst du nicht?« Und dann erkundigte er sich noch neugierig danach, wie Gott sich angehört habe, als de Jong mit ihm gesprochen habe, und ob er ihn vielleicht sogar gesehen und wenn, wie Gott ausgesehen habe. Was de Jong schon wunderte, denn schließlich war doch Hagen Uhlenbrock der Mann mit dem direkten Draht nach oben und nicht er.

Endlich erreichten sie die Pleister Mühle, es war ein herrlicher Sommerabend, halb elf, und die Mücken schwirrten nur so. De Jong bestellte ein Taxi und wartete nervös, schließlich durfte die Gemeinde aus den Zelten mittlerweile seinen Coup bemerkt haben. Während der Fahrt ließ Hagens theologischer Wissensdurst nach, die Schlaftabletten entfalteten wieder ihre Wirkung. Der gestohlene Prophet schnarchte, und der Exkommissar schrieb eine SMS an Ellie: *Ihr Bruder ist wohlauf und zurück in der Welt. Bin gegen 23.00 Uhr am Hausboot.*

Dann waren sie da, es war schon Viertel nach, aber von Ellie noch keine Spur.

»Wo ist denn jetzt Gott?«, erkundigte sich Hagen, der wieder wach war, seit er das Taxi verlassen hatte.

»Keine Sorge, es dauert nicht mehr lange«, hielt ihn de Jong hin. »Er hat eben ziemlich viel um die Ohren, weißt du doch.«

Hagen nickte und gähnte. »Da sagst du was …«

Endlich näherte sich ein Wagen, ein dunkler SUV, riesenhaft und gebaut für Leute, denen es viel bedeutete, möglichst viel Platz einzunehmen und möglichst viel Sprit zu verbrauchen, und Hagen wunderte sich, dass ausgerechnet Gott so einen fuhr. Weil er nämlich den gleichen hatte wie seine Schwester.

Und dann war's nur seine Schwester, in Begleitung eines sonnenbankgebräunten, silberhaarigen Endvierzigers, der sich als Dr. Melchior entpuppte.

»Wo ist er denn?« De Jong bemerkte Fassungslosigkeit in Hagens Gesicht, die nicht gespielt war.

»Ich fürchte leider, Gott kommt nicht mehr«, sagte er.

Und dann nahm auch schon Ellie ihren Bruder unter ihre Fittiche. »Hagen, Bruderherz, ich bin so froh, dich wieder zu haben! Du glaubst gar nicht, wie besorgt wir alle um dich waren.«

»Bestimmt nicht«, gab Hagen zu. »Aber ich dachte …«, stammelte er.

»Na, kommen Sie schon«, sagte der Therapeut, trat hinzu und fasste seinen Klienten in spe mit sanfter Gewalt an der Schulter, dirigierte ihn zum SUV. »Wir sorgen jetzt gemeinsam dafür, dass es Ihnen bald besser geht.«

Ellie lächelte de Jong so dankbar zu, dass es ihn wie ein warmer Schauer durchrieselte. Mit der rechten Hand machte sie die Wir-telefonieren-Geste, dann stieg sie, ihm immer noch zulächelnd, zu Hagen ins Auto.

Und so wie sie die Wagentür öffnete, traf de Jong ein letzter Blick Hagens, und der schöne warme Schauer war im selben Moment wie weggewischt. Der Blick, fand de Jong, durfte wohl so ziemlich genau der gleiche gewesen sein wie der, den Jesus Judas zugeworfen hatte, gleich nachdem der ihm einen süßen Kuss auf die Wange geschmatzt hatte.

12. Kapitel

In der Nacht konnte de Jong erst gar nicht einschlafen. Die Gesänge der Christen am Lagerfeuer drehten in seinem Kopf eine Endlosschleife. Lieder über Jesus, der eines Tages zurückkommen würde, und was er dann mit denen anstellte, die sich immer noch nicht zu ihm bekennen wollten, sowie Lieder darüber, dass man in deren Haut nicht stecken wollte – sie durchkreisten unaufhörlich sein Hirn, bis de Jong dann doch endlich wegdämmerte.

Gegen Morgen musste er dann auch noch dem Mann im schwarzen Umhang über den Weg laufen. Ausgerechnet heute.

Er war wie früher bei der Kripo. Fallbesprechung. Die Kollegen der Mordkommission meldeten sich mit ihren Statements zu Wort. Mittendrin saß da auch der Schwarzgekleidete am Tisch und hob die Hand, weil er eine Frage hatte. De Jong war klar, welche, deswegen übersah er die Knochenhand zwischen den anderen. Registrierte die wachsende Ungeduld des Kuttenmannes, aber ignorierte sie. »Merken Sie sich doch, was Sie sagen wollen«, bügelte er darüber hinweg und nahm lieber die nette Kollegin gegenüber dran.

Der Tod, der offenkundig über wenig Besprechungserfahrung verfügte, war sichtlich nicht erbaut davon, so ausgetrickst zu werden. Und nach der Dienstbesprechung lauerte er de Jong beim Kaffeeautomaten auf, wo er sich nicht mehr so einfach wegschieben ließ.

»Was war das denn heute Morgen?«

»Heute Morgen? Keine Ahnung, wovon du sprichst.«

»Ich hab unten vor der Haustür auf dich gewartet. Du hast so getan, als hättest du mich nicht gesehen.«

»Nein, das kann gar nicht sein. Ich hab dich wirklich nicht gesehen.«

»Denk bloß nicht, du könntest dich auf diese Weise vor mir drücken.«

»Das würde mir nie einfallen.«

Der Mann in Schwarz schüttelte den Kopf zum Zeichen, dass er de Jong nicht glaubte, und stützte sich auf seine Sense. »Gut, dann also jetzt.«

»Was also jetzt?«

»Deine Antwort für heute und du bist mich wieder los.« Der Tod grinste bedrohlich. »Oder keine Antwort und dann eben nicht.«

»Aber ich war der Meinung, das hätten wir geklärt. Die Sache mit dem alten Mann, ich bin noch da dran. Nur dauert das eben seine Zeit.«

»Na gut. Aber danach ...«

An dieser Stelle platzte de Jong jetzt mal der Kragen. »Danach? Was, zum Teufel, soll das heißen?« Er stellte seinen Kaffeebecher auf den Automaten und machte einen beherzten Schritt auf den Sensenmann zu, der instinktiv sein Gartengerät an sich raffte, als hätte de Jong die Hand danach ausgestreckt. »Über danach reden wir danach, verstanden? Mir fällt schon noch was ein. Heute ist heute, ob's dir passt oder nicht.« Damit wollte er den Tod stehen lassen.

»Hey, und was war das gestern Abend?«

De Jong drehte sich noch mal um. »Was meinst du?«

»Diese Nummer mit dem armen Kerl, den du erst aus den Händen von Bekloppten reißt, um ihm dann wieder an einen Verrückten auszuliefern. Wozu? Was wolltest du dir damit beweisen?«

Diese patzige Frage verfolgte ihn auch noch nach dem Aufwachen, blieb wie der bittere Nachgeschmack eines schlechten Essens selbst während des Frühstücks, das de Jong in der sicheren Erwartung einnahm, einen Anruf von Ellie Uhlenbrock zu erhalten. Wie es gestern Nacht noch weitergegangen sei und wie dankbar sie ihm für seine Hilfe sei. Und dass sie sich unbedingt dafür erkenntlich zeigen wolle, nein, darauf bestehe, sich erkenntlich zu zeigen, was de Jong die Gelegenheit verschaffte, generös jede Form finanzieller Entlohnung oder Honorierung abzulehnen. Was für sie wiederum dann den Anlass darstellen würde, über andere, wesentlich reizvollere Spielarten des Sich-erkenntlich-Zeigens nachzudenken.

Aber er beendete das Frühstück, es wurde Mittag, sogar früher Nachmittag, ohne dass Frau Uhlenbrock sich meldete. Gegen vierzehn Uhr ging de Jong hinüber zum alten Reikart, obwohl es dazu eigentlich keinen konkreten Anlass gab, wieder einmal keine neuen Erkenntnisse. Höchstwahrscheinlich gab es aber eben doch einen, nämlich, dass er es darauf anlegte, Reikarts Gemecker darüber, dass er immer noch nicht vorankam und bis jetzt keine echte Spur hatte, über sich ergehen zu lassen. Um sich damit für sein Verhalten von gestern Nacht zu bestrafen, das ihm von Stunde zu Stunde immer schäbiger vorkam.

Aber Reikart meckerte gar nicht. Für seine Verhältnisse wirkte er regelrecht aufgeräumt und schien de Jong erwartet zu haben, was den Exkommissar wunderte, schließlich hatte er sich ja völlig spontan entschlossen.

»Schön, dass Sie sich doch noch dazu entschieden haben«, freute sich der Alte und bugsierte ihn eilig durch die enge, miefige Diele, die nach Grünkohl und alten Schuhen roch, ins Wohnzimmer.

»Entschieden? Wozu denn?«, wollte de Jong wissen. Aber schon konnte er sich die Frage selbst beantworten: Auf dem Couchtisch wartete ein komplett aufgebautes Schachspiel. Weiße und schwarze Spielfiguren strahlten die entschlossene Würde zweier Armeen aus, die sich in einer Schlachtordnung zum Kampf gegenüberstanden.

»Wie gesagt, ich kann überhaupt nicht Schach spielen«, erhob de Jong zum letzten Mal Einspruch, nicht überzeugend genug, um Reikart zu beeindrucken.

»Aufs Können kommt's nicht an.« Der alte Mann verzog seine beachtlichen Lippen zu einem breiten Grinsen. »Sehe ich etwa aus wie Kasparow?«

»Wer ist Kasparow?«

»Also los, Sie sind weiß. Also ziehen Sie, am besten einen Bauern. Der Rest kommt dann ganz von selbst.« Noch ein Grinsen. »Keine Sorge, das ist wie Autofahren. Oder Sex. Das verlernen Sie nie.«

De Jong hatte keine Ahnung, was Reikart mit der Anspielung auf den Sex meinte, wo es gerade mal schlappe vier Züge dauerte, bis er seine Dame verlor. Dann folgten ein Springer, beide Läufer, kurz hintereinander, und damit nicht genug fiel auch ein Turm. Und noch bevor das Gemetzel zum Ende gekommen war, juchzte Reikart wie ein kleiner Junge und klatschte in die Hände: »Schachmatt!«

De Jong, der noch dabei war herauszufinden, wie ihm geschehen war, bekam aber eine Revanche. Flugs stellte der Alte die Figuren wieder auf Startposition und los ging's. De Jongs Bauern fielen wie die Fliegen, und dann ging es schon wieder der Dame an den Kragen.

»Kleiner Tipp: Es kann nicht schaden, Ihre Figuren vielleicht mal zu decken«, riet der Mann mit dem Udo-Lindenberg-Mund, und es hörte sich ein bisschen so an, als würde er sich über de Jong lustig machen.

»Decken?« De Jong zog eine angeekelte Schnute. »Bei den Pferdchen mag das ja noch angehen – aber wie stellen Sie sich das bei der Dame vor?«

Und ruckzuck war er wieder schachmatt.

Reikart, anstatt sich über seine überwältigenden Siege weiter zu freuen, fing an zu meckern. »Das macht keinen Spaß, wenn einer nicht bei der Sache ist«, beschwerte er sich.

»Aber ich bin bei der Sache. Das Dumme ist nur, dass ich kein Schachspieler bin.«

Der alte Mann schüttelte den Kopf, die alte Verächtlichkeit war zurück. »Also *so* schlecht spielen – das kann mir keiner erzählen …«

De Jong nahm sich fest vor, Joey aufzutreiben. Es musste ja nicht Schach sein; er würde dem Alten einfach ein anderes Spiel vorschlagen, in dem Joey richtig gut war. Zum Beispiel Boxen.

»Wie sind Sie eigentlich auf Kennedy gekommen?«, fragte er, um zu einem unverfänglichen Thema zu wechseln, da Reikart, anstatt die Spielfiguren auf dem Brett zu formieren, sie in demonstrativer Enttäuschung in die Schachtel räumte.

»Marlis wollte einen«, sagte der alte Mann. »Ich hab mir nichts aus Hunden gemacht, damals jedenfalls nicht. Sie hat im Fernsehen gesehen, dass jemand seinen Kater Churchill genannt hat. Und sie meinte: Dann kann unser Hund auch Kennedy heißen.«

»Na ja«, meinte de Jong, »wenn Sie sich mal einen neuen zulegen sollten, dann können Sie den ja Obama nennen …«

»Dieser Kerl, Sie wissen schon.« Reikart gestikulierte aufwendig. »Kam wieder an und wollte wissen, ob ich eine bestimmte Sorte bevorzuge – Golden Retriever, Pudel oder Border Collie. Ich hab ihm gesagt: ›Also erstens heißt das nicht Sorte, sondern Rasse, Sie Armleuchter, und zweitens können Sie sich Ihren Köter sonst wo hinstecken. Weil ich gerade durch einen meiner Mitarbeiter herausfinden lasse, wer meinen Kennedy auf dem Gewissen hat.‹ Und dann …«

»Welchen Mitarbeiter?«

»Wenn ich natürlich gewusst hätte, dass da so was bei rauskommt …« Reikart klappte resigniert das Schachbrett zusammen.

»Seltsam ist«, sagte de Jong, »dass Horst Schriebeck, der Vater Ihres Hundegönners, Ihnen gar kein Tier schenken will. Er hat gesagt, er hasst Hunde.«

Der alte Mann schnaubte. »Dieser Kerl war gestern im Fernsehen – widerwärtig! Behauptet, dass alle Autofahrer Terroristen und Radfahrerinnen in Miniröcken an Verkehrsunfällen schuld seien. Von so einem will ich schon gar keinen Hund.«

* * *

Als der Exkommissar kurz darauf zum *Alten Mädchen* zurückkehrte, blockierte ein weißer Passat Diesel den Holzsteg, der zum Boot führte. De Jong zwängte sich demonstrativ an dem Fahrzeug vorbei, da öffnete sich die Fahrertür und ein Mann winkte ihm zu: Hauptkommissar Selters.

»Auf Sie hab ich gewartet, de Jong.« Dr. Seltsams Outfit musste man auch seltsam nennen, denn es wirkte wie zwei in eins: Die Freizeitversion trug ein buntes, großgemustertes Hemd, durchgeschwitzt wie bei einem All-inclusive-Touristen, die untere Hälfte war noch im Dienst und steckte in einer gebügelten, dunkelblauen Hose und blitzblanken Schuhen. »Kommen Sie, ich möchte Sie gern einladen. Wo finden wir denn hier ein Eiscafé?«

Die Eisdiele *Amalfi* befand sich knappe dreihundert Meter entfernt in einer Nebenstraße. Es war bestes Eisdielen-Wetter. Seltsam schob sein Makler-Outfit unter einen der silbern blitzenden Metalltische und glich jetzt nur noch einem All-inclusive-Touristen. Er bestellte einen XXL-Amarena-Becher, de Jong eine gemischte Portion Eis mit Sahne. Und dann, noch bevor das Gewünschte gebracht wurde, bezeichnete der Kommissar ihr zwangloses Treffen als Einstellungsgespräch.

»Sehen Sie, der Kollege Küppers, den ich auf eine gewisse Art sehr schätze, hat mich davon in Kenntnis gesetzt, dass Ihnen eine – sagen wir – Neuorientierung im Hinblick auf Ihr berufliches Weiterkommen momentan nicht ganz ungelegen käme.«

»Ach, davon hat er Sie in Kenntnis gesetzt?« De Jong fühlte Ärger über den geschätzten Kollegen Küppers in sich aufsteigen.

»Und er versicherte, dass wir es bei Ihnen, mein Freund, mit einem klugen und umsichtigen, wenn auch ehemaligen Kriminalisten zu tun haben.«

Inzwischen stand das Eis auf dem Tisch. Selters hielt seinen mit kirschroter Eiscreme gefüllten Löffel in Richtung de Jong, so als wollte er sagen: Jetzt sagen Sie mal was dazu.

»Ich fühle mich geschmeichelt«, sagte de Jong höflich und antwortete mit seinem Löffel, »aber zurzeit denke ich: eher nicht. Später vielleicht einmal, wer weiß.«

Der Kripokommissar war keineswegs enttäuscht, aber nur deshalb, weil er offenbar gar nicht zugehört hatte. »Gerade bei unserem aktuellen Mordfall«, drängte er, »würden wir gern davon profitieren, auch auf Ihre Inspiration zurückgreifen zu können.« Der Eislöffel winkte. »Sie wissen schon: das Mordkreuz von Tilbeck.«

»Gibt es da inzwischen etwas Neues?«

»Ich formuliere es einmal so: Der Symbolgehalt der Tat ist unsere Spur, schon weil wir sonst rein gar nichts haben, verstehen Sie? Bescheidenheit ist manchmal eine kriminalistische Kardinaltugend: So wie der Bauer nur erntet, was der Acker hergibt, so haben wir uns mit den Spuren zu bescheiden, die der Tatort uns bietet. Aber das brauche ich Ihnen ja nicht zu sagen.«

In diesem letzten Punkt stimmte de Jong ihm zu.

»Wir haben eine tote Frau. Und vor etlichen Hundert Jahren hatten wir auch eine tote Frau. – Zufall?«

Das Eis schmolz. De Jong wartete, dass sein Gegenüber den Faden wieder aufnahm.

»Wir wissen, dass Frau Meyering nicht an diesem Ort ermordet wurde. Sie wurde nach dem Mord dorthin verbracht. Und das geschah nicht ohne Grund.«

De Jong zählte auch diese Überlegung zu den Dingen, die Seltsam ihm nicht zu sagen brauchte.

»Letzte Woche habe ich mit einem gewissen Pollenhoff gesprochen. Er ist Kultur- und Wanderwart des BBV.«

»BBV?«

»Des Baumbergevereins. Er hält es für möglich, dass die heutige Tat eine späte Rache für die damalige ist.«

»Halten Sie das auch für möglich?«

»Nun, wie Sie sich denken können, ist die Recherche in dieser Sache eine mühsame Angelegenheit, angesichts der äußerst schmalen Quellenlage.«

»Ich frage mich, wozu sie die Nägel dabeihatte«, überlegte de Jong. »Ich meine diese Frau damals.«

Selters Eisbecher war fast leer, bis auf einen Rest, den er durch eifriges Rühren immer mehr verflüssigte. »Na, wozu hat man denn wohl Nägel dabei?«

»Offenbar, um in einer voll besetzten Kneipe spät abends damit herumzuklimpern. Aber zu welchem Zweck?«

Selters schüttelte den Kopf zum Zeichen, dass er überhaupt nicht folgen konnte.

»Das ist ein klassischer Stolperdraht in dieser alten Geschichte«, meinte de Jong. »Hier die Täter, da das

Opfer. Aber das Opfer ist nicht nur Opfer, sondern hat auch was von einem Täter, wegen der Nägel, verstehen Sie? Als ob sie es darauf angelegt hätte, beraubt zu werden.«

Der Hauptkommissar begann, mit einem knallroten Plastikstrohhalm die Flüssigkeit vom Boden seines Eisbechers aufzusaugen, was ein lautes, gurgelndes Geräusch erzeugte.

»Dann wäre da noch der Ansatz des Kollegen Küppers, der den Fall Meyering als Teil einer Mordserie verortet.«

»Mir hat er da aber etwas anderes erzählt«, widersprach de Jong, aber ein erneutes Aufgurgeln des Strohhalms ließ ihn verstummen. Es wurde zu einem Zischen, als das Plastikröhrchen nur noch Luft nach oben beförderte.

»Also noch mal zu unserer Eingangsfrage«, wollte Dr. Seltsam wissen, legte den Halm zur Seite und griff zu dem langen Eislöffel. »Was sagen Sie zu meinem Angebot?«

»Vielleicht ein anderes Mal«, antwortete de Jong erneut. »Aber momentan, denke ich, komme ich zurecht.«

»Sie kommen zurecht.« Dieselben Worte, aber jetzt klang es wie der Witz des Jahrhunderts.

»Genau das.«

»Und Sie suchen nach einem Hundemörder, wie mir Kollege Küppers anvertraut hat?«

De Jong ärgerte sich schon wieder, weil Küppers, das alte Klatschmaul, schließlich ganz genau wusste, dass er das niemand anderem anvertrauen sollte. »Na ja«, sagte er zugeknöpft. »Die Sache ist kompliziert.«

Dr. Seltsam streckte seine Hand jetzt auch nach de Jongs Eisschale aus und zog sie, als kein Einwand kam, zu sich heran. Noch einmal kam der Strohhalm zum Einsatz. »Ein Hund wird Zeuge eines Mordes«, sagte er zwischen zwei Gurglern. »Und deswegen muss er sterben, damit er nichts ausplaudert. So in etwa?« Der Kripokommissar sagte das in einem Ton wie: Wenn man im Ruhestand ist und nichts mehr zu tun hat, fängt man dann eigentlich auch an, mit den Möbeln zu sprechen?

De Jong schwieg dazu, also machte der andere weiter: »Ich hab mal einen Film gesehen. Tom Hanks spielte einen Cop, der sich mit einem riesigen, sabbernden Köter angefreundet hat. Tja, und der Wauwau hat tatsächlich den Mörder gefasst.«

»Wie geht's eigentlich dem Fremdhirn in Ihrem Kopf?«, erkundigte de Jong sich beiläufig und im freundlichsten Tonfall – es war die reinste Notwehr. »Ich weiß, Sie haben mir nie davon erzählt, als wir uns neulich *nicht* getroffen haben.«

Der Andere schüttelte den Kopf und kaute auf seinen Lippen, sagte aber nichts.

»So wie Küppers Ihnen das mit dem Hund ja auch nie anvertraut hat.«

»Na schön, na schön.« Selters legte den Strohhalm weg, um sich unternehmungslustig die Hände zu reiben. »Also gut, stellen Sie mir jetzt eine Frage?«

»Was?« De Jong ahnte, dass er das Gespräch in die falsche Richtung gelenkt hatte, aber es war zu spät.

»Sie wissen schon. Das letzte Mal wurden wir gestört.« Der seltsame Hauptkommissar schob die Eisschale zu Seite, seine Ellbogen nahmen fast allen Platz auf dem Tisch ein. »Jetzt bin ich nicht im Dienst, und wir haben jede Zeit der Welt.«

»Wenn Sie meinen.«

»Allerdings. Fragen Sie schon.«

»Na gut: Was ist die Hauptstadt von Frankreich?«

Beleidigtes Kopfschütteln. »Nein.«

»Nein?«

»Nicht solche Fragen. Für wen halten Sie mich: für Hein Blöd? Fragen Sie mich gefälligst was Richtiges.«

»Wer ist Hein Blöd?«

»Wieder falsch. Konzentrieren Sie sich, de Jong.«

»Dann sagen Sie mir doch, was Sie gefragt werden wollen. Geben Sie mir einen Tipp.«

Der Hauptkommissar seufzte genervt auf, dachte aber nach und legte den Zeigefinger an die Nase. »Wie wär's denn zum Beispiel damit: Wer brachte im legendären Finale der Fußball-WM von 1974 zwischen Deutschland und Holland bereits in der zweiten Minute die Niederlande durch einen Foulelfmeter in Führung?«

»Ja, wer?«, fragte de Jong.

»Das war doch nur ein Beispiel. Sie müssen die Frage selbst formulieren.«

De Jong, der anfangs nicht recht begriffen hatte, wie dieser Mann zu seinem Spitznamen gekommen war, kam es jetzt vor, als wäre selbst ein Doppelname wie Höchst-Seltsam noch eine schlappe Untertreibung.

»Wer hat das Spiel gewonnen?«

Selters machte eine lästige Wischbewegung. »Zu leicht«, meinte er. »Das weiß jeder. Andere Frage.«

»Muss das sein?«

»Na los!«, forderte Selters ungeduldig.

»Ich überlege ja.« De Jong fühlte sich zunehmend unwohl, wie in einer Prüfung, und das Verrückte war, ihm wollte einfach keine Frage einfallen. Dabei gab es doch sicher unzählige.

Im letzten Moment kam, gerade noch rechtzeitig, die Rettung in der Person Axel Schriebecks, der just in dieser Sekunde hereinspazierte, an die Theke trat und ein Eis im Hörnchen bestellte.

»Später gern.« De Jong schob hastig den Stuhl nach hinten und erhob sich. »Da ist gerade jemand, den ich dringend etwas fragen muss.«

Bis er gezahlt hatte, dauerte es aber noch eine Weile, er konnte seinen Möchtegern-Chef ja schlecht auf der Rechnung sitzen lassen.

Da war Schriebeck junior, in der Hand die süße Schleckerei, Erdbeer und Stracciatella, schon wieder auf der Straße. De Jong lief ihm nach. »Herr Schriebeck? Auf ein Wort!«

Schriebeck, wie beim letzten Mal auch jetzt wieder eine äußerst gediegene Erscheinung, blieb stehen und wartete auf ihn. »Herr Kommissar.«

»Exkommissar«, sagte de Jong. »Ich hätte noch eine Frage in der Hundeangelegenheit.«

»Die Hundeangelegenheit?«

»Sie haben mir neulich vom Herzenswunsch Ihres Vaters erzählt, Herrn Reikart einen neuen Hund zu schenken.«

»Allerdings.«

»Aber wie sich herausstellt, hasst Ihr Vater Hunde.«

Axel Schriebeck zuckte mit den Schultern, als wäre er etwas ratlos. »Na ja, aber das Tier wäre auch nicht für ihn, sondern für Herrn Reikart. Um ihm seinen Verlust zu ersetzen, verstehen Sie?«

Der Logik hatte de Jong zunächst nichts entgegenzusetzen. »Stimmt, aber stellen Sie sich doch einmal vor, Sie hassen Spinnen«, forderte er Schriebeck auf. »Nur ein Beispiel. Und dann suchen Sie nach einem Geschenk für einen lieben Menschen. Mal ehrlich: Würde Ihre Wahl auf eine Spinne fallen?«

Schriebecks Eismund verzog sich zu einem irritierten Grinsen. »Wer würde denn wohl überhaupt eine Spinne verschenken?«

»Das war eben nicht meine Frage«, quasselte de Jong diesen berechtigten Einwand hinweg. »Ihr Vater sagt nämlich auch, dass er für die Idee mit dem Hundegeschenk herzlich wenig übrighat. Und dass er sogar darüber nachdenkt, mit seiner ominösen Partei ein Hundeverbot zu fordern.«

»Was meinen Sie denn mit ›ominöser Partei‹?«, fragte Schriebeck junior, leicht gereizt, als wollte er sich die Bemerkung verbitten; trotzdem hatte de Jong das Gefühl, dass sein Gegenüber klar verstanden hatte, worauf er anspielte.

»Klar, so ist er eben«, räumte der junge Mann ein. »Mein Vater hat ein kompliziertes Verhältnis zu Hunden. Aber das gilt ja eigentlich für alle, nicht wahr?«

»Dass alle ein kompliziertes Verhältnis zu Hunden haben?«

Ein Ping-Ton in seiner Tasche meldete den Eingang einer SMS, aber de Jong verschob das auf später.

»Nein, dass er ein kompliziertes Verhältnis zu allen hat.«

»Also auch zu Ihnen?«

Axel Schriebeck zuckte erneut mit den Schultern – trotz seiner makellosen Erscheinung wirkte er alles andere als souverän. »Das ist ja was anderes. Ich bin schließlich sein Sohn, nicht wahr?«

Schon wieder! De Jong meinte herauszuhören, dass es *gerade* zwischen Vater und Sohn besonders kompliziert sei. Dass kompliziert womöglich ein viel zu harmloses Wort sei.

»Sicher ist Ihr Vater ganz schön dankbar für die Unterstützung, die Sie ihm zukommen lassen«, sagte er. »In seiner politischen Arbeit, meine ich.«

Schriebecks Lächeln strahlte kurz auf wie die Lichthupe eines Autos, dann wurde es wieder verlegen. »Und das gilt ja auch umgekehrt …«

»Umgekehrt? In welcher Hinsicht?«

Überrascht von der Frage suchte er nach einer Antwort. Fand keine. Seine Nervosität verstärkte sich. »Sie haben natürlich recht, das mit dem Hund war eigentlich meine Idee«, erklärte er, »aber Vater steht da ganz hinter mir. Er hat mir sozusagen freie Hand gelassen, was den Hund angeht.«

Eine weitere SMS kam, de Jong reagierte immer noch nicht. Schriebeck aber schon. Er nahm das Ping zum Anlass, auf die Uhr zu sehen und ein bestürztes Gesicht zu machen, so als wäre er entschieden zu spät dran. »Oh, leider – ich muss dann auch schon los.« Er verschlang den Rest seines Hörnchens – das Eis war inzwischen auf den Boden getropft. Winkte kurz und machte sich auf den Weg.

»Tut mir leid wegen dem Eis!«, rief de Jong. Er sah dem gut gekleideten, jungen Mann nach, der sich eilig über die Straße entfernte. Und dann doch nicht in der Masse der anderen Passanten verschwand. Seine Körperhaltung stach geradezu heraus, wie de Jong fand: als wäre Schriebeck ständig bemüht, sich zu ducken und gleichzeitig das Kreuz gerade zu machen. Wie jemand, der die väterliche Übermacht als Last empfindet und gleichzeitig versucht, ein guter Sohn zu sein.

Wieder ein Ping. Ach ja, die SMS.

De Jong holte das Smartphone aus der Hosentasche und machte das Display hell.

Weißt du was: Vergiss es einfach! lautete die Nachricht, und de Jong vermutete im ersten Moment, dass sich da wohl jemand verwählt hatte. Bis er die anderen beiden Kurznachrichten gelesen hatte.

Falls das wirklich so sein sollte, gibt es jederzeit genug, die scharf darauf sind, den Job zu machen – nur damit du's weißt! stand in der zweiten und: *Sag mal, wir warten hier auf dich. Du hast den Termin doch nicht schon wieder vergessen?* in der ersten.

Natürlich: der Probedurchlauf am Samstag! De Jong sah auf die Uhr. Schon halb drei. Er hatte keine Ahnung, wann es losging, das hatte er sich gar nicht gemerkt. Trotzdem radelte er sofort los und schaffte es in sensationellen 27 Minuten. Er lehnte sein Rad an die Hauswand, schloss es ab und eilte zur Anmeldung.

»Tut mir leid, aber die sind schon so gut wie durch«, teilte ihm eine lippengepiercte, magersüchtige Schönheit mit, die ihm beim letzten Mal gar nicht aufgefallen war.

»Sie wissen doch, wie das ist«, setzte de Jong zu einer halbherzigen Entschuldigung an, »der Verkehr um diese Zeit …«

Die Frau hörte ihm gar nicht zu. Jemand berührte ihn hinten an der Schulter, er drehte sich um und stand Melania gegenüber, der Producerin. Attraktiv und ewig jugendlich, aber der dauernde Stress hatte ihre Miene hart und unnachgiebig gemacht. »Im Stau gesteckt, die Oma gestorben, Aliens gelandet«, leierte sie kalt herunter, »davon will ich nichts hören. Ganz egal warum, aber zu spät kommen ist ein *absolute no go,* verstanden?« Die drei englischen Worte benutzte sie als akustische Ohrfeigen.

»Wenn das so ist, kann man da wohl nichts machen«, resignierte de Jong achselzuckend und trat schon den Rückzug an.

»Dein Glück, dass Thiemo Ritschek was gut bei mir hat«, rief sie hinter ihm her. »Also, das nächste Mal bitte *exactly in time.* Sonst kann und will ich nichts für dich tun. *No way.*«

De Jong konnte sich Melania in diesem Moment sehr gut als Engel vorstellen, der Sünder, die es vermasselt haben, an der Himmelspforte abweist.

Sein Handy klingelte, es war Ritschek.

»Noch mal gut gegangen«, sagte de Jong erleichtert.

Ritschek schien das anders zu sehen. »Wenn du denkst, damit ist die Sache erledigt …«

»Ist sie etwa nicht?«

»Mach nur so weiter, Niklas, das bringt dir jede Menge schlechte Bewertungen ein.«

»Bewertungen? Aber von wem denn?«

Der Agent schnaufte, als wäre die Frage irrelevant. »Hey, kleiner Tipp von mir: Du solltest *immer* deine Bewertungen im Blick haben, egal wo du im Leben unterwegs bist. Und egal, ob es möglicherweise gar keine gibt. Ein gutes Leben fängt sich keine schlechten Bewertungen ein – das ist mein Motto.«

Wo hatte es angefangen, dachte de Jong: bei Urlaubsreisen? Ferienhäusern oder Büchern? Fernsehserien, sexuellen Dienstleistungen?

Die Bewertung aller Wesen und Dinge hatte sich zu einer Plage entwickelt, die die Schöpfung mitsamt all ihrer Herrlichkeit und ihren letzten Geheimnissen der Laune eines angeblich mündigen Verbrauchers auslieferte. Selbst Menschen wurden nach ihrem Ableben ins Netz gezerrt und auf einer Skala von eins bis zehn zur allgemeinen Bewertung freigegeben. Das digitale Zeitalter hatte endlich das Jüngste Gericht herunter auf die Erde geholt.

»Netter Tipp«, sagte de Jong. »Aber nein, danke.«

13. Kapitel

Der Sonntag startete grau. Die Luft roch nicht länger nach Sommer und fühlte sich feucht an. De Jong konnte das aber nicht entmutigen – hatte er doch im Internet gelesen, dass sich gegen Mittag die Sonne durchsetzen würde. Und wenn nicht, dann würde er dem Wetter eine richtig miese Bewertung verpassen.

Er schaffte seine Frühstückssachen an Deck und frühstückte, dem grauen Himmel und der feuchten Luft zum Trotz. Nach der zweiten Tasse Kaffee bekam er Besuch – eine in einen fleckigen, braunen Parka eingemummte Gestalt bemühte sich umständlich, als kletterte er die Gangway zu einem vierstöckigen Kreuzfahrtschiff hinauf, an Bord. Reikart.

»Das ist ja eine Überraschung!«, sagte de Jong und hoffte, nicht allzu neutral zu klingen. »Was kann ich Ihnen anbieten, Herr Nachbar? Kaffee? Tee?«

Der Alte antwortete nicht, schüttelte den Kopf, der noch tiefer in seiner Kapuze verschwand. »Mistwetter!«, brummte er. »Und das auf so einem ollen Kahn – ist auch kein Spaß, was?«

»Na ja«, sagte de Jong. »Wenn einem nicht danach ist, muss man ja nicht an Bord kommen.«

Obwohl Reikart so tief in seinem Parka steckte, dass man nicht viel von ihm zu sehen bekam, schien es offensichtlich, dass der alte Mann einen schlechten Tag hatte. Während er dastand und, die Hände tief in den Taschen, missmutig auf die graugrüne Wasseroberfläche des Kanals starrte, holte de Jong von drinnen eine Tasse und goss Kaffee ein.

»Ich trinke keinen Kaffee«, kam es von Reikart.

De Jong stoppte die Kanne und stellte die Tasse ab.

»Jedenfalls nicht ohne Milch und Zucker.«

Der Exkommissar sorgte für beides und stellte es neben die Tasse. Reikart stapfte heran, beäugte alles misstrauisch und griff dann nach dem Kaffee. Versorgte ihn mit reichlich Milch und Zucker. Dann setzte er sich auf de Jongs Campingstuhl und umklammerte die Tasse mit beiden Händen, als wäre er Roald Amundsen, der auf dem Weg zum Südpol mit steif gefrorenen Fingern eine kleine Kaffeepause einlegt. »Und das nennt sich Sonntag«, murrte er.

»Gut, dass Sie es mal vor die Tür geschafft haben«, gratulierte de Jong. »Frische Luft schnappen.«

»Frische Luft.« Das Echo hatte einen geradezu verächtlichen Klang.

»Genau.«

»Immer dieselben Wege, die ich schon tausendmal mit dem Köter gegangen bin, nur jetzt ohne. Gassi gehen ohne Hund – wie bescheuert ist das?«

De Jong überlegte noch.

»Immer die gleichen Langweiler zu treffen, die rein gar nichts mit einem zu schaffen haben? Na, schönen Dank auch.«

»Nicht dafür«, sagte de Jong und konnte sich die Spitze nicht verkneifen: »Ein Effekt könnte doch sein, dass Sie bestimmt umgänglicher würden. Offener. Nicht mehr ganz so sauertöpfisch.«

»Sauertöpfisch!«, wiederholte der Alte voller Ekel. »Und das von Ihnen! Erzählen Sie mir jetzt auch noch, dass Sie an das Gute im Menschen glauben, was, de Jong? Sie, ein Philanthrop!«

Im Zusammenklang mit dem abfälligen Kichern klang *Philanthrop* so wie *Weichei, Muttersöhnchen* oder einfach nur *hirnloser Idiot.* »Ich sage Ihnen, so was gibt es nicht. Schminken Sie sich das Gute im Menschen ab. Mag sein, dass es das irgendwo gibt – im Menschen jedenfalls nicht, hundertpro.«

Ausgerechnet er, dachte de Jong, hatte es nötig, sich zum Experten für das Gute im Menschen aufzuschwingen.

Eine schicke Motorjacht tuckerte vorbei, am Steuer ein älterer Kerl, der Reikarts Bruder sein konnte und sein genaues Gegenteil – ähnlicher Gesichtsausdruck, aber braun gebrannt mit Sonnenbrille und Hawaiihemd, an seiner Seite eine junge Dame in einem äußerst knappen Badeanzug, die offenbar auch mit besserem Wetter gerechnet hatte. Sie winkte dem *Alten Mädchen* zu, de Jong winkte zurück.

»Sie scheinen sich ja auszukennen«, sagte er zu Reikart.

»Ich hab mein Leben hinter mir, de Jong. Müllentsorgung. Ja, lachen Sie nur. Halten Sie das ruhig für Scheiß, das bin ich gewohnt.«

De Jong verzichtete darauf, Einspruch zu erheben.

»Aber ich sag Ihnen, Sie erfahren nirgends mehr über die Leute, als wenn Sie wissen, was sie wegschmeißen. Es heißt ja nicht umsonst Wegwerfgesellschaft.«

»Eigentlich sagt man Abfallwirtschaftsbetriebe, nicht Wegwerfgesellschaft.«

»Sehr witzig.«

»Deshalb wollen Sie nicht rausgehen? Weil Sie wissen, was die Leute wegwerfen?«

»Ich mach mir eben keine Illusionen. Der Mensch ist Verbraucher, weiter nichts. Er verbraucht Sachen und wirft sie weg, das war's auch schon. Kommen Sie mir nicht mit Sinn des Lebens und all dem Quatsch. Als ob irgendeiner wissen wollte, warum, woher und wohin. Jeder konsumiert seinen Kram und das war's.«

De Jong dachte darüber nach. Gegen den war er locker ein Philanthrop. Aber wie mühsam musste das Leben sein, wenn man so hartnäckig an das Schlechte im Menschen glaubte. Fast ergriff ihn so etwas wie anerkennender Respekt dem Alten gegenüber, der sich tagtäglich mit krummem Rücken durch eine Welt quälte, die er sich selbst scheußlichgeredet hatte. Aber nur fast.

»Sie sollten wieder öfter Schach spielen.«

»So einen Rat müssen ausgerechnet Sie mir geben.«

Das stimmte natürlich, musste de Jong einräumen. Trotzdem, allmählich nervte ihn der alte Mann mit seinem Gemecker, und er neigte zu der Vermutung, dass die Kunst der Misanthropie gar nicht so sehr darin bestand, sich das eigene Leben schlechtzureden, sondern eher darin, anderen ihr gutes zu vermiesen. Das wollte er sich nicht gefallen lassen.

»Jedenfalls danke für den netten Besuch«, sagte er, sah auf die Uhr und tat plötzlich vielbeschäftigt. »Ich muss nämlich jetzt leider noch los …«

»Was ist denn das überhaupt für ein Frühstück?«, meckerte der Alte, der ungerührt sitzen blieb wie jemand, der im Stimmungvermiesen ziemlich routiniert war, und klapperte ungeduldig mit de Jongs Teller. »Gibt's denn nicht mal Brötchen oder Marmelade oder *irgendwas*?«

* * *

Das Internet behielt dieses Mal recht: Noch vor ein Uhr mittags riss die Wolkendecke, zerfaserte und löste sich in der Nähe des Horizonts ziemlich schnell in einzelne Fetzen auf, die am blauen Himmel immer weiter auseinanderdrifteten und schließlich verschwanden. Der düstere Vormittag war Geschichte – und der alte Mann saß zu dieser Zeit längst wieder in seinem muffigen Einfamilienhaus, allein vor dem Fernseher.

De Jong rief Ellie Uhlenbrock an und erkundigte sich nach ihrem Bruder, worauf sie ihn fragte, ob er nicht Lust habe, sie zum Kaffeeklatsch zu besuchen. Dagegen war nichts einzuwenden.

Gegen drei machte de Jong sich auf den Weg, dieses Mal stand er am Ende der Reise nicht ratlos vor einer unzugänglichen Parkanlage, sondern fand dank ihrer Wegbeschreibung den Eingang: Durch ein offenes Tor gelangte er auf einen Kiesweg und folgte ihm dann durch ein winziges Wäldchen, das das Uhlenbrock'sche Zuhause von der Straße aus uneinsehbar machte. De

Jong radelte an einem ovalen Teich entlang, auf dem irgendeine exotische Entenart planschte, hielt auf das Haus zu, einen münsterländischen Prachtbau, gegen den Ungers protziges Eigenheim nur ein ambitioniertes Reihenhaus war. Er stellte sein Rad am Eingang vor einem breiten, steinernen Treppenaufgang ab, umrundete das Gebäude und erreichte eine breite, weiß getünchte Terrasse auf der anderen Seite des Hauses, wo eine weitläufige Kaffeetafel ihn bereits erwartete, bestens vor der Sonne geschützt von flügelförmigen Sonnensegeln, die ganz leicht im warmen Wind flatterten. Und Ellie Uhlenbrock erwartete ihn schon.

Auch sie war in Weiß, trug ein hübsches Top mit Spaghettiträgern und einen kurzen Rock – de Jong nahm dieses verführerische Outfit sofort als Zeichen dafür, dass auch sie sich bereit machte, ein neues Kapitel in ihrer Beziehung aufzuschlagen: dass er für sie jetzt mehr sein würde als nur der gute, hilfsbereite Freund, den man um einen Gefallen bat und der einem aus der Patsche half. Jemand, den man zum Sonntagskuchen einlud. Und für den man begehrenswert aussehen wollte.

»Sie haben es ja wirklich schön hier.«

Er ärgerte sich selbst über diese plumpe und reichlich abgedroschene Einleitung. Aber spontan kamen ihm nur Adjektive in den Sinn wie riesenhaft, feudal und unbescheiden – Worte, die er sich verkniff, weil er nicht den Eindruck erwecken wollte, Vorurteile gegenüber reichen Leuten zu haben.

Ellie versorgte sie beide mit köstlicher Erdbeertorte und Schlagsahne. Sie nahmen an einem Holztisch am Rand der Terrasse Platz, in direkter Nachbarschaft eines barocken Brunnens, in dem sich eine nackte, mit grüner Patina bedeckte Nymphe unter einer lustig plätschernden Fontäne rekelte.

»Wie geht es Hagen?«, erkundigte sich de Jong.

»Danke sehr. Er ist in besten Händen.«

»Doktor Melchiors Händen, nehme ich an?«

»Nicht nur in seinen. Wir haben dafür gesorgt, dass sich ein ganzer Stab von Spezialisten um meinen Bruder kümmert. Seine Gesundheit liegt uns sehr am Herzen.«

Die Vögel zwitscherten, Blütenduft erfüllte die Luft. Kein Gedanke mehr an Regen. Schweigend saßen sie sich mit ihren Kaffeetassen und Kuchentellern gegenüber und lächelten hin und wieder. Seltsam, aber jetzt, wo sich der Bruder mit seinem Franziskus-Syndrom auf dem Weg der Besserung befand, wollte sich irgendwie kein neues Plauderthema einstellen.

»Und was machen die Geschäfte?«, versuchte de Jong es schließlich recht unbeholfen auf einem anderen Gebiet. »Ich meine, sonst so?«

»Da kann man nicht klagen. Seit die Gefahr nun gebannt ist, geht ein großes Aufatmen durch unsere Firmen. Und die Agentur, um die ich mich hauptsächlich kümmere, ist auf einem besonders erfolgversprechenden Weg.«

De Jong erinnerte sich vage. »Sie meinen die Seitensprung-Agentur?«

Ellie stellte ihren Kuchenteller auf dem Tisch ab. Eine abrupte Geste, und sie wirkte auch ein wenig schockiert. »Ganz und gar nicht«, widersprach sie entschieden. »Mit Seitensprung haben wir nichts zu schaffen. Es handelt sich um eine Dating-Agentur.«

»Das ist also etwas anderes?«

»Wir bringen Männer und Frauen zusammen, die eine Beziehung eingehen wollen. Die auf der Suche nach einem Menschen sind, der zu ihnen passt. Die sich verlieben wollen. Wir stiften Beziehungen und vermitteln keinen schnellen Sex.«

»Verstehe«, sagte de Jong. »Im Gegensatz zu einer Seitensprung-Agentur, die Männer und Frauen zusammenbringt, die mal was anderes wollen als den einen Menschen, der zu ihnen passt.«

Er hatte das scherzhaft gemeint, als Beitrag zur Konversation, aber Ellie schien sich als Unternehmerin herausgefordert zu fühlen. »Nehmen Sie beispielsweise *Lover2go.de,* eines der bekanntesten Seitensprungportale. Die machen nicht nur etwas anderes, sondern das genaue Gegenteil von dem, was wir machen: stiften keine neuen Beziehungen, sondern unterwandern bestehende und höhlen sie aus. Versprechen Spaß und schnelles Abenteuer. So etwas ist der Sargnagel für jede echte Beziehung.«

»Nagel«, wiederholte de Jong und musste an die Meyerische aus Tilbeck denken. »Aber sind denn nicht viele heutzutage der Ansicht, dass eine Affäre frischen Wind in eine Beziehung bringen kann?«

Ellie schüttelte den Kopf, nahm die Kaffeekanne und richtete die Tülle auf de Jong, der daraufhin auch den Kopf schüttelte. »Ich bin die Letzte, die etwas gegen Abenteuer hat«, versicherte sie, was de Jong irgendwie beruhigte, »aber es ist das Misstrauen, das eine Liebesbeziehung zerrüttet. Wir bauen auf Vertrauen, die Hauptverkaufsschlager von *Lover2go* sind Lug und Trug.«

»Lug und Trug? Wie kann man das verkaufen?«

»Nur ein Beispiel: *Lover2go* bietet ein Rundum-Sorglos-Paket an. Mit dem können sich die Kunden für einen kleinen Aufpreis vor ihren misstrauischen Lebenspartnern schützen.«

Eine junge Frau, dunkelhaarig, in einem schwarzen Kostüm mit weißer Schürze, offenbar eine Hausangestellte, trat auf die Terrasse. Ellie gab ihr zu verstehen, dass sie zurzeit nichts benötige, und schickte die Dame wieder ins Haus.

»Und das würde wie funktionieren?«, erkundigte sich de Jong neugierig. »Dieses Paket, meine ich.«

»Nehmen wir einmal an, Sie haben Ihren Seitensprung auf ein Wochenende gelegt. Freitagmorgen geht es los, Sie verabschieden sich von Ihren Kindern mit einem Küsschen, dann von Ihrer Frau. Ihr haben Sie erzählt, Sie fahren zu einer Tagung, sagen wir nach Teneriffa, was sie natürlich nicht so recht glaubt, sondern eher misstrauisch gemacht hat. Also schnüffelt sie, sobald Sie weg sind, in Ihren Sachen herum und findet eine unbekannte Telefonnummer, die ihr natürlich verdächtig vorkommt. Während Sie sich in irgendeinem Hotel mit Ihrer neuen Bekannten vergnügen, ruft Ihre Frau diese Nummer an, weil sie hofft, Sie in flagranti zu erwischen. Aber sie bekommt einen Mitarbeiter von *Lover2go* an die Strippe, der sich als Mitarbeiter des Tagungshauses ausgibt und die ganze Lügengeschichte bestätigt, die Sie ihr aufgetischt haben.«

»Sehr clever«, gab de Jong zu.

»Ihre Frau erkennt nicht nur schlagartig, dass ihr Verdacht jeder Grundlage entbehrt. Obendrein schämt sie sich dafür, Ihnen so misstraut zu haben. Möchte im Boden versinken, weil sie auch nur angenommen hat, Sie könnten die Beziehung infrage stellen. Weil sie Sie, den treuesten Ehemann der Welt, auf diese niederträchtige Weise ausspioniert hat.«

»Ich frage mich, wieso Teneriffa«, sagte de Jong nach einer Weile.

»Teneriffa, Usedom, die Falkland-Inseln – nehmen Sie, was Sie wollen. Der Ort ist doch egal. Tagungen finden überall statt.«

»Stimmt«, meinte de Jong und fuhr sich mit seiner Zunge über den frisch wurzelbehandelten Zahn.

* * *

Insgesamt aber nahm der Nachmittag nicht den von de Jong erhofften Verlauf, wobei er sich eigentlich gar nicht klar darüber war, welcher Verlauf ihm vorgeschwebt hatte. Klarheit bestand lediglich für die Frage, was er sich nicht vorgestellt hatte:

Dass ihre – wenn auch recht gesprächspausenreiche – Zweisamkeit von Dr. Melchior beendet wurde, in dessen besten und sonnengebräunten Händen sich Hagen Uhlenbrock befand. Dass der geniale Mediziner Ellie mit einem flüchtigen, wenn auch recht vertrauten Kuss auf die Wange begrüßte und dann, mit der Selbstverständlichkeit aller gut aussehenden und sportlichen Menschen, das Gespräch an sich riss. Nicht einmal in der Zeit, die er benötigte, um zwei Stücke Erdbeertorte hintereinander wegzuputzen, gönnte er jemand anderem zu Wort zu kommen, sondern dozierte in lockerem, sportlichem Ton darüber, dass das Franziskus-Syndrom ja noch lange nicht das Skurrilste sei, neulich erst habe er einen Klienten gehabt, der sich eingebildet habe, der Geist des Präsidenten der Vereinigten Staaten sei in ihn gefahren. Alle hätten ihn mit Mister President anreden müssen, während er ausschließlich Gossensprache benutzt und alle Frauen in Reichweite begrapscht habe.

»Aber das ist doch eine ganz andere Sache«, erhob de Jong Einspruch, was der Doktor mit einem gut aussehenden Nicken gnädig bestätigte. Dann holte er mit weitschweifiger Geste zu einem neuen Fall aus, der ihm neulich untergekommen sei, und der Exkommissar, der nicht hergekommen war, um sich untergekommene Fälle anzuhören, musste sich widerwillig eingestehen, dass er nicht der Einzige sei, der sich um Ellies Gunst bemühte.

Sein Konkurrent saß ihm gegenüber, hatte einen durchtrainierten Körper, feingliedrige Hände, die gelegentlich sanft über den gepflegten Dreitagebart strichen – insgesamt ein Ensemble, mit dem de Jong nicht zu konkurrieren vermochte. Dass der Arzt scheinbar unheilbar an Redseligkeit erkrankt war, konnte dem Gesamtbild leider nichts anhaben. Und weiter: Dieser ganze Kerl war nicht nur eine Augenweide, sondern glänzte mit medizinischer Fachkompetenz und obendrein mit all den Fällen, die ihm untergekommen waren, während de Jong nichts Beeindruckenderes vorzuweisen hatte als den schäbigen Verrat, mit dem er Hagen dem Doktor ausgeliefert hatte.

Als er sich etwa eine halbe Stunde später auf linkische Weise verabschiedete, unterbrachen die beiden nur für einen Augenblick ihr angeregtes Gespräch, um ihm zuzuwinken. Und de Jong kam sich ziemlich töricht vor, so wie man sich immer vorkommt, wenn man von Anfang an falsch gelegen hat.

Den langen Abend verbrachte er auf öde Weise, so, wie er sich vorstellte, dass der alte Reikart ihn regelmäßig verbrachte: vor dem Fernseher. De Jong sah sich irgendeinen Thriller an, war aber nicht bei der Sache, was daran lag, dass ihm, so sehr er das nachmittägliche Kuchenessen abhaken wollte, eine Sache seitdem ständig durch den Kopf ging: Teneriffa.

Natürlich, Ellie hatte recht, es konnten auch die Falkland-Inseln sein oder sogar Bergen op Zoom, alles war frei erfunden. Ein frei erfundenes Alibi. Und dennoch …

Die Erinnerung an seine letzte zahnärztliche Behandlung stand ihm deutlich vor Augen: Frau Dr. Ringold, die Zahnärztin, wie sie, mit Mundschutz bekleidet und dem Bohrer im Anschlag, von ihrem Mann Heiner erzählt hatte und dessen Tagung auf Teneriffa. *Aber ich habe eine Telefonnummer gefunden, die habe ich angerufen. Habe mit einem Dr. Riesenbeck telefoniert und der hat mir bestätigt, dass alles genau so ist, wie er gesagt hat. Keine Lüge, keine Betrügerei. Tja, das hat man davon, wenn man misstrauisch ist und dem geliebten Ehemann nachspioniert.*

Im Fernsehen steigerte sich gerade die Spannung auf die übliche Weise, indem der fiese Serientäter als Höhepunkt seiner Tatenserie die Familie des Ermittlers ins Visier nahm. De Jong zappte nach nebenan und landete bei *Arte* in einer Doku über die kanarischen Inseln. Erst Fuerteventura, dann Teneriffa.

Alles konnte natürlich reiner Zufall sein. Natürlich. Die Zahnärztin hätte ja auch Buxtehude sagen können.

Aber so roch die Sache mit Heiner Ringold ein bisschen nach dem *Rundum-Sorglos-Paket* von *Lover2go*. Und wenn? Im besten Fall wäre damit ja lediglich erwiesen, dass der gute Heiner an jenem Wochenende andere Dinge im Sinn gehabt hatte als die Kieferorthopädie im digitalen Zeitalter. Und dass er ganz schön gemein gewesen war, seiner Gattin auch noch ein schlechtes Gewissen zu machen. Nichts deutete jedoch darauf hin, dass sein kleiner, schäbiger Betrug irgendetwas mit seinem Ableben zu tun hatte. Um das anzunehmen, musste man schon so verwegen kombinieren wie Eugen Küppers …

»Ach, sieh mal an: jetzt auf einmal«, ätzte Küppers am Telefon, noch bevor er überhaupt wusste, weshalb de Jong anrief.

»Auf einmal was?«

»Willst du mitarbeiten. Ins Team zurückkommen.«

»Hab ich irgendwas davon gesagt?«

»Du hast vielleicht Nerven, Niklas. Der Chef hat übrigens getönt, da müssten schon ganz andere Morde passieren, bevor er dich jetzt noch ins Team holt.«

»Richtig, Eugen. Apropos.«

»Apropos was?«

»Du sitzt doch an diesen Serienmorden …«

Man konnte hören, wie Eugen Küppers einen Atemzug nahm. Den tiefen Atemzug des seit einiger Zeit Beleidigten, der endlich seine Chance gekommen sieht, sich zu revanchieren. »Da musst du aber was in den falschen Hals gekriegt haben, Niklas. Ich sitze an keinen Serienmorden. Die Langeweile hat mich überkommen, und weil ich mal eine Pause vom In-der-Nase-Bohren machen wollte, hab ich mir alte Akten besorgt und einen Serienfall frei erfunden. Die Fantasie ist mit mir durchgegangen, weißt du?«

De Jong schluckte seinen Ärger herunter. »Tut mir leid, wenn das so bei dir angekommen ist. Aber ich …«

»Bei mir angekommen? Es ist genauso angekommen, wie du es abgeschickt hast.«

»Nein, das siehst du ganz falsch, Eugen. Jetzt sei doch nicht so.«

»Nicht so? Sei nicht so? Wie denn?«

»Ringold, dieser Zahnarzt. Das war der Letzte in der Reihe. Wer waren die anderen Opfer?«

»Wieso interessiert dich das plötzlich?«

»Ich will nur etwas überprüfen.«

»Und was?«

»Ob diese Fälle tatsächlich zusammenhängen.«

»Das hab ich dir doch schon gesagt.«

Jetzt fang doch nicht schon wieder damit an, wollte de Jong sagen, konnte sich aber noch rechtzeitig bremsen. »Genau. Manchmal hast du eben den entscheidend besseren Riecher, kriminalistisch gesehen.«

Es dauerte schon einen Moment, bis die Schmeichelei endlich im Ziel einschlug. »Da ist einmal ein gewisser Schottmann, Heizung und Sanitär. Und Kronzucker, Kirchenhistoriker. Ich maile dir alles, wenn du unbedingt willst.«

»Ja gern, das wäre toll. Du hast was gut bei mir.«

»Aber dann erwarte ich, dass wir uns zusammensetzen und an einem Strang ziehen.«

»Klar«, sagte de Jong. »Das versteht sich doch von selbst.«

Die Mail kam wenig später an. Hans-Werner Schottmann, der Handwerker, war Anfang des Jahres tot in der Badewanne aufgefunden worden. Die Mordwaffe war ein Heizlüfter älterer Bauart gewesen, sodass die Sicherung beim Kontakt mit Wasser nicht den Strom abgeschaltet hatte. Zwei Monate später hatte es Dr. Friedemann Kronzucker erwischt, falls der Sturz aus fünfzehn Metern Höhe kein Unfall war, was die Kripo allerdings ausschloss.

* * *

Am nächsten Morgen versuchte de Jong in aller Frühe, Frau Schottmann zu erreichen, allerdings vergeblich. Bei der katholisch-theologischen Fakultät der Uni Paderborn hatte er dagegen mehr Glück. Er bekam Frau Uppenberg an die Strippe, die ehemalige Sekretärin Dr. Kronzuckers.

»Das war eine schreckliche Sache«, erklärte sie mit einer belegten Stimme, die so klang, als läge der Tod des Kirchenhistorikers maximal vier Tage, aber nicht schon vier Monate zurück. »Ich persönlich habe nie daran geglaubt, dass er sich das Leben genommen hat. Er hatte einen so starken Glauben.«

»Standen Sie dem Professor nahe?«

»In der Tat darf ich sagen, dass wir uns recht nahestanden«, antwortete Frau Uppenberg und fügte, bemerkenswert hastig, hinzu: »Wie das auch ganz normal ist, wenn man so lange Jahre zusammenarbeitet. Es gab niemals Misstrauen zwischen uns.«

Misstrauen, dachte de Jong. Das wollte er etwas genauer wissen. »Das ist jetzt eine etwas private Frage«, sagte er, »aber da Sie mit Dr. Kronzucker gut bekannt waren, stelle ich sie Ihnen trotzdem: Hatte der Professor Frauenbekanntschaften?«

»Frauenbekanntschaften? Was meinen Sie denn damit?«

»Na, ob er Beziehungen zu Frauen hatte, die etwas privater waren als das übliche Maß, intimer ...«

»Sie sprechen von einem Geistlichen, dem das Zölibat heilig war!«, belehrte ihn die ehemalige Sekretärin mit eisiger und gleichzeitig bebender Stimme. »Intime Beziehungen zu Frauen waren ihm untersagt.«

»Das ist mir klar. Aber sicher ist er doch oft auf Tagungen gewesen.«

Bezeichnenderweise fragte Frau Uppenberg nicht: Was hat das denn jetzt damit zu tun? Stattdessen antwortete sie ziemlich prompt: »Ja, aber auch da ist niemals etwas Derartiges gewesen, ich meine ...« De Jong wollte sich erkundigen, was sie unter Derartigem verstand, aber sie sprach schon weiter: »Ganz kurz vor seinem tragischen Tod – etwa zwei Wochen vorher – weilte er noch in Rom auf einem Symposion über das Konzil von Konstantinopel und seinen Einfluss auf das Große Schisma von 1095. Ich wollte den Professor anrufen, konnte ihn aber nicht erreichen und habe stattdessen mit einem Dr. Riesenbeck gesprochen, der mir alles bestätigt hat.«

»Was bestätigt?«

Dieses Mal dauerte es etwas länger bis zur Antwort. »Nun, dass er sich dort befand und alles in Ordnung war. Aber dann, zwei Wochen später, stürzte er in den Tod ...«

Das Schniefen, das de Jong, obwohl es sehr leise war, kurz vor dem Auflegen nicht entging, ließ ihn fast sicher sein, dass den seligen Dr. Kronzucker und seine langjährige Sekretärin nicht nur ein Arbeitsverhältnis verbunden hatte. Und der Name Riesenbeck beseitigte seine letzten Zweifel: Ringold und Kronzucker waren Kunden von *Lover2go* gewesen. Und Schottmann war der dritte im Bunde, jede Wette. Alle drei hatten eine Vorliebe für gelegentliche und anonyme Sexabenteuer gehabt, alle drei waren tot. Das war genau der seltsame Zufall, nach dem de Jong gesucht hatte.

Eugen Küppers hatte also tatsächlich eine Serie aufgetan. Nur, welche Verbindung gab es zum Tod von Tatjana Meyering? Sie war kein Mann und nicht durch Mord, sondern durch einen mysteriösen Unfall gestorben. Auch ihre Schwester Olga hatte der Unfalltod ereilt.

Schon mal was von Lover2go gehört? Da können Sie übers Internet irgendeinen Kerl mieten und sich von ihm bespringen lassen.

Einer konnte vielleicht Licht in die Sache bringen: Daniel Unger, der Internatsleiter. De Jong suchte seine Nummer heraus, wenn er sich auch nicht vorstellen konnte, dass Unger sich in dieser Angelegenheit besonders kooperativ zeigen würde.

»Mit wem spreche ich?«, erkundigte sich der Chef des Euthymia-Kollegs misstrauisch, noch bevor de Jong auch nur eine Silbe gesagt hatte.

»Bevor Sie jetzt gleich auflegen«, sagte der Exkommissar, »würde ich Ihnen gerne nur ein oder zwei Fragen zu Ihrer seligen Gattin stellen.«

Er hörte ein geräuschvolles Einatmen und machte sich auf wüste Beschimpfungen gefasst. Stattdessen folgte eine Überraschung: »Nun ja, warum sollten wir die Sache nicht endlich einer Klärung zuführen?«

»Da fällt mir eigentlich gar nichts ein«, sagte de Jong.

»Also abgemacht. Was würden Sie davon halten, wenn wir uns dazu treffen?« Unger klang ungewohnt aufgeräumt und zuvorkommend, was de Jong irritierte und ihn mutmaßen ließ, dass der Schulleiter unter aufhellenden Drogen stand. »Nur wenn ich damit nicht Ihre Planung ruiniere, de Jong. In einer halben Stunde im Buchladen?«

* * *

Das Wetter folgte im Großen und Ganzen dem gleichen Schema wie am Vortag: Nach einem trüben Start verzogen sich im Laufe des Morgens die Nebelschwaden, die wie der Geist Gottes auf dem Wasser gelegen hatten, und eine blasse Sonne blinzelte noch schüchtern durch die hin und wieder aufreißende Wolkendecke. Der Nachmittag war dann wieder dem Sommer vorbehalten.

In der City herrschte kaum Betrieb, weil die in der Fußgängerzone gelegenen Geschäfte und Boutiquen meist erst um zehn oder halb elf öffneten. Das galt aber nicht für *Lies Beths Leseladen*. De Jong betrat die Buchhandlung und sah auf die Uhr: Viertel vor zehn. Er hatte sich sogar um fünf Minuten verspätet.

»Herr Unger?«, rief er, aber niemand antwortete.

»Entschuldigen Sie«, sagte jemand hinter ihm.

De Jong drehte sich um und stand einem älteren Herrn mit Baskenmütze auf dem Kopf gegenüber. In der Hand hielt der Mann zwei Ansichtskarten. »Kann ich die bei Ihnen bezahlen?«

»Nein, ich bin auch nur ein Kunde«, sagte de Jong.

»Wo ist denn die Bedienung?«

»Also gut, ich werde mal nachsehen.« De Jong begab sich hinter den Kassentresen, schob einen muffigen Vorhang mit Karomuster zur Seite und öffnete den Eingang zu einem kleinen Kabuff, der als Personalraum diente. Eine Neonröhre brummte, an der einen Wand stand ein Regal, vollgepfropft mit Touristen-Schnickschnack, an der anderen ein kleiner Tisch für die Pausen. Darauf ein Teller mit einem angebissenen Apfel.

»Hallo«, sagte de Jong, »ist jemand da?«

Dann knallte irgendetwas von hinten auf seinen Kopf, und ihn umfing nächtliche Finsternis.

* * *

Als er wieder zu sich kam, fiel ihm seltsamerweise zuerst der halb verzehrte Apfel ein. Dabei befand er sich jetzt, wie ihm sehr schnell klar wurde, nicht mehr in dem Pausenkabuff. Er war in einem Keller – dicke Rohre liefen an der Decke entlang, von einem baumelte eine flackernde Lampe. Es roch feucht und ein bisschen nach Heizöl.

De Jong saß auf einem Stuhl, an dessen Rückenlehne und Beine er mit einem Stromkabel gefesselt war.

Hinter sich nahm er eine Bewegung wahr. Jemand beugte sich vor, griff nach der Lampe und drehte sie so, dass sie de Jong blendete, was nicht so ganz gelang. Natürlich war es Unger.

»So, und jetzt drehen wir den Spieß mal um«, zischte er. In seiner Stimme schwang keinerlei zuvorkommende Freundlichkeit mehr mit. »Wer hat Sie geschickt?«

»Niemand. Dr. Unger, welchen Spieß wollen Sie ...«

»Falsche Antwort. Also frage ich noch einmal: Wer hat Sie geschickt?« Und dann in stakkato: »Wer! Hat! Sie! Geschickt!«

»Niemand.«

»Ach so, es war niemand. Darf ich Ihnen dann vielleicht mit einem Namen auf die Sprünge helfen?«

»Das wäre nett.«

»War es Häwelmann?«

»Häwelmann? Der kleine Häwelmann?«

»Verkaufen Sie mich nicht für blöd! Sie wissen genau, wen ich meine. Dr. Manuel Häwelmann, Lehrer für die Fächer Religion und Sport, der in maßloser Selbstüberschätzung glaubt, dass er das Zeug zum Internatsleiter hat.« Ungers Auflachen klang schrill. »Dem jedes Mittel recht ist, es zu werden. Und wenn er dafür diesen ganzen ... ekelerregenden Sexkram in die Schülerzeitung bringen muss, um mich zu erledigen. Hauptsache, er kriegt meinen Posten!«

»Welchen Sexkram?« Die Lampe, die de Jong blendete, flackerte auf. Es war eine alte Schreibtischlampe ohne Fuß, die Unger offenbar als Verhörlampe an der Decke befestigt hatte. Der Exkommissar kam sich vor wie bei einer Schüleraufführung von *Stirb langsam*. »Hören Sie, Herr Dr. Unger, das ist doch lächerlich ...«

»Erzählen Sie mir nicht, was lächerlich ist! Beantworten Sie lieber meine Fragen!«

»Ich bin hier, weil ich dachte, Sie könnten mir etwas über *Lover2go* erzählen. Den Sexkram, Sie wissen schon.«

»Sie denken wohl, ich bluffe, was? Sie denken, dass hier wäre ein Spiel. Denken Sie das, de Jong? Sagen Sie es ruhig, wenn …«

»Darf ich vielleicht erfahren, was hier vorgeht?«, erkundigte sich eine weibliche und irritierte Stimme, bevor de Jong dazu kam zu antworten. Auch sie befand sich hinter seinem Rücken, aber er erkannte sie: Sie gehörte Sanne Schnitzler. »Ich habe Kunden da oben im Laden, und du machst hier deinen Verhörzirkus.«

»Das ist kein Zirkus«, widersprach Unger entrüstet. »Der Kerl ist nicht von der Polizei. Er soll endlich sagen, warum er uns immer belästigt.«

»Aber das muss doch nicht hier sein.«

»Wo denn sonst? Glaubst du vielleicht, bei mir zu Hause? Sollen die Kinder es mitbekommen?«

»Und du denkst, mit diesem Theater kannst du es aus ihm herauskriegen?«

»Das ist weder Zirkus noch Theater.«

»Sie haben doch gesagt«, mischte sich de Jong ein, »dass Olga Meyering sich geradezu nymphomanisch gebärdete.«

»Na und?«

»Sie war bei *Lover2go* angemeldet. Mit wem hatte sie Kontakt?«

»Das geht Sie einen Scheiß an.«

»Hör zu, Daniel«, mahnte Frau Schnitzler, »mit deiner Paranoia machst du es doch nur schlimmer. Das kann dich deinen Job kosten.«

»Paranoia. Jetzt fängt das schon wieder an.«

»Weil du es schon wieder tust. Du kannst einfach nicht anders.«

»Lass mich. Nur dieses eine Mal, ja? Lass mich einfach.«

Was Ehen und ihre zermürbenden Grabenkriege anging, lernte de Jong heute wieder einmal, dass langjährige außereheliche Beziehungen ihnen darin offenbar in nichts nachstanden.

»Das ist *meine* Buchhandlung«, erklärte Sanne kategorisch. »Wenn du unbedingt Verhöre durchführen willst, dann gefälligst woanders.«

»Könnte es sein«, fragte de Jong dazwischen, »dass Olgas Schwester Tatjana auch einen Nutzer-Account hatte?«

»Das wird ja immer schöner«, ereiferte sich Unger.

»Sehr unwahrscheinlich«, meinte Sanne Schnitzler.

»Warum denn nicht?«, fragte de Jong, dem es inzwischen gelungen war, sich mitsamt dem Stuhl unter seinem Hintern zu den beiden umzudrehen. »Sie bewunderte Olga, besonders für ihre Zügellosigkeit. Es ist doch denkbar, dass sie versuchte, ihr nachzueifern.«

Sanne schüttelte den Kopf: »Tatjana hatte andere Interessen als Sex. Zum Beispiel ihre Orchideensammlung. Mit Orchideen kannte sie sich aus.«

»Was soll denn das jetzt?«, schnaubte Unger.

»Jeder hat sein Hobby«, sagte sie patzig. »Du verhörst eben gern Leute.«

»Ich versuche nur herauszufinden«, unterbrach de Jong, »wer Tatjana Meyering getötet hat und warum.«

»Na, da hörst du es!«, schnappte er.

»Aber warum nicht, ich meine: Wenn er es herausfindet, dann …«

»Also bitte, also bitte, dann hilf ihm doch! Meinetwegen! Gib ihm am besten gleich Tatjanas Netbook, dann kann er sich da alles ansehen.«

»Welches Netbook?«, fragte de Jong.

»Na, herzlichen Glückwunsch!« Sanne Schnitzler verzog das Gesicht. »Jetzt hast du es ihm verraten. Wie kann man nur so blöd sein.«

»Wie oft habe ich dir gesagt, dass du mich nicht so nennen sollst.«

»Ich bitte dich, Daniel, wieso kannst du nicht mal zugeben, dass du dich im Ton vergreifst. Und in den Methoden, die du anwendest. Das wird ja immer schlimmer.«

»Danke auch für deine Unterstützung in der Sache. So mag man es von seinem liebsten Menschen.«

»Von seinem liebsten Menschen. Und was ist mit deiner Frau?«

»Was soll mit ihr sein?«

»Hast du ihr endlich von mir erzählt?«

Der Streit hatte deutlich an Wucht verloren. Die Kontrahenten wirkten erschöpft und nicht sehr engagiert, fast wie Schauspieler, die zum x-ten Mal einen ungeliebten Dialog herunterleiern.

De Jong nutzte ihre Unachtsamkeit, um an seinen Fesseln zu zerren. Er musste nicht mal lange und auch nicht heftig zerren, bis das Kabel, mit dem man sehr unprofessionell seine Hand- und Fußgelenke an den Stuhl gebunden hatte, zu Boden fiel.

»Genau das ist der Punkt«, sagte Sanne Schnitzler. »Dass ich dir nicht mehr vertrauen kann. Nach all den

Jahren. Tatjana war meine beste Freundin, und du mit deiner alten Panik, dass jemand deinen Ruf beschädigen könnte …«

»Panik? Jetzt sag ich dir mal was, meine Liebe …«

»Gib es doch zu: Für dich war es allemal besser, dass sie tot war.«

»Ich würde dann gehen«, sagte de Jong, der sich von seinem Stuhl erhoben hatte.

Keiner schenkte ihm Beachtung.

»Ich glaub es ja nicht«, schnaufte Unger wütend. »Deine beste Freundin? Die Frau, die du mit diesem Laden hier ausbooten wolltest, nennst du deine beste Freundin? Der du ihr Ein und Alles wegnehmen wolltest. Wenn einer sie sich tot gewünscht hat, dann doch wohl du …«

* * *

De Jong hatte aus dem Keller hinauf in den Laden gefunden und wollte endlich ins Freie treten, aber eine kompakte Dame in einer verschwitzten, gelben Bluse versperrte ihm den Weg: »Gibt es hier vielleicht irgendeine Bedienung?« Auch sie wedelte mit einer Handvoll Ansichtskarten.

»Vielleicht«, sagte de Jong, »aber ich gehöre leider nicht zum Haus.« Er ließ die Frau stehen, die ein entrüstetes: »Also, das ist ja unerhört!« hinter ihm herzischte.

Dann stand er für eine Weile in der Fußgängerzone, in der es mittlerweile deutlich belebter zuging. Er atmete frische Luft, vermischt mit dem Geruch nach Pommes und Currywurst, die eine Ecke weiter verkauft und verzehrt wurden, und sah einem Straßenmusiker zu, der sich mit einer Quetschkommode abmühte. De Jong kramte eine Zwei-Euro-Münze hervor und warf sie in den Hut, der Mann bedankte sich mit der Andeutung eines Kopfnickens. Als de Jong sich umdrehte, um zu seinem Fahrrad zu gehen, stieß er mit Sanne Schnitzler zusammen. Sie war ihm gefolgt.

»Tut mir leid«, sagte er, »dass Sie sich meinetwegen gestritten haben.«

Ihr Lächeln wirkte aufgesetzt. »Sie können nichts dafür. So ist er nun mal.« Sie reichte ihm etwas, das in eine Plastiktüte eingeschlagen war. Er sah hinein und zog ein schmales Netbook heraus.

»Tatjana hatte immer zwei«, erklärte Sanne, »Geschäftliches und Privates hatte sie immer streng getrennt. Und die Kripo hat damals nur einen Rechner mitgenommen. Also …«

De Jong nahm das Netbook, kam aber jetzt gar nicht mehr mit. »Gerade eben fesseln Sie mich auf einem Stuhl und jetzt helfen Sie mir?«

»Er hat das gemacht, nicht ich. Das ist schon fast pathologisch, verstehen Sie?«

»Nicht so ganz.«

»Aber überlegen Sie mal: Wer hat denn nicht irgendeine Schwachstelle. Irgendein dunkles Geheimnis. Bei Tatjana und Olga war es doch nicht anders.«

»Wollen Sie damit andeuten, dass sie auch gerne Leute verhört haben?«

Sanne verzog den Mund zum Zeichen, dass sie zwar den Witz verstanden, ihn aber nicht zum Lachen fand. »Bitte, nehmen Sie es nicht persönlich, ja?« Sie berührte de Jongs Arm. »Im Grunde ist er nämlich kein böser Mensch.«

»Gut zu wissen«, sagte de Jong.

Sie tippte auf das Gerät. »Und wenn das, was hier da drauf ist, Ihnen dabei hilft, die Wahrheit herauszufinden, dann wäre das sicher auch in Tatjanas Sinn, meinen Sie nicht?«

* * *

Natürlich freute er sich zu früh. Denn ganz so einfach war die Sache eben nicht: nach Hause zurückkehren, das Netbook hochfahren und dann auf einen Ordner mit der Aufschrift *alle Informationen, nach denen du gesucht hast* klicken. Stattdessen öffnete sich, kaum dass das Betriebssystem den Monitor mit Hintergrundbild und den üblichen Icons versorgt hatte, ein Fenster, das ihn aufforderte, ein Passwort einzugeben. De Jong fluchte, er saß auf dem Achterdeck des *Alten Mädchens,* über ihm lachte ein blauer Himmel. Na ja, dachte er gleich darauf, er hatte ja ein bisschen Zeit. Und so viele verschiedene Passwörter konnte es ja wohl nicht geben.

Schon diese Vermutung bewies wohl, wie wenig Ahnung er von solchen Dingen hatte. Was dazu führte, dass er den Rest des schönen, sommerlichen Nachmittags damit verbrachte, Passwörter einzugeben, die der Rechner nicht akzeptierte. De Jong probierte Olga, Sanne, sogar Unger, die Antwort lautete immer: *falsches Passwort.* Das unablässige, von seinen Versuchen völlig unbeeindruckte und deshalb unverschämte Blinken des Cursors machte ihn rasend. Er versuchte noch Liesbeths Leseladen und dann nur Liesbeth und dann nur Leseladen – wieder nichts.

Und dann war es ihm egal. Wie ein Besessener gab er willkürlich Passwörter ein, die nicht das Geringste mit Tatjana Meyering zu tun hatten – schließlich hatte er kurz zuvor erst gelesen, dass die die sichersten auf der Welt seien.

Als gegen Abend Besuch eintraf, befand sich seine Laune auf einem Tiefpunkt, und die Tatsache, dass er Giulia über der ganzen Passwort-Sucherei komplett vergessen hatte, trug nicht gerade zur Verbesserung seiner Stimmung bei. Seine Ex sah wieder einmal überirdisch schön aus, wie sie an Bord schwebte, umleuchtet von der Abendsonne. Ihr hellblondes, leicht rötliches Haar, die bloßen Schultern, ihr Lächeln – eine einzige Symphonie aus Licht und Schönheit.

Wäre da nicht Arpad gewesen, der Schönling mit Pferdeschwanz und übergroßer Sonnenbrille, der die Symphonie in eine schnulzige Seifenoper verwandelte, so wie er sich immerzu an sie schmiegte und offenbar außerstande war, seinen Arm auch nur für einen Moment von ihrer Hüfte zu nehmen.

»Du bist also Niklas«, begrüßte er de Jong mit einem breiten Grinsen und streckte de Jong den anderen Arm hin. »Giuli hat schon so viel von dir erzählt.«

Giuli – hätte er sich denken können, dass der sie so nannte. »Schön, dass ihr hier seid«, sagte er. »Wie war denn die Fahrt?« Die üblichen Floskeln. »Also dann, wollt ihr vielleicht erst mal was trinken? »

Giulia fand, dass es ein so schöner Abend sei und ob sie nicht essen gehen wollten. Also begaben sie sich in die Innenstadt und ergatterten sogar einen malerischen Platz in einem Ristorante direkt an der Promenade. Giulia forderte de Jong auf, ein bisschen von sich zu erzählen, wie es ihm so gehe und was er so mache, was Arpad sofort zum Anlass nahm, ausführlich auf seine aktuellen Projekte zu sprechen zu kommen. Das erste: eine Fantasyserie, die im Mittelalter spiele, bisher aber noch in der blutigen Anfangsphase stecke. Und dann ein Remake irgendeines Schwarz-Weiß-Klassikers aus Hollywood, von dem de Jong noch nie gehört hatte, auch das sei erst noch geplant, reichte aber bis zum Dessert als einziges Thema.

All das war aber nicht mal so tragisch. Das wirklich Tragische, das ihm die Laune am nachhaltigsten verdarb, war, dass Arpad sich insgesamt gar nicht als der oberflächliche Schönling entpuppte, den de Jong unbedingt in ihm sehen wollte. Na schön, Arpad redete viel, wenn man ihn ließ, aber es war nicht ganz so eine gestelzte Angeberei wie bei Dr. Melchior, sondern eher ein banales, doch ganz angenehmes Plaudern, und im Grunde war der Kerl recht sympathisch. Das war es, was de Jong besonders wurmte und ihn völlig unvorbereitet traf.

Tief in seinem Inneren war ihm natürlich klar, dass er sich darüber nicht wundern musste. Schließlich kannte er Giulia und man brauchte sie ja nur anzusehen, um zu wissen, dass eine Klassefrau wie sie keinen Gefallen an einem bornierten Schwätzer fand. Arpad war schlagfertig und hatte Humor, und als sie später am Abend zurück auf dem Boot waren und Giulia nach kaum einer halben Stunde gähnte und sagte, dass sie »stehend k. o.« sei und dringend Schlaf brauche, schlug er vor, ob er und de Jong nicht gemeinsam oben an Deck noch zum Abschluss ein Bierchen trinken sollten.

Obwohl es eine klare Nacht war und der Himmel mit Unmengen von Sternen übersät, roch die milde Luft nach Sommer – ein Abend, wie geschaffen für ein paar Bierchen auf dem Achterdeck.

»Fälle aufklären und Mörder festnehmen, so was wäre nichts für mich«, sagte Arpad, beugte sich über die Reling und spuckte in den Kanal.

»Na ja, für mich ist das ja auch vorbei«, sagte de Jong. »Übrigens habe ich demnächst einen Fernsehauftritt. Eine Literatursendung. Sagt dir *Der große Wurf* etwas?«

»Nein, nie gehört.«

»Klar, für einen Profi wie dich ist das nur Kleinkram.«

Der Mann mit dem Pferdeschwanz setzte sich neben de Jong auf die Bank und dämpfte seine Stimme. »Kann sie uns hier hören?«

»Du meinst Giulia? Sehr unwahrscheinlich. Außerdem pflegt sie nicht zu lauschen.«

»Also das, was ich erzählt habe, diese Filmsachen, die sind leicht übertrieben.«

»Übertrieben?«

»Giulia findet das klasse. Als ich ihr damals davon erzählt habe, so halb zum Spaß, da hat sie solche Augen gekriegt. Alles, was mit Film zu tun hat – sie steht drauf.«

»Klar«, sagte de Jong, dem das völlig neu war.

»Und nur deswegen, weißt du.« Arpad schien das für eine Aussage zu halten.

»Das heißt: Die Fantasyserie und das Remake – alles frei erfunden?«

»Wie gesagt, sie steht drauf.«

»Und in Wirklichkeit«, vermutete de Jong, »machst du was ganz anderes?«

»Na ja, da ist momentan nicht viel. Nur ein paar Trick-sereien am Computer. Damit halte ich mich über Wasser.«

»Tricksereien? Du meinst Trickfilme?«

»Quatsch. Du weißt schon: Hackerjobs. Davon verstehe ich ein bisschen was.«

De Jong nickte und leerte seine Flasche.

»Du sagst ihr nichts davon«, vergewisserte sich sein Gast, als der Exkommissar aufstand, um zwei neue Flaschen zu holen.

De Jong blieb stehen. »Und was ist mit Passwörtern?«

»Was soll mit denen sein?«

»Kannst du die knacken?«

»Kommt ganz drauf an. Meistens ist es nicht besonders schwer.«

Arpad hatte nicht zu viel versprochen. Es dauerte weniger als sechs Minuten, bis er Tatjana Meyerings Netbook das Passwort entlockt hatte. Es war eins von denen, die nicht den geringsten Bezug zu Tatjana aufwiesen, eine nichtssagende Buchstaben-Nummern-Kombination. Na also, dachte de Jong, er war auf dem richtigen Weg und kurz davor gewesen, selbst darauf zu kommen.

Jetzt war der Rechner wie ein aufgeschlagenes Buch. Neben den üblichen Anwendungen – Browser, Bürosoftware, Routenplaner und diversen Spielen – erregten zwei Verknüpfungen de Jongs besonderes Interesse: Die eine entpuppte sich als Link, der ihn mit exakt demselben Passwort auf das Nutzerkonto einer gewissen Lucrezia B. bei *Lover2go.de* führte. De Jong glaubte, in Frau

Borgia Tatjana Meyering zu erkennen – soweit er das beurteilen konnte, schließlich kannte er sie nur von einem winzigen Zeitungsfoto. Die Borgia sah auch nicht sehr buchhändlerinnenhaft aus. Sie posierte in schwarzer Spitzenunterwäsche, auf ihren vollen Lippen lag ein ebenso verwegenes wie verlockendes Lächeln.

Hi Lucrezia B., was möchtest du heute tun?, fragte der Computer und gab zwei Antwortmöglichkeiten vor: *einen neuen Lover kennenlernen* und *mit einem deiner Favoriten daten*.

De Jong klickte auf die erste Antwort, worauf sich ein Texteingabefeld öffnete. *Erzähl deinem potenziellen Partner etwas über dich: Was sind deine Vorlieben, deine No-gos? Dein neuer Lover würde gern wissen, was dich am meisten erregt. Was machst du gerade? Was hast du an?*

»Zu viele Fragen auf einmal«, brummte de Jong und klickte wieder zurück, während Arpad, der noch für jeden ein Bier aus dem Kühlschrank geholt hatte, ihm über die Schulter blickte.

»Darf ich dir einen freundschaftlichen Rat geben: Wenn du jemanden kennenlernen willst, solltest du dich nicht als Frau ausgeben.«

»Guter Tipp«, sagte de Jong. »Vielen Dank dafür. Aber erstens behaupte ich das gar nicht und zweitens ist das rein beruflich.« Er gab dem Rechner zu verstehen, dass er jetzt doch lieber mit einem Favoriten daten wolle.

Weiter zur Liste der Favoriten, textete der Computer, und de Jong klickte.

Die Liste enthielt vier Einträge, allesamt – Machiavelli, Gandalf, Long John Silver – klingende Namen, bis auf den letzten: Meister Eder.

»Und die hat sie alle gehabt?«, staunte Arpad.

De Jong war neugierig, ob Long John Silver einbeinig war und ein Papagei auf seiner Schulter saß, aber als er auf den Namen klickte, wurde er enttäuscht: *Sorry Lucrezia, aber dieser Kontakt ist leider nicht mehr aktuell. Wir zeigen dir gern ähnliche Männer, die dir bestimmt gefallen würden.*

Er versuchte dasselbe bei Gandalf und Machiavelli – mit dem gleichen Ergebnis.

»Keine Sorge«, ermutigte ihn Arpad gähnend, »einer ist ja noch übrig.«

Es fanden sich sogar zwei Nachrichten, die Lucrezia Borgia an ihn geschickt hatte: *Meister Eder, ich kann es kaum erwarten, deinen Pumuckl kennenzulernen.* Und dann noch: *Ich muss dich sehen. Ruf mich an, ja?* Das war zwei Tage später gewesen.

»Da fragt man sich, ob es dazu noch gekommen ist«, murmelte de Jong, suchte nach weiteren Nachrichten und gähnte jetzt auch.

»Darf man fragen, was das Ganze soll?«, fragte Arpad.

»Ich suche einen Mörder, der einen Hund namens Kennedy getötet hat, und ziehe gerade in Betracht, dass der Kerl Pumuckl heißt.«

Inzwischen war es gegen drei, die ersten frühen Vögel stimmten schon den neuen Morgen an und der Gast gestand endlich, todmüde zu sein und dringend ins Bett zu müssen.

De Jong wünschte ihm eine gute Nacht, trank aber noch in Ruhe sein Bier aus, fuhr den Computer herunter und räumte alles weg. Gegen halb vier verzog auch er sich in seine Kajüte und hoffte, dass ihm sein Schlaf nicht durch gewisse Geräusche von nebenan verleidet wurde. Angestrengt lauschte er in die Dunkelheit, bis er schließlich lautes Schnarchen vernahm. Erleichtert atmete er aus und dämmerte kurz darauf weg.

14. Kapitel

Am Dienstag fuhr de Jong jäh aus dem Schlaf hoch, geweckt von irgendeinem Geräusch, das er im Nachhinein nicht orten konnte. Ihm fiel der Besuch ein, Giulia und ihr Lover, aber die beiden schliefen doch sicher noch tief und fest. Angestrengt verharrte er, spürte aber weder eine wie auch immer geartete rhythmische Bewegung im Gehölz des Bootes, noch vernahm er Stöhnen oder gar einen jener hohen juchzenden Seufzer, die ihn an Giulia immer besonders fasziniert hatten. Zufrieden ließ er sich ins Kissen zurücksinken und wartete sicherheitshalber noch eine geschlagene halbe Stunde, man konnte ja nie wissen.

Dann stand er auf, sah auf die Uhr und stellte fest, dass es längst nach zehn war. Die beiden hatten sich schon vor Stunden aus dem Staub gemacht, das Bett abgezogen, einen handschriftlichen Zettel mit Dankesworten auf dem Küchentisch hinterlassen. De Jong erinnerte sich dunkel daran, dass Giulia nicht nur gesagt hatte, sie sei stehend k. o., sondern auch noch, sie müssten ja am nächsten Morgen in aller Herrgottsfrühe los.

Er wählte Küppers' Nummer, um ihm mitzuteilen, was er, beziehungsweise Arpad, letzte Nacht Tatjanas Netbook entlockt hatte. Der ehemalige Kollege war aber nicht in der Stimmung zuzuhören.

»Ich sag dir eins, Niklas, sei bloß froh, dass du nichts mehr mit dem Scheiß am Hut hast! Du musst keinen Chef ertragen, der sich aufführt, als wären wir nicht bei der Kripo, sondern bei *Wer wird Millionär!*«

»Immerhin, du hattest doch einen fantastischen Riecher, was den Serienmord angeht.«

»Und was hilft mir das am Ende des Tages? Mal ehrlich: Meine Serie ist fix und fertig, alles stimmt. Was fehlt, ist der nächste Mord.«

»Welcher nächste Mord?«

»Der Mord, der selbst meinem ignoranten und klugscheißernden Chef klarmacht, dass ich mit meiner Theorie richtigliege.«

»Na ja«, sagte de Jong, »vielleicht kämen wir auch anders weiter. Pass auf: Tatjana Meyering hat sich über das Internet mit Männern verabredet. Da wären Long John Silver, Machiavelli und Gandalf – natürlich keine echten Namen. Und dann ist da noch …«

»Na und? Ich habe keine Vorurteile gegen Mordopfer. Frau Meyerings Sexleben interessiert mich nicht. Ich frage mich allerdings, was jemand wie Gandalf mit meiner Serie zu tun haben soll?«

»Wie gesagt, das sind Pseudoidentitäten. Benutzernamen für Online-Seitensprünge. Ich vermute, dass sich dahinter Ringold, Kronzucker und Schottmann verbergen.«

»Schöne Vermutung, aber was soll uns die denn bringen?«

»Die drei wurden umgebracht. Und Frau Meyering ist auch tot. Da könnte es einen Zusammenhang geben.«

Mit einem langen Seufzer meldete sich die altbekannte Genervtheit in Küppers' Stimme zurück. »Ich hab dir doch schon gesagt: Sie gehört nicht zu der Serie.«

»Ja, hast du, ich weiß.«

»Gut, dann hätten wir das endlich geklärt.«

»Und wenn doch?«

Ein weiterer, geradezu angeekelter Seufzer verriet ihm, dass er zu lange beharrt hatte. »Du hast nichts begriffen, Niklas. Nicht das Geringste. Letztlich können wir nur beten, dass ein weiterer Mord geschieht.«

»Das ist jetzt aber nicht dein Ernst, Eugen.«

»Und wie das mein Ernst ist.«

»Du betest für einen Mord? Hast du denn überhaupt kein Berufsethos?«

»Ach, jetzt komm schon. Du weißt doch, wie ich das meine.«

»Ehrlich gesagt, nein, das weiß ich nicht.«

»Dann hätten wir endlich Nägel mit Köpfen.«

Nägel mit Köpfen.

Bis jetzt hatte er auch nichts Handfestes. Alles war und blieb reine Theorie: Tatjana Meyering, die Opfer eines Mordes geworden war, hatte über ein Seitensprungportal Kontakt zu drei Männern gehabt. Zufällig gab es drei Männer, die nicht nur die Leidenschaft für heimliche Sexabenteuer mit ihr gemeinsam hatten, sondern auch, dass sie auf mysteriöse Weise das Zeitliche gesegnet hatten.

Nahm man also an, Eugen Küppers lag richtig und sie hätten einen Serientäter, dachte de Jong, dann war er kein Triebtäter, sondern eher der Typ krankhafter Moralist. Sein Antrieb musste bis zur Manie gesteigerte moralische Entrüstung sein, die zum Hass auf all die geworden ist, die sich dem hingeben, das man selbst als sündig und verworfen empfindet, während man heimlich die verachteten Sünder bis aufs Blut um ihre Sünde beneidet. Ein rigider und wahrscheinlich durch und durch zwanghafter Typ, der sich erfahrungsgemäß dort versteckte, wo ihn niemand suchen würde: hinter der Fassade des netten Familienvaters oder ehrbaren Bürgers.

Natürlich kam ihm da wie von selbst Unger in den Sinn, der verhaltensauffällige Leiter des Euthymia-Kollegs. *Wer hat denn nicht irgendein dunkles Geheimnis?*, hatte Sanne Schnitzler gesagt. Bestand dieses Geheimnis darin, dass er der mysteriöse Meister Eder war? Aber warum sollte er seine Schwägerin und ihre Liebhaber umbringen?

Das passte alles nicht zusammen.

De Jong wurde klar, dass er gar nicht auf der Suche nach einem Motiv war.

Er suchte Meister Eder.

Noch einmal schlüpfte er in Lucrezias Rolle und tippte auf der Tastatur: *Geschätzter Meister, warum darf ich deinen kleinen Pumuckl denn nicht kennenlernen? Melde dich endlich! (Sei unbesorgt: Die Größe spielt für mich keine Rolle.)*

Vorsichtshalber wartete er eine halbe Stunde, während der er oben an Deck mitverfolgen konnte, wie sich am Himmel eine Horde Regenwolken zusammenrottete und mit der Unterstützung heftiger Windböen daranmachte, das schöne, sommerliche Wetter zu vertreiben. Dann trudelte die Antwort ein, aber wieder schrieb nicht der Angesprochene: *Sorry, Lucrezia, dein Kontakt antwortet nicht. Wir helfen dir gern: Frauen, die sich mit Meister Eder getroffen haben, haben es auch mit diesen Männern getrieben:* Hier folgte eine längere Liste.

De Jong schaltete den Rechner aus.

Da draußen – wie es im Jargon der coolen TV-Cops hieß – da draußen gab es einen Täter, der drei Männer und eine Frau kaltblütig ermordet hatte. Und de Jong hatte nichts als einen Pseudonamen. Im Internet besorgte er sich die Nummer von *Lover2go.de,* landete in einem osteuropäischen Callcenter und wurde schließlich mit einer kühlen Frauenstimme verbunden, die ihm sinngemäß erklärte, dass zur Anmeldung im Portal eine E-Mail-Adresse völlig ausreiche. Für Frauen sei die Mitgliedschaft sogar gratis und abgesehen davon gebe man niemals die Klarnamen der Klienten heraus, da sei man ja schön blöd und könne gleich dichtmachen.

»Na, das wollen wir doch mal sehen«, meinte de Jong, drückte auf den Auflegeknopf und schwang sich aufs Fahrrad. Mittlerweile tröpfelte es leicht, und der auffrischende Wind roch nach Regen. Die lauschige Sommernacht von gestern war eine Erinnerung an eine verklärte Vergangenheit.

Im Polizeipräsidium traf er Dr. Seltsam auf dem Flur an, der gerade aus der Kantine an den Schreibtisch zurückkehrte. In aller Kürze erläuterte de Jong die neue Sachlage, aber die Miene des Ermittlungsleiters, die ohnehin nicht sehr entspannt aussah, hellte sich nicht auf.

»Ich habe Ihnen die einmalige Chance geboten, meinem Team beizutreten«, schnarrte er, »was Sie leichtfertig ausgeschlagen haben. Und jetzt stehen Sie wieder vor mir? Tja, da kann ich nur sagen: weggegangen, Platz vergangen.« Er kehrte de Jong auf theatralische Weise den Rücken zu, drehte sich dann aber noch einmal um. »Und ich werde ganz sicher nicht in dieser mysteriösen Internetfirma aufkreuzen und Akten filzen, nur aufgrund der windigen Aussage eines Dr. Riesenbeck, der gar nicht existiert.«

»Nur noch eine Frage, Herr Kommissar«, startete de Jong einen letzten Versuch: »Wie hieß das Schiff, auf dem Christoph Columbus am 3. August 1492 im spanischen Huelva in See stach? War es a: die Hispaniola, b: die Pequod, c: die Andrea Doria oder d: Santa Ma…«

»Netter Versuch, aber für so etwas fehlt mir die Zeit«, unterbrach ihn Seltsam kopfschüttelnd und eilte davon.

Auf dem Rückweg, mitten in der City, schlug der längst fällige Regenschauer endlich zu. Fette Wassertropfen platschten vom Himmel, zerplatzten auf dem knochentrockenen Boden und bildeten Rinnsale, die sich zu reißenden Bächen vereinten und in großflächige Pfützen mündeten, die weite Teile der Fußgängerzone unpassierbar machten.

De Jong parkte das Fahrrad an einem Straßenschild und rettete sich in den Eingang eines Kaufhauses. Von irgendwoher wehte ihn der Geruch von gebratenem Fisch mit Pommes an, was bei ihm eine Appetit-Attacke auslöste: das ebenso urplötzliche wie unwiderstehliche Begehren, hier und sofort Fisch mit Pommes zu verzehren, weil es offensichtlich war, dass das nackte Überleben davon abhing. Paradoxerweise obwohl man sich gleichzeitig völlig darüber im Klaren war, dass das fettige Zeug mit hoher Wahrscheinlichkeit Übelkeit auslöste.

So saß er wenige Minuten später im Fast-Food-Laden – vor ihm auf dem Tisch ein rotes, fettfleckiges Plastiktablett – und sah über das Fischbrötchen hinweg auf die Fußgängerzone, wo die Leute immer noch vor dem Regen flüchteten. Und dann entdeckte er, an einem Tisch gegenüber, ein bekanntes Gesicht. Sorga, die Gattin des Bildschirmschoner-Designers. Im selben Moment bemerkte sie auch ihn, winkte und deutete auf den freien Stuhl an ihrem Tisch. Woraufhin de Jong sein Plastiktablett schnappte und zu ihr hinüberging.

»Na, das ist ja ein Zufall«, sagte sie. Sorga hatte auch ein rotes Tablett, darauf eine Papiertüte mit Pommes, Mayonnaise in einem Plastikbriefchen und eine Cola.

»Tja, wie es aussieht, treffen wir uns immer, wenn der Regen prasselt«, meinte de Jong.

Sie nickte und versuchte ein Lächeln. Ihm fiel auf, dass ihre Augen gerötet waren.

»Ich musste einfach mal raus«, sagte sie und verzog den Mund zu einem gezwungenen Lächeln.

Ihre verweinten Augen ließen keine ungezwungene Plauderei zu, also schwiegen sie eine Weile, sie rührte ihre Pommes nicht an und de Jong hatte das Gefühl zu stören. Aber jetzt saß er einmal an ihrem Tisch und ein plötzlicher Rückzug hätte alles noch schlimmer gemacht.

»Wie geht es denn dem Herrn Schwiegervater?«, rutschte ihm heraus.

Das war genau die falsche Frage. Sorga schüttelte stumm den Kopf. Sie seufzte vernehmlich, und für einen Moment sah es so aus, als würde sie anfangen zu weinen oder aufstehen und gehen, Pommes und Cola hin oder her. Aber dann sagte sie doch etwas: »Er ist *so* ignorant und unbelehrbar! Ein alter Mann, der alles besser weiß, sich in alles einmischt und es nicht ertragen kann, wenn sein Sohn eigene Wege geht.«

»Weil der Sohn nicht Chef des väterlichen Möbelimperiums sein will?«

»Ach, das auch nicht«, sagte Sorga und wischte es mit einer Geste weg, weil sie das nicht gemeint hatte. »Immer kommt eins zum anderen. Diese ewigen Streits. Wie oft hab ich ihm schon gesagt: ›Warum fährst du überhaupt noch raus zu ihm? Lass uns woandershin ziehen.‹ Aber davon will er nichts wissen.« Sorga hatte die obligatorische Papierserviette so oft gefaltet, dass sie kleiner als eine Briefmarke war. Jetzt zupfte sie sie wieder auseinander, starrte vor sich hin und schien eher zu sich selbst zu sprechen.

»Aber manchmal denke ich: Es ist gar nicht der Alte, sondern Axel ist selbst schuld. Er *will* es doch nicht anders. Sonst würde er ihm ja nicht alles haarklein erzählen, sogar unsere ganz intimen Schwierigkeiten und Probleme, die nur ihn und mich etwas angehen. Das macht er ja freiwillig. Und dann wundert er sich darüber, dass sein alter Herr, der noch nie für Sensibilität oder feine Ausdrucksweise bekannt war, ihn heute eine Schwuchtel und morgen einen Gigolo nennt. Was ihn alles nicht das Geringste angeht.«

De Jong ließ sie reden, obwohl er eigentlich fand, dass diese Dinge auch ihn nicht das Geringste angingen, und wollte auf keinen Fall denselben Fehler machen wie Schriebeck senior und sich in intime Details einmischen.

Sorga hatte die Papierserviette ganz entfaltet und schnäuzte sich hinein. Dann lächelte sie, dieses Mal nicht mehr ganz so gezwungen. »Verzeihen Sie bitte, dass ich Sie mit privatem Kram belästige. Sie müssen mich für ein nervliches Wrack halten.«

»Nein, ganz sicher nicht«, erwiderte de Jong.

Draußen hatte sich das Wetter inzwischen ausgetobt. Von den Dächern und Markisen tropfte es noch, aber die Sturzbäche waren schon versickert. Gegenüber nahm ein Straßenmusiker wieder seinen Platz ein.

»Jetzt habe ich Ihnen Ihr leckeres Brötchen verleidet«, sagte Sorga.

De Jong lächelte, während er die halbe Fischfrikadelle in seine Serviette einschlug und in die Styroporbox stopfte. »Ich würde sagen, Sie haben es mir nicht verleidet, sondern mich davor bewahrt.«

* * *

Er hatte vor, Sorga bis zur Firma ihres Mannes zu begleiten, die ja nur einen Steinwurf vom *Alten Mädchen* entfernt lag. Aber unterwegs gerieten sie in eine Demo der Antikraftfahrerpartei, die sich durch die Fußgängerzone in Richtung Domplatz bewegte, ein lautstarkes Häuflein Wutbürger, die Plakate schwangen. *Jetzt reichts!* und *Schriebeck for President!* war zu lesen. Über den erhitzten Köpfen quäkte eine Megafon-Stimme, die den Niedergang des Abendlandes prophezeite. De Jong ließ die Krawallmacher an sich vorbeiziehen und grüßte kurz Schwarzenegger und dessen Zwergenfreund, die ihm mit ihrem Plakat zuwinkten. Sorga konnte er danach nicht mehr entdecken.

Am Nachmittag machte de Jong seine Aufwartung bei Reikart. In der Stadt hatte er ein Kartenspiel erstanden, aber der Alte wollte nichts davon wissen und bestand nachdrücklich auf Schach. Also ließ sich de Jong widerstrebend darauf ein und verlor krachend zwei Partien, was Reikart zu erneuten giftigen Kommentaren veranlasste. So schlecht könne man ja gar nicht spielen, meinte er, selbst wenn man noch nie zuvor ein Schachbrett gesehen habe, sodass hier ein klarer Fall von vorsätzlicher oder naturgegebener Dämlichkeit vorliege. Was wiederum de Jong dazu veranlasste, aufzustehen und zu erklären, dass er angesichts dieses Ausmaßes von Dämlichkeit wohl fahrlässig handeln würde, wenn nicht sogar unverantwortlich, wenn er weiter nach dem Hundemörder suche.

Reikart meinte daraufhin, dass das alles nicht so gemeint gewesen sei und holte zwei Flaschen Bier aus der Küche. Sie begaben sich nach draußen auf die Terrasse, wo sie dem ungeliebten Nachbarn beim Rasenmähen zusahen und Reikart endlos über Krankheiten und »Wehwehchen« schwadronierte.

»Und immer hatten wir gleichzeitig Grippe oder Schnupfen und was es sonst noch gibt. Immer zu zweit.«

»Als Paar steckt man sich wahrscheinlich auch schneller an«, vermutete de Jong. »Ich meine, einer den anderen.«

»Was denn für ein Paar? Ich hab von mir und dem Köter geredet.«

»Ach so. Aber trotzdem.«

»Na ja, jetzt wo er nicht mehr da ist, hat sich das mit den Krankheiten dann auch erledigt.«

Nebenan war der Rasenmäher verstummt. Der Nachbar machte sich, mit Rechen und Plastiksack bewaffnet, daran, den verstreuten Grasschnitt aufzusammeln. »Und wie war das mit Ihrer Frau?«

»Was soll mit ihr gewesen sein?«

»War sie auch mal mit Ihnen zusammen krank?«

»Eher selten. Marlies wollte ja auch nie einen Hund.«

De Jong war irritiert. »Sie haben doch neulich erst erzählt, dass sie unbedingt einen wollte, aber Sie sich nichts draus gemacht hätten.«

»Von mir aus.« Der alte Mann zuckte mit den Schultern. »Dann eben so herum. Jedenfalls wollte sie immer ein Boot, das ist sicher.«

»Ein Boot? So eins wie meins?«

»Nee, ein richtiges. Mit Segeln und Takelage und allem Schnickschnack. Na ja …« Reikart griff hinter sich, schnappte sich eine neue Bierflasche und hielt sie de Jong zum Öffnen hin. »Aber nicht mit mir, hab ich gesagt. Boote sind nichts für mich und Schiffe schon gar nicht. Wenn irgendwas untergeht, dann ja wohl Schiffe oder Boote, so viel steht fest. Nee danke, da kann ich mir ja gleich einen Sack voll Nägel umhängen und durch den Ozean schwimmen. – Für Sie auch noch eins? …«

Am Ende des Tages war es längst nicht bei zwei Flaschen Bier geblieben und schon dunkel, als de Jong an Bord des *Alten Mädchens* zurückkehrte.

Während er im Bett lag und so allmählich in den Schlaf hinüberdämmerte, hingen seine Gedanken wieder einmal an den Nägeln fest und kamen nicht davon los. Nägel mit Köpfen. *Wir brauchen Nägel mit Köpfen,* das hatte Eugen gesagt. Gab es eigentlich auch Nägel ohne Köpfe? Und wenn ja, wozu waren sie zu gebrauchen? Was machte man mit kopflosen Nägeln? Und jetzt kam auch noch Reikart, sein greiser Nachbar, und erzählte ihm von einem Sack voller Nägel, den er sich umhängte, um im Meer abzusaufen …

Kein Wunder, dass de Jong im Traum die Mersche erschien. Er traf sie eines mittelalterlichen Abends bei *Adams Hoek* in Tilbeck. Die Kneipe war brechend voll, die Luft zum Schneiden dick und roch nach Bier und Schweiß. Alle Tische waren besetzt, nur am Tisch der Meierischen war noch ein Stuhl frei. Nicht nur darüber wunderte sich de Jong, sondern auch, dass die alte Dorfkneipe einschließlich ihres Personals bis aufs Haar dem *Knipperdolling* glich, der Gaststätte in Everswinkel, in der er sich mit Eugen Küppers seit Jahren hin und wieder traf.

Die Meierische hatte er sich ganz anders vorgestellt – rustikal und derb mit der wettergegerbten, runzligen Haut einer Landfrau. Diese Frau aber war schlank, hatte langes, blondes Haar und eine Haut, die, soweit de Jong das aus der Entfernung überhaupt beurteilen konnte, seidenweich war. Man durfte bezweifeln, dass die Landsknechte ihr nur wegen der vermeintlichen Goldstücke nachgestiegen waren.

De Jong nahm ihr gegenüber Platz.

»Hör mal, musst du unbedingt meine Titten anglotzen«, knurrte sie ihn anstatt einer Begrüßung an. »Stier gefälligst woanders hin!«

»Nein, das mach ich doch gar nicht«, log er. »Ich wollte dich nur etwas fragen.«

»Seh ich so aus, als wäre ich die Auskunft oder was?«

Was den Umgangston anging, so empfand er doch einen gewissen Kontrast zu ihrem Aussehen.

»Ich würde gern wissen: Damals, bevor du ermordet wurdest, was wolltest du mit den Nägeln?«

Die Mersche musterte de Jong ausgiebig und schien zu überlegen, ob sie sich zu einer Antwort herablassen sollte. Sie griff nach ihrem Bierkrug und nahm einen Schluck.

»Wieso hattest du die dabei?«, beharrte de Jong.

»Weil ich diese üblen Kerle anlocken wollte. Sie glauben machen, dass das Geklimper reines Geld sei. Das meinst du doch, oder?« Sie ließ einen abfälligen Rülpser fahren. »Ehrlich, wie oft habe ich mir diesen Schwachsinn schon anhören müssen!«

»Nicht, dass ich mich der Auffassung anschließen würde«, verteidigte sich de Jong. »Ich hab nur ein Buch darüber gelesen.«

»Diese Hundesöhne haben mich kaltblütig umgebracht. Sie hatten nichts Besseres verdient als den Galgen.«

»Vielleicht«, sagte de Jong. »Wenngleich eine lebenslange Haftstrafe aus heutiger Sicht die bessere Wahl gewesen wäre.«

»Sie hatten nichts Besseres verdient«, wiederholte die Mersche. »Schon wegen all der anderen.«

»Welche anderen?«

»Die sie vor mir schon gekillt haben.«

»Das ist jetzt interessant. Du meinst andere Frauen?«

»Frauen, Kinder, alte Menschen – was immer du willst.«

»Davon kann keine Rede sein.«

Die Meierische beugte sich vor. So sehr die Bierfahne betäubte, so sehr lockte ihr Ausschnitt. »Hallo: Das waren Landsknechte! Menschen zu ermorden, ist deren Beruf. Schon mal davon gehört?«

De Jong überlegte einen Moment. »Du willst damit sagen: Vom radikalpazifistischen Standpunkt aus gesehen ist jeder im Militärdienst Stehende immer schon per se ein Täter?«

Die Frau ihm gegenüber runzelte die Stirn, starrte erst ihn an, dann in ihren Bierkrug hinein, als wollte sie einen Vergleich anstellen. »Nein, das will ich nicht damit sagen.«

»Aber was denn dann?«

»Die Frage ist doch die: Du siehst den Mörder und die Ermordete. Täter und Opfer. Nur, dass es eben manchmal nicht so simpel ist, verstanden?«

»Nein.«

»Manchmal ist es genau umgekehrt. Schönen Abend noch.« Damit stand die Meierische auf, warf ein paar Geldmünzen auf den Tisch und verließ die Kneipe.

Exkommissar de Jong rubbelte die beschlagene Fensterscheibe frei und beobachtete, wie ihr blonder Haarschopf, den das fahle Mondlicht wie eine Fackel aufleuchten ließ, ins nächtliche Dunkel des Baumberger Waldes eintauchte.

15. Kapitel

Als er am Mittwochmorgen aufwachte, war das Bild immer noch in seinem Kopf: die finsteren Baumwipfel, das goldblonde Haar. Was die Frau in der Kneipe von sich gegeben hatte, ergab für ihn überhaupt keinen Sinn – wie das oft bei Träumen nach dem Aufwachen der Fall ist. Nägel hin oder her – die Meierische war feige ermordet worden, die Mörder hatten ihre Strafe bekommen.

De Jong trat hinaus aufs Achterdeck. Über Nacht hatte sich der Regen mitsamt allen dunklen Wolken aus dem Staub gemacht. Die Sonne bekam eine neue Chance. Ein knallblauer Himmel versprach sommerliche Temperaturen – spätestens am Nachmittag würden sich am Kanalufer Massen von Bade- und Grillfreudigen einfinden. Was keine schlechte Idee war, aber de Jong fühlte eine Rastlosigkeit in sich, der er nur Herr werden konnte, wenn es ihm gelang, das Chaos in seinem Kopf zu ordnen.

Nach einem kargen Frühstück führte ihn sein Weg in die City zu *Lies Beths Leseladen*. Die Überlegung war Folgende: Tatjana Meyering hatte sich in relativ kurzen Abschnitten mit diversen Männern für eine schnelle Nummer getroffen. Und ihre Freundin und Mitinhaberin wollte nicht das Geringste davon gewusst haben? Ihr wollte nie auch nur etwas aufgefallen sein? Und trotzdem hatte sie den Laptop, auf dem der *Lover2go*-Account gespeichert war, der Kripo vorenthalten, was man auch eine Straftat nennen konnte. Dann hatte sie auch noch angedeutet, dass jeder so seine dunkle Seite habe – also nicht nur Unger, sondern auch sie. Oder Tatjana …

De Jong entschloss sich, eine uralte Methode anzuwenden, die oft zum Zuge kam, wenn man in einer Ermittlung auf der Stelle trat: eine Person, die ihre Aussage bereits gemacht hatte, zu bedrängen und zu behaupten, sie habe einem nicht alles gesagt. Ihr auf den Kopf zuzusagen, dass sie einem etwas verschweige und dass man genug von dem Herumgeeiere habe. Darauf zu bestehen, endlich die ganze Wahrheit zu hören.

Leider verfing diese Methode dieses Mal nicht. Das mochte daran liegen, dass Sanne Schnitzler, was de Jong sofort auffiel, nicht ihren besten Tag hatte. Als er den Laden betrat, stritt sie gerade mit einem Kunden herum, der behauptete, ein Buch woanders zu einem günstigeren Preis zu bekommen, worauf sie ihm mit spitzer Stimme empfahl, es dort zu kaufen. Was er allerdings ablehnte und darauf bestand, es hier und jetzt billiger zu kaufen, Kunden hätten auch Rechte und abgesehen davon gebe es schließlich einen festen Ladenpreis. Sie blieb hart, der Kunde zog ab mit der Bemerkung, dass er jetzt immerhin wisse, wo er zukünftig nicht mehr einkaufen werde, und dann bemerkte sie de Jong.

Ihre Miene hellte sich nicht auf, im Gegenteil. Sanne setzte ein Also-mir-reicht's-jetzt-langsam-Gesicht auf.

Sprach von Belästigung und dass sie die Polizei einschalten wolle. »Und sagen Sie nicht, Sie wären von der Polizei, denn das sind Sie gar nicht.«

»Vielleicht bin ich das nicht«, gab de Jong zu. »Aber ich war.«

Sie fand das nicht komisch, zückte ein Smartphone und hielt es wählbereit hoch. »Wollen Sie es also darauf anlegen?«

»Also gut«, sagte de Jong, trotzdem entschlossen, nicht das Feld zu räumen. Er dämpfte seine Stimme. »Dann hätte ich nur noch eine Gegenfrage: Was würde denn das Lehrerkollegium des Euthymia-Kollegs sagen, wenn es davon erführe, dass sein Chef dazu neigt, harmlose Menschen in Keller zu sperren und nach Stasi-Art zu verhören?«

An der Art, wie Sanne schluckte, merkte de Jong, dass er ihren wunden Punkt getroffen hatte. »Aber das ist doch so schon viel besser geworden«, widersprach sie ohne Überzeugung, auch mit gedämpfter Stimme. »Sie hätten ihn vor zwei Jahren erleben sollen. Er arbeitet hart an sich, das können Sie mir glauben.«

»Sie haben neulich die dunkle Seite eines Menschen erwähnt. Und Ihre Freundin Tatjana hat sich mit verschiedenen Männern getroffen, die inzwischen ermordet wurden. Dann musste auch sie sterben. Haben Sie sich ihren Rechner angesehen?«

»Nein, ich ... da war eine Sicherung. Ich konnte ihn nicht öffnen.«

»Na ja, wenn man ein wenig davon versteht, ist es kein Problem.«

»Ich verstehe aber nichts davon.«

»Könnten Sie mir das eben abrechnen?« An der Kasse stand ein Pärchen. Er wedelte mit einem Bildband, de Jong konnte den Titel lesen: *Kamasutra – das Einmaleins der Liebe.*

Frau Schnitzler begab sich zu ihnen, nahm das Buch und scannte es ein.

»Und dann brauche ich dafür noch eine Fachbuchquittung«, sagte der Mann.

Die Frau an seiner Seite kicherte.

»Was denn?«, beschwerte er sich. »Ich nutze dieses Buch beruflich für die Paartherapie und …«

»Ach was! Du geilst dich doch nur an den Fotos auf.«

»Das macht zweiundzwanzig Euro«, sagte Sanne Schnitzler, stellte die Quittung aus und packte sie zusammen mit dem Buch in eine *Lies Beths*-Tüte.

Das Paar verließ den Laden.

»Trotzdem danke für Ihre Hilfe«, sagte de Jong und schickte sich an, den beiden zu folgen.

»Also bitte«, hielt ihn Sanne auf, als er schon fast draußen war. »Ich bin sicher, dass es ihr niemals recht gewesen wäre, dass ich das jemandem erzähle.«

»Ja?«, sagte de Jong und kam neugierig noch mal zurück.

»Was diese dunkle Seite angeht, damit habe ich nicht Daniel und seine Verhöre gemeint.«

De Jong wartete. Das hatte er auch nicht angenommen.

»Damals, nach dem Tod ihrer Schwester, hat Tatjana angedeutet, dass Olga vergewaltigt wurde. Und dass die Verzweiflung über dieses traumatische Erlebnis sie in den Tod getrieben hat.«

De Jong nickte. »Es war also kein Unfall, sondern Selbstmord?«

»Davon war jedenfalls Tatjana überzeugt. Sie sprach sogar von Mord.«

»Und wer hat die Tat begangen? Die Vergewaltigung, meine ich.«

Frau Schnitzler antwortete nicht, schüttelte nur den Kopf.

»Danke, dass Sie mir das erzählt haben.« De Jong wandte sich jetzt zum Gehen. »So könnte einiges einen Sinn ergeben.«

»Ich weiß nicht, ob sie seinen Namen wusste. Sie hat ihn immer nur ›das Schwein‹ genannt.«

* * *

De Jong ging ein paar Schritte und setzte sich auf den Rand des Lamberti-Brunnens. Kinder sprangen herum und spritzten sich gegenseitig nass, hielten zu ihm aber einen respektvollen Abstand. De Jong schaute ihnen zu, mehr brauchte er nicht zu tun. Das Planschen der Kinder, Touristen, die die berühmten Käfige bestaunten – in seinem Kopf ordnete sich das Chaos wie ein Puzzle, bei dem wie durch Zauberhand alle Steine an ihre vorgesehene Stelle rutschen …

Genau das hatte die Mersche gemeint: *Wer ist Täter und wer ist Opfer? Manchmal ist es umgekehrt …*

Vielleicht galt das nicht für die Meierische; aber einmal angenommen, dachte de Jong, Tatjana war nicht Mordopfer, sondern Täterin. Und der Mann, mit dem sie sich getroffen hatte, Meister Eder, war nicht Täter, sondern Opfer. Das ergab keinen Sinn – es sei denn, es handelte sich um einen Rachefeldzug.

Folgende Hypothese: Tatjana, die ihre Schwester heimlich um ihre Männerabenteuer beneidete, erfuhr davon, dass jemand Olga vergewaltigt hatte. Und dann kam Olga ums Leben. Für Tatjana stand fest, dass es einen Schuldigen gab, und sie war fest entschlossen, ihn nicht straflos davonkommen zu lassen. Sie wurde auf *Lover2go* aktiv, kontaktierte die Männer, mit denen Olga sich getroffen hatte. Einer von ihnen war der Vergewaltiger – aber wer? Sollte sie die Kandidaten befragen? Erwartete sie dann eine ehrliche Antwort? In ihren Augen gab es nur einen Weg sicherzugehen, den richtigen zu erwischen: Alle mussten sterben. Und so geschah es mit Schottmann alias Gandalf, Ringold alias Long John Silver und Kronzucker alias Machiavelli.

Zum Schluss kam Meister Eder dran. Aber dann ging irgendetwas schief. Vielleicht kam es zum Kampf und sie wurde überwältigt. Oder sie stürzte und verunglückte tödlich.

Mit dem fast fertigen Puzzle im Kopf saß de Jong auf der Kante des Lambertibrunnens und hatte ein gutes Gefühl.

Ein Pärchen fiel ihm auf, es waren die beiden aus der Buchhandlung, sie hatten einen der Außenplätze des Cafés. Vor ihnen auf dem Tisch je ein Eiskaffee mit buntem Strohhalm; jetzt gönnten sie sich eine Zigarette. Gerade drückte sie ihre Kippe im Aschenbecher aus, erhob sich vom Tisch und verschwand mit ihrer Handtasche nach drinnen. Er sah ihr nach, dann nutzte er ihre Abwesenheit, um das neu erworbene »Fachbuch« näher in Augenschein zu nehmen.

Warum nicht, dachte de Jong. Fachbücher waren ja meistens trocken und luden kein bisschen zum Durchblättern ein. Warum sollte berufliche Weiterbildung nicht auch mal Spaß machen? Paartherapie war ein weites Feld …

Was ihn auf eine vage Idee brachte.

* * *

Obwohl das Wetter traumhaft war – oder vielleicht sogar weil – stand de Jong nicht der Sinn danach, sich schon wieder mit dem Rad bis nach Tilbeck zu bemühen. Lieber fuhr er zum unansehnlichen Bürogebäude am Kanal, lief in den zweiten Stock und fragte nach Schriebeck junior. Der war aber wieder mal nicht greifbar, nur der bankangestelltenähnliche Mitarbeiter, der dieses Mal nicht kooperativ war und sich weigerte, eine Telefonnummer herauszugeben, weil de Jong, der versäumt hatte, sich vorher eine Geschichte auszudenken, nicht sagen wollte, in welcher Angelegenheit er Herrn Schriebeck zu sprechen wünsche.

Schließlich versuchte es der Exkommissar ein Stockwerk tiefer, im Büro der Anti-Kraftfahrerpartei. Dieses Mal war er besser vorbereitet. Der Mitarbeiter, ein ehrenamtlicher Wutbürger im Rentenalter, verharrte zunächst in misstrauischer Einsilbigkeit, aber de Jong gelang es, ihn so sehr zu umschleimen, indem er die Bewegung pries und den Mut ihres wortgewaltigen Anführers, den man zu Unrecht in die rechte Ecke stelle, dass der Mann ihm nicht nur Tipps für einen Parteieintritt gab und Infomaterial über die neue Kampagne gegen verschleierte Radfahrerinnen, sondern auch Schriebeck seniors Privatnummer herausrückte, damit de Jong seine Lobhudeleien dem großen Vorsitzenden persönlich übermitteln konnte.

Wie de Jong schon einkalkuliert hatte, ging der Alte nicht selbst ans Telefon, sondern Sorga.

»Mein Schwiegervater ist heute auf einer Kundgebung«, sagte sie einsilbig. »Vielleicht versuchen Sie es morgen noch einmal.«

»Nein, eigentlich wollte ich mit Ihnen sprechen.«

»Mit mir?«

»Ich habe über unser Gespräch gestern nachgedacht.«

»Hoffentlich ist Ihnen das Essen wenigstens gut bekommen.«

»Es tut mir leid, wenn ich Sie etwas sehr Persönliches fragen muss, Sorga, aber es ist wichtig.«

Sorga schwieg, wartete offenbar.

»Sie erwähnten gestern intime Schwierigkeiten, in die sich Ihr Schwiegervater eingemischt habe …«

Sie wartete weiter.

De Jong war den Umweg um den heißen Brei leid. »Ihr Schwiegervater deutete neulich an, dass sein Sohn nicht einmal Manns genug sei, seine Frau ordentlich zu betrügen, weil eine echte Affäre nur eine sei, die man heimlich hätte.«

»Es waren keine Affären. Und er hat mich auch nicht betrogen.«

»Das hatte ich mir schon gedacht.«

»Am Anfang unserer Beziehung hatten wir es beide nicht leicht«, erklärte Sorga. »Ich meine, was das Sexuelle angeht. Axel war recht unerfahren und für uns beide war es nicht wirklich …«, sie suchte nach dem passenden Wort, »erfüllend. Deshalb hat er sich im Internet verabredet, natürlich unter einem anderen Namen und immer nur für ein Mal. Ich war es, die ihn dazu gedrängt hat, verstehen Sie? Ich wusste mit uns einfach nicht mehr weiter, und dann habe ich so was mal im Fernsehen gesehen.«

»Der außereheliche Sex hatte also eher therapeutische Gründe?«

»Es wurde ja auch wirklich besser. Diese Erfahrungen mit anderen Frauen, die haben bei ihm irgendetwas bewirkt, sodass es mit uns dann auch zum ersten Mal richtig gut lief. Egal – jedenfalls hat Horst das eines Tages rausgekriegt – bestimmt hat Axel ihm sogar davon erzählt. Und seitdem kommen bei jeder Gelegenheit diese gehässigen Bemerkungen von ihm …«

»Meister Eder, nicht wahr?«, fragte de Jong.

»Was meinen Sie?«

»Unter diesem Namen war er doch im Internet unterwegs, stimmt's?«

Wieder dauerte es einige Sekunden. »Woher wissen Sie das?«

»Das ist nicht so wichtig«, sagte de Jong. »Aber ich müsste dringend mit Ihrem Mann sprechen.«

* * *

Als er sich an diesem Abend gegen halb neun mit Küppers im *Knipperdolling* traf, rechnete er eigentlich fest damit, dass ihm sein Exkollege ein Bier ausgeben würde, um sich für die Hilfe bei der Aufklärung seiner Mordserie zu bedanken. Aber er hatte sich verrechnet.

»Die drei wurden also die Opfer eines Rachefeldzugs«, rekapitulierte Küppers. »Und das letzte Opfer, Tatjana Meyering, ist gar kein Opfer, sondern die Täterin. Ist das deine Theorie?«

»Wohl mehr als nur eine Theorie«, sagte de Jong. »Dabei sollte man nämlich auch berücksichtigen, dass höchstwahrscheinlich eines der Opfer auch Täter war. Und die Vergewaltigung Olgas bildete ja erst das Motiv für den Rachefeldzug.«

Eugen Küppers antwortete etwas, aber das ging im tosenden Gelächter des Männergesangvereins am Tisch nebenan unter. De Jong orderte noch zwei Bier.

»Und was ist jetzt mit dem Sohn von Schriebeck?«

»Axel Schriebeck«, sagte de Jong. »Er sollte das letzte Opfer auf der Liste sein. Aber dann ist wohl irgendwas anders gelaufen als geplant, und am Ende war Frau Meyering tot. Wir sollten ihn fragen, was passiert ist. Ihr solltet das tun, ihr seid schließlich die Kripo.«

Küppers nickte, ein wenig zu oft und zu nachdenklich, wie de Jong fand. »Okay, das müsste man dann …«

»Man müsste was?«

»Ich meine, man müsste auf jeden Fall überlegen, ob wir uns auch wirklich sicher sind, dass er derjenige ist, der …«

»Moment«, sagte de Jong. »Höre ich da irgendwie heraus, dass du gar nicht vorhast, ihm auf den Zahn zu fühlen?«

»Doch schon. Wieso nicht? Nur …«

»Nur?«

Küppers schien sich einen Ruck zu geben. »Hör zu, Horst Schriebeck ist eben kein Unbekannter für mich.«

»Für mich doch auch nicht. Sein Porträt klebt an jeder Ecke.«

»Das meine ich nicht. Ich finde es gut, was er für uns Radfahrer tun will. Und ich bin auch immer montagabends auf dem Domplatz.«

»Du meinst, du bist sein Fan und willst dich nicht mit ihm anlegen?«

»Quatsch, Fan! Das bin ich nicht und darum geht es auch gar nicht.«

»Jedenfalls willst du ihn nicht verärgern.«

»Blödsinn!«

»Okay, Eugen, dann erklär mir mal: Was haben Horst Schriebeck und seine populistischen Tiraden damit zu tun, dass sein Sohn eine Frau umgebracht hat?«

Küppers Blick war fast mitleidig. »Muss ich dir das wirklich sagen?«

»Also willst du doch den Kopf einziehen.«

Der Blick wurde wieder ärgerlich. »Hör auf damit! Ich sage lediglich, wir sollten in diesem Fall ganz genau wissen, was wir tun. Wir sollten etwas in der Hand haben und nicht einfach so bei ihm aufkreuzen und vage Verdächtigungen ausstoßen …«

Er verstummte, weil de Jongs Handy sich meldete. De Jong holte es aus der Tasche und hob die Hand zum Zeichen, dass er kurz rangehen wollte.

»Herr de Jong? Hier ist Schriebeck. Meine Frau sagte, Sie wollten mich dringend sprechen.«

Der Exkommissar war überrascht. »Ja, gern«, sagte er. »Wann würde es Ihnen denn passen?«

»Morgen so um halb zehn. Könnten Sie hierherkommen, nach Tilbeck? Sie kennen ja die Adresse.«

»Warum nicht?«

»Also gut, dann bis morgen.«

De Jong legte auf. Küppers hatte inzwischen sein Bier geleert. »Was Wichtiges?«

»Okay«, sagte de Jong. »Wenn du ihm nicht auf den Zahn fühlen willst, dann mach ich das.« Zum ersten Mal nach der Behandlung spürte er seine Wurzelfüllung, was eigentlich gar nicht sein durfte. »Aber es wäre nett, wenn du mir dein Auto leihen könntest.«

* * *

Natürlich ging er davon aus, dass er die Strecke mit Küppers' protzigem SUV locker in der Hälfte der Zeit schaffen würde. Aber kurz hinter Roxel sorgte eine Tagesbaustelle für einen beachtlichen Stau, sodass de Jong erst um zehn vor zehn vor dem Schriebeck'schen Landhaus vorfuhr. Axel Schriebeck würde also schon ungeduldig auf ihn warten, vermutete er, aber dem war nicht so: Stattdessen trat ihm, ein Bein nachziehend, der Alte entgegen. Irgendwie wirkte er gar nicht so erfreut über den Besuch, so wie bei den letzten Malen.

»Es tut mir sehr leid, Herr de Jong, dass Sie sich extra herbemüht haben«, sagte er mit einem sauren Grinsen, »aber mein Herr Sohn ist heute leider nicht für Sie zu sprechen.«

»Ist er krank geworden?«, wunderte sich de Jong. »Gestern am Telefon klang er noch recht munter.«

»Er ist unpässlich. Oben auf seinem Zimmer«, verkündete Schriebeck senior in einem Ton, der keine weiteren Nachfragen duldete. »Ich muss Sie also bitten, wieder zu gehen.«

»Hat er etwa seine Suppe nicht aufgegessen oder Hausaufgaben nicht gemacht?«, witzelte de Jong, aber das kam gar nicht gut an.

Der alte Mann war heute nicht in Plauderstimmung und weit entfernt von einer Einladung zu Schnaps oder Sauerbraten. »Hören Sie mir gut zu«, knurrte er. »Ich bin eine Person des öffentlichen Lebens. Eine angreifbare Person, dessen bin ich mir bewusst. Morgen werde ich vor meinen Parteitag treten, und das werden Sie mir nicht verderben.«

»So etwas zu tun läge mir mehr als fern«, bekräftigte de Jong.

»Da sind nicht nur die Radfahrer. Glauben Sie mir, diese spießigen Radfahrer mit ihrem aufgeblasenen guten Gewissen gehen mir schon lange gehörig auf den Geist. Wer eine Stimme braucht, das sind nicht die Radfahrer, sondern die Sorgen aller Menschen in diesem Land. Ich bin diese Stimme. Und halten Sie mich nicht für so dämlich, dass ich nicht erkennen würde, wenn mir die Lügenpresse einen abgehalfterten Kommissar auf die Pelle schickt, um Schlamm aufzuwirbeln, in der Hoffnung, dass ich darin versinke.«

»Ehemaliger Kommissar wäre zutreffender«, korrigierte de Jong. »Und von der Lügenpresse hab ich nicht mal eine Telefonnummer.«

Dennoch schloss sich wenige Sekunden später die Haustür vor ihm und er begab sich wohl oder übel zu dem geliehenen Automobil. Setzte sich hinter das Steuer und geriet für einen Moment ins Schwitzen, weil er vergessen hatte, wo man den Zündschlüssel einstecken konnte. Bis ihm wieder einfiel, dass man den Motor per Knopfdruck startete. Bevor er das tat, erhaschte sein zufälliger Blick eine Szene hinter einem Fenster im ersten Stock des Hauses: der alte und der junge Schriebeck, die sich, wie ihre Gesten eindeutig bezeugten, heftig stritten. Eine Weile sah de Jong zu, erleichtert, dass der Hausarrest wenigstens nicht widerspruchslos hingenommen wurde. Dann drückte er auf den Knopf und gab Gas.

Schon jetzt war es fünfundzwanzig Grad, wenn nicht mehr. Man konnte die Hitze geradezu riechen. De Jong folgte einer spontanen Idee und stoppte auf dem Rückweg, stellte den Wagen am Rand der Landstraße ab und lief wenige Meter in den Wald hinein. Ein paar Wespen umsummten einen Abfalleimer, es roch nach Waldboden. De Jong stand vor dem alten Steinkreuz, dessen verwitterte Inschrift an einen Mord gemahnte, der vor fast tausend Jahren begangen worden war.

Die Mersche und ihre Nägel, dachte er. Ausgerechnet sie hat genau gewusst, was hier gespielt wurde.

Eine Hand berührte seine Schulter, er fuhr herum: Hinter ihm stand Axel Schriebeck, seine Gesichtsfarbe war auffällig rot, fast so wie bei seinem Vater. »Ich hatte gehofft, Sie hier vielleicht zu treffen«, sagte er.

De Jong lächelte. »Schön, dass Ihr Vater Ihnen freigegeben hat.«

»Ich habe ihn nicht um Erlaubnis gefragt.« Mit einer trotzigen Geste kehrte Schriebeck junior dem Kreuz den Rücken und machte sich auf den Weg, der hinauf auf den Kamm der Baumberge führte. De Jong folgte ihm.

»Sie wollten mich sprechen?«, fragte Schriebeck.

»Stimmt«, sagte de Jong. »Aber ich glaube, eigentlich sind Sie derjenige, der mir etwas erzählen wollte.«

Schweigend gingen sie nebeneinander her und folgten dem Waldweg hinauf, bis er nicht weiter anstieg. Eine Gruppe älterer Herrschaften kam ihnen entgegen, Mitglieder eines Wandervereins, die zum Gruß an ihre grünen Hüte tippten.

Axel blieb stehen und wartete, bis sie außer Sichtweite waren. Dann sagte er: »Sorga hat Ihnen ja schon fast alles erzählt.«

»Nicht alles«, präzisierte de Jong.

Der junge Mann holte tief Luft, wie unter Anstrengung. »Ich habe Olga Meyering über *Lover2go* kennengelernt. Wir haben uns das ein oder andere Mal getroffen, und ich habe viel von ihr gelernt. Ich glaube, sie mochte mich. Und ich sie auch. Aber – ich weiß nicht, ob Sie das verstehen, Herr Kommissar …«

»Exkommissar«, sagte de Jong.

»Ich wollte meine Beziehung zu Sorga nicht gefährden, sondern verbessern. Und deshalb habe ich ihr geschrieben, dass wir uns besser nicht mehr sehen sollten. Und sie hat das verstanden.«

»Und dann hat sie sich nach langer Zeit eines Tages doch wieder gemeldet«, vermutete de Jong.

Axel Schriebeck nickte. »Sie wollte mich unbedingt treffen. Aber ich wollte nicht, weil wir beide, also Sorga und ich, hatten jetzt viel Spaß miteinander. Und sie, ich meine Olga, hatte ja auch für all das Verständnis gehabt, deshalb wunderte ich mich …«

»Aber trotzdem haben Sie per E-Mail Kontakt zu ihr aufgenommen?«

»Weil ich ihr so viel verdanke«, behauptete Axel. »Na ja, aber als wir uns dann getroffen haben, war es gar nicht Olga, sondern eine andere Frau. Ich hab sie gefragt, was sie von mir will und warum sie sich für Olga ausgibt. Aber sie hat mich nur beschimpft, dass ich ein mieser Vergewaltiger sei. Ich wusste nicht, was ich tun sollte. War total perplex, verstehen Sie? Und dann hatte sie plötzlich einen Revolver in der Hand. Sie wollte mich erschießen! Also hab ich versucht, ihn ihr abzunehmen. Es ging hin und her und dann ist sie irgendwie ausgerutscht und mit dem Kopf aufgeschlagen. Ich konnte gar nichts machen.«

»Sie hätten einen Arzt rufen können.«

Axel Schriebeck starrte düster vor sich hin. Schließlich nickte er.

»Wo ist der Revolver?«, erkundigte sich de Jong.

»Irgendwo hier im Wald vergraben.« Schriebeck junior machte eine vage Geste, die die gesamte Umgebung umfasste. »Ich war in Panik, verstehen Sie? Ich habe die tote Frau dann unten am Kreuz abgelegt. Damit man nicht gleich auf die Idee kommt, dass ich …«

»Sie wollten eine falsche Spur legen.«

»Ja.« Schriebeck schüttelte verzweifelt den Kopf. »Sie haben recht, das war alles total falsch.« Er sah de Jong an und quälte sich ein Grinsen ab. »Was jetzt? Nehmen Sie mich jetzt fest?«

»Erstens«, erklärte de Jong, »bin ich, wie Sie wissen, kein Bulle mehr. Und zweitens war es, so wie ich das sehe, kein Mord, sondern Notwehr. Natürlich wird es eine Ermittlung geben und möglicherweise eine Verurteilung.« Er deutete hügelabwärts. »Wie wär's: Drehen wir wieder um?«

Sie machten sich auf den Rückweg.

»Aber das Dumme ist, dass Sie bei der Tat beobachtet wurden«, kam de Jong auf die Angelegenheit zurück.

»Da war ein Hund, der hat herumgeschnüffelt und gebellt. Und der Besitzer kam gleich hinterher. Ich hab gemacht, dass ich wegkam. Aber als ich das Tier dann kurz darauf in Münster wiedergesehen habe, hab ich Panik gekriegt.«

»Und Sie haben Gas gegeben?«

»Es war als Warnung gedacht.« Axel Schriebeck schüttelte in einem Anflug von echter Verzweiflung den Kopf. »Eine so bescheuerte Idee.«

»Obwohl sie gewirkt hat. Die Warnung.«

»Trotzdem.« Schriebeck blieb wieder stehen und sah jetzt erst richtig zerknirscht aus. »Sie sehen also: Das eine mag Notwehr gewesen sein, das mit dem Hund aber war kaltblütiger Mord. Da gibt es keine Ausrede.«

De Jong schüttelte den Kopf. »Nur, dass man Hunde juristisch gesehen nicht ermorden kann. Sie waren der Meinung, einen Mord begangen zu haben, und haben den Hund getötet, um die Tat zu vertuschen. Was nicht bedeutet, dass Sie Grund hätten, darauf stolz zu sein. Im Gegenteil.«

Den Rest des Weges legten sie schweigend zurück, bis sie wieder vor dem Mörderkreuz standen.

»Gut, dass Sie mir die Wahrheit erzählt haben«, sagte de Jong. »Gut, dass Sie nicht auf Ihren Vater gehört haben.«

»Aber das Verrückte bei allem ist«, meinte Schriebeck junior, »dass man es doch nicht schafft, sich zu lösen.

Dass einen trotzdem genau dasselbe ereilt. Irgendwie wiederholt sich alles.«

»Was meinen Sie damit, dass Sie dasselbe ereilt?«

»Das mit dem Hund, verstehen Sie? Genau wie damals bei Papa.«

»Sie meinen, er hat damals auch einen Hund zum Schweigen gebracht?«

»Mein Vater hat vor langer Zeit schon mal eine politische Karriere gestartet. Er war damals Anfang vierzig, und ich konnte gerade erst laufen. FDP-Spitzenkandidat und erfolgreicher Unternehmer in Küchenmöbeln. Voller Idealismus. Das waren die Achtzigerjahre. Er sagt, dass es damals geradezu verpönt war, erfolgreich zu sein. Besser zu verdienen. Der Sozialneid war allgegenwärtig. Und Papa wollte diesen Menschen eine Stimme geben und neues Selbstbewusstsein.«

»Eine Stimme will er ja jetzt auch wieder sein«, sagte de Jong.

»Erfolgreiche, besser verdienende Menschen sollten sich nicht länger verstecken, sondern aufstehen und sagen: Ja, wir sind erfolgreich, ja, wir haben geerbt, aber sind wir deshalb Menschen zweiter Klasse? Ihr seid ja bloß neidisch. Und das war auch sein Schlachtruf.«

»Ihr seid ja bloß neidisch?«

Axel nickte. »Das kam an. Aber dann, eines Tages, passierte diese Sache mit dem Hund.«

»Welche Sache?«

»Er wurde auf offener Straße von einem Hund angefallen. Sein Sprunggelenk war hin. Deshalb zieht er heute noch das Bein nach.«

»Und das war alles? Ein Hund beendete seine politische Karriere?«

»Es war ein Schock für ihn, wissen Sie. Ein bisschen so wie Moby Dick. Mein Vater hat etwas gegen Hunde, so wie Käpt'n Ahab was gegen den weißen Wal hatte. Es hat ziemlich lange gedauert, bis er das überwunden hat und sich wieder getraut hat, politisch aktiv zu werden.«

»Ziemlich lang«, sagte de Jong.

* * *

Auf dem Rückweg nach Münster versuchte der Exkommissar Küppers zu erreichen. Er wollte ihn dahingehend beruhigen, dass er dem von ihm in Sachen Fahrrademanzipation verehrten Schriebeck nun doch nicht auf die Pelle rücken musste. Die Mordserie war aufgeklärt, und der Tod Tatjana Meyerings war kein Mord, sondern ein tragischer Unfall. Leider erreichte er nur die Mailbox.

Gegen halb eins parkte er den Wagen in der Nähe der Bootsanlegestelle, dann ging er hinüber zu Reikart, um die leidige Hundesache endlich abzuschließen. Er hatte sich entschieden, den Alten nicht mit sämtlichen Einzelheiten zu behelligen. Oder besser noch: Er würde gar keine Namen nennen, nur sein Bedauern darüber ausdrücken, dass der arme Kennedy tragischerweise zur falschen Zeit am falschen Ort gewesen sei und man den Täter leider nicht mehr zweifelsfrei ermitteln könne.

Er war Reikart in dessen Garten gefolgt. Der Alte hatte einen Plastikstuhl nach draußen gestellt, um die Sonne zu genießen. An seinem mürrischen Gesicht konnte de Jong ablesen, wie enttäuscht er war. »Und wie geht's dann jetzt weiter?«

»Das war's. Die Ermittlung ist wohl oder übel abgeschlossen.«

»Ich hab's gleich gesagt«, murrte Reikart. »Menschenmorde sind immer wichtiger, was?«

»Im Prinzip ja«, gab de Jong zu.

»Und wer meinen Hund gekillt hat, ist sowieso allen scheißegal. Der Polizei, Ihnen … Hätte ich mir denken können.«

»Was haben Sie denn erwartet: dass die Kripo eine Soko Kennedy bildet und den Mörder am Nasenring vor Gericht zerrt?«

»Vielleicht kann man den Nasenring auch weglassen. Aber Mord ist Mord.«

»Juristisch gesehen eben nicht. Das hab ich Ihnen doch schon mal erklärt.«

Obwohl das Thermometer sechsundzwanzig Grad im Schatten anzeigte, war die Atmosphäre im Garten so frostig, dass de Jong die Wahl hatte, entweder nach Hause zu gehen, um sich eine Winterjacke zu holen, oder weiter zu frieren und sich eine Erkältung einzufangen. Er verabschiedete sich knapp. Der Alte brachte ihn nicht zur Tür.

* * *

Diesmal erreichte er Eugen Küppers, bekam aber nur die hektische Info: »Du, im Moment ist es ganz schlecht. Kann ich dich zurückrufen? Oder noch besser: Warum essen wir nicht zusammen zu Mittag. Um eins in der Kantine des Präsidiums.«

Die Aussicht auf ein Kantinenessen wirkte auf de Jong nicht gerade beflügelnd, trotzdem sagte er zu. Wie auch früher schon jeden Donnerstag gab es drei Gerichte zur Auswahl: Geschnetzeltes in Tomatensoße, was de Jong immer irritierend gefunden hatte, wenn man sich dabei über einen Serienmord unterhalten wollte, ein salzfreies Veggie-Gericht und ein grätenstarrendes Fischfilet mit Ofenkartoffel. Dazu viel zu viel Salat mit mindestens fünf verschiedenen Dressings.

De Jong begnügte sich mit zwei Ofenkartoffeln und begab sich mit seinem Tablett an einen freien Tisch. Es wurde Viertel nach eins, aber wer nicht erschien, war Küppers.

Stattdessen parkte der Hauptkommissar, den man auch Dr. Seltsam nannte, sein völlig überladenes Tablett Kante an Kante neben seinem: darauf ein Teller mit einer satten Schaufel Reis, der in einem See aus Geschnetzeltem schwamm. Auf Salat verzichtete er ganz, hatte als Ausgleich dafür aber gleich drei Nachspeisen. »Das nenne ich mal seltenen Besuch in unserer bescheidenen Hütte«, begrüßte er de Jong.

»Ich wünsche guten Appetit«, sagte der Exkommissar zugeknöpft, dem seit ihrer letzten Begegnung die Lust vergangen war, mit skurrilen Kriminalisten wie dem Doktor zu plaudern.

Seltsam dagegen war sehr wohl dazu aufgelegt. Was immer ihn heute beglückt haben mochte, seine Laune war jedenfalls bestens. »Ich muss mich bei Ihnen bedanken, de Jong.«

»Nein, müssen Sie nicht.«

»Doch, ganz im Ernst.« Hauptkommissar Selters redete, während er gleichzeitig Geschnetzeltes aß. Seine Zischlaute hinterließen kleine rote Sprenkel auf der Tischdecke, von denen er einige mit der Serviette auftupfte. »Die Quizfragen, verstehen Sie? Das war eine üble Manie von mir. Und Sie, mein Guter, haben mir den Kopf zurechtgerückt, wie man so sagt.« Tomatensoße tropfte von der Gabel, die auf de Jong deutete. »Mir ist jetzt klar, wie albern das ist. Und angeberisch obendrein: Man sammelt säckeweise nutzloses Wissen an. Fakten, Jahreszahlen, Namen, Hauptstädte. Und dann geht man seinen Zeitgenossen auf die Nerven, weil man den ganzen Kram unbedingt loswerden will. Sie haben recht, de Jong: Es wurde schon lange Zeit, da mal gründlich klar Schiff zu machen.«

De Jong kam eine Idee. »Bevor Sie komplett entrümpelt haben«, sagte er, »hätte ich noch eine letzte Frage.«

Seltsam beugte sich vor und wischte sich mit dem Handrücken über den grinsenden Mund: »Für Sie doch gern, Herr Kollege.«

»Was fällt Ihnen zu Horst Schriebeck ein?«

»Schriebeck. Meinen Sie den Politiker?«

»Na ja, Politiker würde ich nicht unbedingt sagen. Wutbürger oder Hassprediger würde eher passen.«

Für einen Moment bekam Seltsam wieder diesen Gesichtsausdruck intellektueller Überlegenheit. »Was Sie vielleicht nicht wissen: Früher war er wirklich mal Politiker. Das ist aber schon lange her, so dreißig Jahre, schätze ich.«

»Oh, das ist mir bekannt. FDP-Spitzenkandidat, aber dann wurde er von einem Hund angefallen und verschwand in der Versenkung.«

»Der Hundebiss. Der wurde von der Presse hochgespielt. Aber die Sache hatte eine Vorgeschichte.«

»Wenn Sie mir die noch erzählen könnten.«

»Schriebeck war damals das Gesicht der Liberalen, verstehen Sie. Neben ihm gab es keinen, er war der Mann der Stunde. Aber dann kam da irgendeine linksradikale Gruppierung, die Schriebeck beschimpfte: Er sei Klientelpolitiker und mache Politik nur für die Reichen. Das Übliche eben. Und das haben sie ihm dann auf seinen BMW gesprüht. Schriebeck war aber nicht der Typ, der sich so etwas gefallen ließ. Er hat rausgekriegt, wo der Wortführer der Gruppe wohnt, ist nachts auf sein Grundstück eingestiegen und hat dessen VW-Bulli zerkratzt. Und der Hund, der Schriebeck später angeblich so grundlos attackiert hat, war zufällig der Hund von dem Kerl. Schriebeck wurde also nicht einfach so angefallen: Der Hund hat ihn als Einbrecher und Autozerkratzer entlarvt.«

* * *

Gerade als er sein Tablett auf den Wagen für gebrauchtes Geschirr stellte, kreuzte Küppers doch noch auf und wollte sein Auto zurück. De Jong würde also nicht ein zweites Mal bequem nach Tilbeck düsen können. Er glaubte allerdings auch nicht, dass der alte Schriebeck ihn empfangen würde. Gleichwohl empfand er nach der Begegnung mit Dr. Seltsam einen gewissen Gesprächsbedarf.

Am Telefon war weder einer der Schriebecks noch Sorga zu erreichen. Deshalb versuchte er es gegen vierzehn Uhr in der Parteizentrale. Dieses Mal bekam er keine Infobroschüren. Vom AKP-Rentner am Empfang erfuhr de Jong jedoch, dass Schriebeck auf dem Parteitag weile.

»Richtig«, erinnerte sich de Jong. »Dann werde ich ihn am besten dort abpassen.«

»Würde ich Ihnen nicht raten. Der große Meister ist bestimmt nicht zum Plauschen aufgelegt. Er ist heute nämlich krachend untergangen.«

Die verhasste Petra Fracke hatte gegen Schriebeck und seine frauenfeindliche Anti-Minirock-Kampagne Front gemacht und die Abwahl des Parteivorsitzenden erreicht. Jetzt war sie die Nummer eins und hatte bereits angekündigt, die Partei aus der populistischen Ecke in Richtung Mitte steuern und koalitionsfähig machen zu wollen. »Tja, so schnell kann's gehen«, meinte der Wutbürger.

De Jong fuhr trotzdem hin, dafür brauchte er aber gute fünfundzwanzig Minuten. Der sogenannte Parteitag fand im Hinterzimmer des *Wotan Eck* statt, einer piefigen Gaststätte im Zentrum von Amelsbüren. Als de Jong eintraf, war alles schon vorbei. In der Kneipe waren die Aufräumarbeiten im Gange. Den Eingang zierten noch zwei DIN-A3-Plakate mit Schriebecks Konterfei und dem *Jetzt-reicht's*-Motto sowie ein Schild *geschlossene Gesellschaft*. Davor stand ein Grüppchen Raucher.

De Jong betrat die Kneipe und atmete den typischen Kneipenmix aus Kaffee und Bier ein, angereichert durch ein vertrautes Aroma, das vermuten ließ, dass Grünkohl mit Pinkel auf der Speisekarte stand. Das Hinterzimmer war leer bis auf einen Gast, die Buntglasfenster ließen das strahlende Sonnenlicht nur ungern herein. Der Gast war Horst Schriebeck. Wie er da einsam an seinem Tisch saß und abwechselnd Kaffee und Korn kippte, kam er de Jong vor wie Napoleon, der nach der Schlacht von Waterloo als einziger zurückgeblieben war, weil sich keine Mitfahrgelegenheit für ihn gefunden hatte.

»Mein Beileid zu Ihrer Abwahl«, sagte de Jong.

Schriebeck schüttelte nur den Kopf, es hatte etwas Verächtliches. Dann sagte er: »Soll ich Ihnen was sagen: Es hätte gar nicht besser laufen können. Tja, Sie glauben mir nicht, aber das war genauso, als hätte ich es selbst geplant.«

»Sie wollten also nicht mehr weitermachen?«, fragte de Jong ungläubig. »Weil Sie endlich eingesehen haben, dass das, womit Sie angetreten sind, bei Licht besehen nicht mehr ist als hohles Geschwätz, bestimmt für die Ohren derer, die nichts anderes hören wollen?«

»Blödsinn. Sparen Sie sich Ihre linke Häme für andere. Ich hab mit dieser Provinzposse hier nichts mehr zu tun.«

»Sie haben neue Pläne?« De Jong ließ sich auf einem Stuhl nieder und der Alte prostete ihm mit seiner Kaffeetasse zu.

»Warten Sie's ab, de Jong. Den Tag, an dem man mich nicht mehr braucht, werden Sie nicht erleben. Menschen machen sich nämlich gern Sorgen, sie haben immer Angst vor irgendwas. Von mir aus gehen die scheiß Polkappen den Bach runter und die meisten saufen ab, aber Angst wird es immer geben.«

»Wahrscheinlich haben Sie recht«, meinte de Jong.

»Freiheit, Demokratie, Menschenwürde – dieser ganze Scheiß interessiert doch am Ende keine Sau. Die Leute wollen einen wie mich, einen, der ihnen sagt, wovor sie Angst haben.«

»Weil Sie viel mehr davon verstehen als andere?«, vermutete de Jong.

Schriebeck ließ das einen Moment sacken. Er nahm noch einen Schluck und dann fragte er mit einem lauernden Blick: »Meinen Sie damit was Bestimmtes?«

»Ihr Sohn Axel war der festen Überzeugung, er hätte eine Frau ermordet. In Wirklichkeit war es Notwehr und die näheren Umstände werden noch geklärt werden müssen, aber er dachte, es wäre Mord.«

»Und? Weiter?«

Ganz offensichtlich erzählte de Jong dem Alten keine Neuigkeit.

»Ich weiß, Sie halten nicht viel von ihm, aber er bemüht sich umso mehr, ein guter Sohn zu sein. Und natürlich hat er sich Ihnen in seiner Not anvertraut.«

»Das ist ja auch sein gutes Recht.«

»Sie machten sich natürlich auch Sorgen, dass dieser unschöne Todesfall Ihre damals noch vielversprechende politische Karriere bedrohen könnte. Der moralische Saubermann auf dem hohen Ross, von dem herunter er alle beschimpft, und dann so etwas. Na schön, niemand war dabei gewesen, also wer sollte Sie oder Ihren Sohn mit der Toten in Verbindung bringen, stimmt doch, oder?«

»Nein. Nicht ganz.«

»Eben. Es hätte gestimmt, wäre da nicht dieser Köter gewesen.«

Schriebeck sagte nichts, beschränkte sich wieder aufs Kopfschütteln.

»Ein Hund als Zeuge eines Mordes – das ist ganz schön schräg«, fuhr de Jong fort. »Noch schräger allerdings ist es zu glauben, dass das Tier einen verraten könnte. Trotzdem hat Axel gesagt, dass er den Hund getötet hat. Als Warnung sozusagen.«

Eine Kellnerin betrat den Raum und machte eine fragende Geste, ob es noch etwas sein dürfe. De Jong winkte ab, Schriebeck hielt sein leeres Kornglas hoch. Sie nickte und verließ den Raum.

»Dann haben Sie ja wohl Ihren Täter«, meinte der Alte.

De Jong nickte. »Zwei Dinge haben meine Ermittlerfreude allerdings getrübt«, sagte er. »Erstens: Ihr Sohn ist ein Hundefreund. Der Tod des Hundes schien ihn beinahe noch mehr anzufassen als der Tatjana Meyerings. Dass einer wie er sich in ein Auto setzt und einen Wauwau kaltblütig über den Haufen fährt, ist theoretisch möglich. Praktisch allerdings schwer vorstellbar.«

»Vorstellungsvermögen hat man oder man hat es nicht«, bemerkte Schriebeck mit Herablassung in der Stimme.

»Wieder richtig«, gab de Jong zu. »Wissen Sie noch, wie Sie mir damals davon erzählt haben, dass Sie im Wohnzimmer sitzen und sich vorstellen, dass nebenan Einbrecher sind? Und dass Sie, wenn Sie nachsehen gehen und feststellen, dass dort niemand ist, nicht sicher sein können, dass nicht genau dann, wenn Sie beruhigt wieder in Ihrem Sessel Platz genommen haben, eingebrochen wird?«

»Na, und?«

»Wie ich sagte: Sie verstehen etwas von Angst.«

Schriebeck nahm seinen Schnaps in Empfang. Er hielt das Glas hoch und betrachtete es ausgiebig, sah zu, wie die abgedämpften Sonnenstrahlen sich darin brachen. »Sie denken ernsthaft, ich hätte den Köter gekillt, weil der Zeuge eines Mordes geworden ist?«, sagte er. »Aus Angst davor, dass der Hund zur Polizei geht und auspackt?« Der Alte sonderte ein amüsiertes Lachen ab, das aber nicht so richtig in Fahrt kam.

»So was soll vorkommen«, sagte de Jong.

»Quatsch, nur in Filmen kommt so was vor. Da gibt es auch Aliens und die Welt geht unter. Komplett frei erfunden.«

»Zugegeben. Aber was Sie angeht, Schriebeck, hat so ein Film doch einen wahren Kern. Wissen Sie noch, damals, Ihre erste Politikerkarriere: Wer hat Ihnen die vermasselt?«

Der Alte schnaufte. »Das haben Sie also auch noch ausgegraben.« Schriebeck kippte seinen Schnaps. Erst verzog er das Gesicht wie im Schmerz, aber dann machte er ein Grinsen daraus. Und er begann wieder zu lachen. Das dauerte eine ganze Weile, dann sagte er: »Okay, de Jong, was wollen Sie eigentlich: mir die Hölle heißmachen? Womit denn, wenn ich fragen darf. Einen Mord gab es nicht. Da war nur dieser Hund, der möglicherweise Ärger gemacht hätte. Und mein Sohn, das Weichei, entpuppte sich als Tierfreund, wie nicht anders zu erwarten war. Ja, was denn? Dann musste ich es eben selbst machen. Tun Sie nicht so, als wäre ich ein Schwerverbrecher: Einen Hund zu überfahren, das ist ja wohl kein großes Drama. Oder sehen Sie das etwa anders?«

16. Kapitel

Für einen abgehalfterten Populisten war Schriebeck senior ganz schön überheblich. Für einen, der es mit Hasstiraden und Schaum vor dem Mund ganz weit gebracht hatte, und dem man jetzt, gerade noch rechtzeitig, den Teppich unter den Füßen weggezogen hatte und der seine Prominenz höchstens mit ein paar jämmerlichen Talkshowauftritten am Leben erhalten konnte, wenn überhaupt. Dass er trotzdem noch diese herablassende Attitüde des großen Staatsmannes pflegte, für den andere Gesetze gelten, das wurmte de Jong. Und das war der Grund, weshalb er, gleich nachdem er aus Amelsbüren zurück war, noch mal bei Reikart schellte.

Es dauerte, bis der alte Mann seinen Garten verließ und die Tür einen Spalt öffnete.

»Sie? Haben Sie Ihren Regenschirm vergessen oder was?«

»Also gut«, sagte de Jong. »Ich habe neue Ermittlungsergebnisse. Wollen Sie die hören?«

»Ich dachte, die Angelegenheit wäre für Sie erledigt.«

»Nicht ganz.«

»Also, da komm ich jetzt nicht mit.«

»Sie mögen sich auf dem Schachbrett gut auskennen«, sagte de Jong oraklerisch, »aber den Kriminalkram überlassen Sie mal besser mir.«

Er konnte Reikart ansehen, dass er eine gehässige Bemerkung auf der Zunge hatte, die er sich aber verkniff.

Stattdessen trat er zur Seite. »Meinetwegen, dann kommen Sie mal rein.«

Wieder saßen sie einander an dem Couchtisch gegenüber, angesichts dessen de Jong der Gedanke kam, dass wohl eine ganze Generation von Möbeldesignern ihre Kriegstraumata abgearbeitet hatte, indem sie solche monströsen Machwerke aus Furnierholz geschaffen hatte, die auf zeitlose Weise in Sachen Hässlichkeit bis heute unerreicht waren.

»Also dann schießen Sie mal los«, forderte Reikart seinen Gast auf.

Diesmal war er entschlossen, Reikart mehr Einzelheiten zuzumuten. Er erzählte, wie Gandalf, Machiavelli und Long John Silver das Zeitliche gesegnet hatten, von Tatjana, die das Verbrechen an ihrer Schwester Olga sühnen wollte. Und wie sie dabei an Meister Eder geriet. Und wie Kennedy alles mit angesehen hatte. Erst dann wich er für ein paar Zentimeter von der Wahrheit ab. Der Grund dafür war ein leichtes, kaum wahrnehmbares Kopfschütteln Reikarts, während er de Jong so aufmerksam zuhörte wie noch nie. De Jong hatte plötzlich das Gefühl, dass der Alte es nicht leicht verkraften würde zu hören, dass alles so gewesen war und nicht mal ein juristisches Nachspiel folgen würde. Dass der Mörder seines verzogenen Köters ungestraft davonkommen würde. Und de Jong dachte sich: Er muss es ja auch nicht verkraften. Und er suchte nach einer etwas milderen Version.

»Zuerst deutete alles auf Axel Schriebeck als Täter«, sagte er. »Aber dieser Mann würde niemals einem Hund ein Haar krümmen.«

Reikarts Nicken verstärkte sich. »Es war der Alte, stimmt's?«

»Er ist derjenige, der Ihren Hund überfahren hat«, bestätigte de Jong. »Allerdings ...«

»Allerdings was?«

»Er bereut seine Tat. Aufrichtig. Wenn er es rückgängig machen könnte, dann würde er es tun. Aber das liegt nicht in seiner Macht.«

»Deshalb wollte er mir einen neuen schenken?«

»Genau das.«

Bestimmt zwei Minuten oder mehr saßen sie da und starrten jeder für sich auf den unsäglichen Couchtisch.

Dann stand de Jong abrupt auf, trat zur Terrassentür und öffnete sie weit. Die Nachmittagssonne drängte ins muffige Wohnzimmer, als hätte sie seit längerer Zeit ungeduldig draußen gewartet. Es war ein Augenblick, als würde ein jahrtausendaltes Pharaonengrab geöffnet – aus der Sicht des Pharaos in der Grabkammer.

»Was passiert ist, ist passiert«, sagte de Jong. »Sie sollten sich auf das stürzen, was noch kommt.« Er schickte dem Alten ein aufmunterndes Lächeln. »Haken Sie es ab. Und kommen Sie gelegentlich vorbei und machen Sie mich bei einer Schachparty nieder, einverstanden?«

Reikart sah auf. Endlich rang er sich ein mühevolles Lächeln ab. »Okay, de Jong, ich nehme Sie beim Wort. Und haben Sie vielen Dank für Ihre Hilfe.«

Immerhin, der Alte hatte sich bedankt, dachte de Jong anerkennend. Das hatte er ihm nicht zugetraut, und damit hatte die Angelegenheit ein würdiges Ende gefunden. Zeit, sich neuen Projekten zuzuwenden.

Und als hätte sich dieser Gedanke auf irgendeine mysteriöse telepathische Weise in der Welt verbreitet, meldete sich Carsten Ritschek auf dem Handy.

»Niklas, was gibt's?«

»Weiß nicht«, sagte de Jong. »Was soll die Frage?«

»Hattest du mich nicht angerufen?«

»Nein, hatte ich nicht. Aber wo wir schon sprechen: Ich hab mir das überlegt mit der Fernsehshow.«

»Tja, morgen geht's los.«

»Ich glaube nicht, dass ich der Richtige für so was bin.«

»Na, toll.« Ritschek hörte sich verschnupft an. »Also ich reiß mir sämtliche Beine aus, um dich ins Geschäft zu bringen, besorge dir eine richtig fette Chance …«

»Dafür bin ich dir auch sehr verbunden.«

»Und du sagst einfach: nein, danke? Warum zum Teufel?«

»Sagen wir so: Der große Wurf mag für viele ja ein großer Wurf sein. Aber es ist doch offensichtlich, dass es ihm ziemlich an Kultur mangelt.«

»Also ich finde, ehrlich gesagt, dass es im Fernsehen kaum ein Format gibt, das mehr Kultur hat.«

»Da würde ich dir sogar zustimmen«, gab de Jong zu, »aber das macht die Sache ja auch nicht besser.«

»Hey, hättest du vielleicht Interesse an was anderem?«

»Und das wäre?«

»*Was du nicht sagst* – Eine Quizshow vom alten Schlag: Du kommst ins Fernsehen und musst Sachen wissen. Telefonjoker, Publikumsjoker, das ganze Programm.«

»Kommt mir bekannt vor.«

»Sag ich ja. Aber der Witz ist: Du kannst nicht aussteigen. Eine falsche Antwort und du wirst eingemauert.«

»Na schön«, sagte de Jong. »Für mich ist das nichts. Aber ich hätte vielleicht jemanden, der infrage käme.«

»Das ist ein Wort. Ruf mich bloß an, ja?«

* * *

Etliche Stunden später verbrachte de Jong seinen gemütlichen Feierabend auf dem Achterdeck des *Alten Mädchens*. Die Mücken sirrten, der Kahn gluckste beim leisen Schaukeln auf dem Wasser. Vor der Dönerbude gegenüber saßen die Gäste auf Plastikstühlen und verklappten ihren Zigarettenqualm in der würzig sommerlichen Abendluft, die sicher noch über zwanzig Grad hatte.

Alles war bestens, ein Tag ging so zu Ende, wie es sich gehörte, aber wie in einer Eingebung überkam es de Jong urplötzlich, dass irgendetwas nicht stimmte. Der Abend war besser als nur so, wie es sich gehörte. Zu gut irgendwie.

Was passiert war, war passiert, dachte er.

Und er sah Reikart vor sich, der sich die Geschichte vom reuigen Täter in aller Ruhe anhörte und Horst Schriebeck gnädig Absolution erteilt hatte. Man musste gar nicht bitten oder betteln. Das war schon ungewöhnlich. Schriebeck hatte seinen Hund kaltblütig überfahren, aber er entschuldigte sich dafür, und Reikart sagte:

Okay, Entschuldigung angenommen, Sache erledigt. So etwas konnte schließlich jedem mal passieren.

Dieser Friede, diese Versöhnungsbereitschaft passten nicht. Und schon gar nicht zu dem Alten. Es war nämlich genau anders herum: Reikart hatte ihm kein Wort abgekauft.

De Jong stellte sein Bier auf dem Tisch ab, ging von Bord und machte sich auf den Weg zur Doppelhaushälfte. Niemand öffnete, also kletterte er über den Zaun und versuchte es vom Garten aus. Er hatte Glück: Reikart saß immer noch da, als wollte er sein hässliches Wohnzimmermöbel bewachen. Auf dem Tisch standen zwei Flaschen Korn, die eine leer, die andere so gut wie leer. Von einem altertümlichen Plattenspieler dröhnte Frank Zappas *Bobby Brown*. Ein seltsam schrilles Getöse in diesem piefigen Zuhause, in das eher Trachtenmusik eines Musikantenstadels gepasst hätte.

»Wie geht's denn so, Herr Kommissar?«, begrüßte ihn Reikart mit einem schnapsseligen Grinsen. »Nett, dass Sie mich mal wieder besuchen nach dem ganzen Scheiß.«

Zwei Gläser. Auf dem Tisch befanden sich nicht ein, sondern zwei Gläser. »Hatten Sie außer mir noch anderen Besuch?«, erkundigte sich de Jong.

Keine Antwort, nur besoffenes Lachen.

De Jong überlegte nicht lange. Ihm fiel nur ein Name ein. »Wo ist er? Wo steckt Joey?«

»Wer?«

»Joey. Jetzt kommen Sie schon, Reikart: Was haben Sie ihm erzählt?«

Reikart griff nach der Flasche und goss sich ein, das Meiste ging daneben. »Jetzt seien Sie mal entspannt, de

Jong. Keine Ahnung, wo der steckt. Ich hab doch gesagt, wir reden nicht mehr miteinander.«

* * *

De Jong hatte das Gefühl, dass er schnell handeln musste. Und deshalb kam das Fahrrad nicht infrage. Mit dem Taxi war er einschließlich Wartezeit eine gute halbe Stunde später, so gegen 21.30 Uhr, in Tilbeck. Er zahlte und lief über den Kiesweg zur Haustür. Klingelte. Aber auch hier öffnete niemand. Inzwischen dämmerte es schon. Glücklicherweise wusste de Jong ja noch, wie man vom Wald her zum Haus kam. Das Gartentor war nicht verschlossen. Einen Augenblick verweilte er beim Schuppen, in dem er mit Sorga Zuflucht vor dem Regen gefunden hatte, und atmete durch. Zwischen den Obstbäumen hatte er eine Bewegung wahrgenommen.

»Herr Schriebeck?«, rief er vorsichtshalber und näherte sich einem Holzverschlag von der Größe einer altertümlichen Telefonzelle, umgeben von einer halbkreisförmigen Brombeerhecke, als Sichtschutz zum Haus. Ein primitives Außen-WC. Es hatte so ausgesehen, als ob sich dahinter etwas bewegt hätte.

»Hallo?«

Joey. Er war es leibhaftig. Der Riese saß auf einem Schemel, der wie alle Sitzgelegenheiten auf der Welt viel zu schmal für seinen gigantischen Hintern war. In der Hand hielt Joey eine Bierdose, neben ihm lag eine Plastiktüte, in der de Jong weitere Bierdosen vermutete, und eine Maske aus Plastik, die das Gesicht Donald Ducks darstellte. Hinter ihm breitete sich die Dämmerung aus, und der Waldrand hüllte sich in geheimnisvolle Dunkelheit. Es hätte ein idyllisches Bild sein können, aber de Jong schwante nichts Gutes.

»Hey Joey«, sagte er, als der Riese sich umdrehte und ihn entdeckte.

»Kommissar!«, wunderte sich Joey. Ihm entfuhr ein Rülpser. »Was wollen Sie denn hier?«

»Die Frage ist wohl, was du hier machst.«

»Den Abend genießen. Ist doch nich verboten. Oder doch?«

»Nein, das Genießen ist nicht verboten.« De Jong sah zu, wie Joey seine Bierdose zerquetschte als wäre sie aus Wachs, das Häuflein Blech hinter sich warf und eine neue Büchse aus der Tüte angelte. Zwei – die eine hielt er de Jong hin, der dankend ablehnte. »Aber dir ist schon klar, dass du dich auf fremdem Grund und Boden befindest. Das ist nämlich doch verboten.«

»Drauf geschissen, Kommissar«, grunzte der Riese, und de Jong, der das im ersten Moment auf den Grund und Boden bezog, sah sich besorgt um. »Hauptsache, ich hab den Kerl.«

»Welchen Kerl?«

»Den Hundemörder.«

»Es ist kein Mord, Joey, das hab ich dir doch schon mal erklärt.«

»Ja, haben Sie.« Trotzdem war Joey anzusehen, dass de Jong sich seine Argumente sparen konnte. »Reikart hat mir erzählt, der Kerl hat seinen Hund einfach so überfahren. Und jetzt sagen Sie mir mal eins: Wenn das ein Mord is, dafür muss er doch bezahlen. Wieso das kein Mord is, kapier ich nich.«

Mitten in die abendliche Stille hinein sang eine Amsel, hoch oben auf einem Wipfel der umstehenden Bäume, und von weiter weg vernahm de Jong ein Knattern wie von einem Traktor. Er sah ein, dass es keinen Sinn hatte, mit Joey herumzustreiten.

»Wo steckt denn der Mörder?«, erkundigte er sich.

Mit dem Daumen deutete Joey in Richtung Gartenklo, das völlig still dalag. Kein Rütteln, kein Geschrei.

Joey schien de Jongs Gedanken zu lesen. »Ich hab ihm gesagt, wenn ich irgendwas von ihm höre, ist er tot.«

»Hast du ihm was getan?«

Schulterzucken. »Noch nich.«

»Und jetzt? Wie geht's weiter?«

»Weiß ich auch nich. Haben Sie vielleicht 'ne Idee?«

De Jong hatte eine. »Pass auf«, log er, »die Polizei wird gleich hier sein, so in zehn Minuten oder einer Viertelstunde. Was hältst du davon, wenn wir Folgendes machen: Du verdrückst dich schleunigst, denn wenn sie dich hier vorfinden, kann ich nicht dafür garantieren, dass du nicht wieder im Knast landest, so wie damals.«

Knast war das einzige Stichwort, das dem großen Kerl in dieser Situation Angst einjagen konnte, weshalb er sich schnell auf diesen Vorschlag einließ, allerdings hatte er noch eine Frage: »Und was is mit dem Kerl da drinnen?«

»Den übernehme ich. Vertrau mir«, sagte de Jong, da Joey immer noch nicht restlos überzeugt wirkte. »Was denkst du, warum ich hier bin? Aus dem gleichen Grund wie du: Reikart hat mich hergeschickt.«

Ein bisschen Überredung war schon noch nötig, aber sobald Joey verschwunden war, was circa fünf Minuten später der Fall war, trat de Jong mit dem gezückten Handy zur Holzbude und öffnete sie.

Horst Schriebeck stand da in einem blauen Pulli und einer rot geblümten, langen Unterhose. »Das wurde aber auch Zeit.« Und einem Gesicht, das nicht nur bluthochdruckrot war. Sondern auch zornesrot.

De Jong machte eine Aufnahme von ihm.

»Hey, was soll der Scheiß! Sind Sie noch bei Trost?«

»Nur zur Sicherheit«, sagte de Jong. »Man weiß ja nie.«

Schriebeck wagte, immer noch vorsichtig, einen Schritt aus der Bude und spähte in alle Richtungen. »Wo ist der Kerl?«

»Welcher Kerl? Ich hab keinen gesehen.«

»Dieser Riese. Jetzt kommen Sie schon, de Jong, das ist doch nicht Ihr Ernst.«

»Und wenn doch?«

»Hören Sie auf, mich zu verarschen. Da ist ein Schlägertyp, der dringt in mein Haus ein und bedroht mich.«

»Können Sie den Mann beschreiben?«

»Jetzt reicht's mir aber. Ich hab Sie mit ihm reden hören …«

»Egal. Sagen Sie mir, wie er aussah.«

»Keine blasse Ahnung, wie der Kerl aussah. Ziemlich groß, ein Muskelpaket, so wie King Kong.«

»King Kong«, wiederholte de Jong.

»Er hatte eine blöde Maske auf. Mickey Mouse oder Batman oder so.«

»Das müsste die Kripo schon etwas genauer wissen, ob sie nach Batman, Mickey Mouse oder King Kong fahnden soll.«

Schriebeck war kurz davor auszurasten. »Ich mach Sie fertig, de Jong, verlassen Sie sich drauf! Ich verklage Sie in Grund und Boden, dass Sie sich wünschen, niemals hier aufgekreuzt zu sein.«

Der Mann in Unterwäsche hatte Schaum vor dem Mund.

De Jong reichte ihm ein Taschentuch. »Denken Sie an das Foto zur Sicherheit«, sagte er. »Das wollen Sie doch nicht in den sozialen Netzwerken wiedersehen, oder?«

»Sie …!« Schriebeck fing wieder an zu schäumen und schien nach einem passenden Schimpfwort zu suchen. Aber ihm fiel auf die Schnelle keins ein.

»Allmählich wird es ganz schön frisch«, sagte de Jong. »Was meinen Sie, wollen Sie sich nicht eine Jacke oder so etwas holen?«

Der alte Kotzbrocken schwieg verbissen und sah in eine andere Richtung. Plötzlich rappelte er sich auf und humpelte in Richtung Gartenhaus. De Jong wartete und wollte schon nachsehen gehen, als Schriebeck mit einer Wolldecke zurückkehrte.

»Wissen Sie was, ich bin auch nicht gerade das, was man einen Hundefreund nennt«, gestand de Jong. »Eher das Gegenteil. Giulia, meine Ex, die schon. Aber dann hat sie sich irgendwann vom Acker gemacht. So ähnlich war's auch bei Reikart. Er wollte keinen Köter, aber seine Marlies wollte. Oder meinetwegen auch umgekehrt. Also haben sie sich einen zugelegt. Und der bescheuerte Name war auch ihre Idee.«

»Kennedy.« Schriebeck schüttelte den Kopf. »Bescheuerter geht's ja wohl nicht.«

»Genau. Aber jetzt ist sie tot. Und Reikart ist ein schwieriger Typ. Keiner mag ihn so richtig, und da ist er natürlich auch selbst schuld dran. Ein Sauertopf, wie er im Buche steht. Wer will schon mit ihm befreundet sein?«

Schriebeck nickte und zeigte mit dem Finger auf de Jong.

»Tja, und dann war der Hund irgendwann so ziemlich seine einzige soziale Umgebung.«

Der Kotzbrocken verzog das Gesicht.

De Jong sah ihn grinsen. »Ganz schön verfahren, die Lage«, meinte er. »Und eigentlich verstehe ich nicht, was daran witzig sein soll.«

Schriebeck hörte aber nicht auf zu grinsen.

»Denn immerhin haben Sie den armen Köter einfach so über den Haufen gefahren.«

Unerwarteterweise kam Leben in sein Gegenüber. Plötzlich wollte Schriebeck das nicht mehr so stehen lassen und wies auf seinen Status als öffentliche Person hin, seine Karriere als Politiker und die Vorbehalte gegen Hunde, die bei ihm Tradition hätten, was man verstehen müsse, und wenn man das nicht täte, solle man am besten das Maul halten. Hunde hätten ihm das Leben gründlich vermasselt, niemand auf der Welt könne ihn daran hindern, die Kreaturen zu hassen. Abgesehen davon könne man sogar noch von Glück sagen, dass es nur den Hund erwischt habe.

»Wo Sie es eigentlich auf den alten Mann abgesehen hatten«, ergänzte de Jong mit einem Nicken.

»Wo der Hund war, konnte der Kerl nicht weit sein. Er muss gesehen haben, was sein Köter gesehen hat.« Schriebeck lachte in sich hinein. Vielleicht war es gar kein Lachen, sondern ein stoßweises Schnaufen. »Und dann rennt der dämliche Wauwau einen Moment zu früh auf die Straße und der Alte einen zu spät. Was kann ich dafür? Aber so ist alles am Ende gut gegangen. Reikart hat die Lektion begriffen. Und besser sein Köter als er selbst«, bekräftigte er. »Stimmt doch.«

De Jong widersprach: »Für Reikart ist der Köter eben nicht nur ein Köter gewesen. Haben Sie noch nie von alten Männern gehört, die alleinstehen, weil die Frau verstorben ist?«

»Tja, und dann muss der Hund herhalten, was?«

»So in der Art ja.«

Schriebeck schnaufte abfällig. »Ach was, das ist ja krank. Ekelhaft geradezu. Ein Hund als Frauersatz.«

»Vielleicht«, gab de Jong zu. »Aber das Leben ist eben manchmal krank. Sehen Sie sich an.«

Eine ganze Weile saßen sie einander schweigend gegenüber, der Exkommissar und der Expopulist, und sahen dem Wald dabei zu, wie er von Minute zu Minute finsterer wurde. De Jong fiel auf, dass Joey seine Plastiktüte vergessen hatte, kramte darin und fand zwei Bierdosen, eine für ihn selbst und eine für den alten Schwätzer.

»Kennen Sie die Geschichte von Moby Dick?«, fragte de Jong, nachdem er seine Dose hatte zischen lassen.

»So in groben Zügen.«

»Käpt'n Ahab war davon besessen, den weißen Wal zu töten. Der Hass auf ihn beherrschte sein ganzes Leben.«

»Weil der Fisch ihm sein Bein abgebissen hatte. Kann man verstehen.«

»Richtig«, räumte de Jong ein. »Andererseits kann man fragen: Hätte der Wal den Käpt'n vielleicht in Ruhe gelassen, wenn der nicht Jagd auf ihn gemacht hätte?«

Schriebeck fing wieder an, sich in Rage zu reden. Er tat sich einfach schwer damit, dass andere Menschen nicht seiner Meinung waren. De Jong habe gut reden. Er habe ja nicht das durchgemacht, was Schriebeck durchgemacht habe. Er habe keine politische Karriere vor sich gehabt, die seines gleichen gesucht habe, eine richtige, nicht diese provinzielle Scheiße, mit der er sich jetzt noch abgeben müsse. Er habe nicht die öffentliche Häme an sich kleben lassen müssen. Er, de Jong, säße nicht in diesem verdreckten Nest und müsse beinahe täglich den Anblick seines gründlich missratenen Sohnes ertragen, der ihm um den Bart gehe und sage, was für einen tollen Vater er habe, und dann, wenn es darauf ankomme, den Arsch zusammenkneife.

Ein Wort ergab das andere, ohne dass de Jong ein Widerwort beisteuern musste, und der Exkommissar bekam einen lebendigen Eindruck davon, dass der alte Mann – man mochte zu dem, was er seine Ansichten nannte, stehen wie man wollte – tatsächlich der geborene Politiker war.

De Jong holte sein Handy hervor und bestellte sich ein Taxi, indes der alte Mann seine Tiraden Schadstoffen gleich ungebremst weiter in den friedlichen Nachthimmel emittierte.

Schließlich erhob sich de Jong.

Das ließ Schriebeck mitten im Satz verstummen. »Hören Sie mir überhaupt zu?«

»Nein«, sagte de Jong, grüßte mit der noch halb vollen Bierdose und machte sich auf den Weg.

* * *

Endlich hatte er den Kopf wieder frei für andere Dinge. So meldete er sich am nächsten Tag bei Ellie Uhlenbrock – nicht ohne den Hintergedanken, dass sich vielleicht die Gelegenheit für ein weiteres Treffen, dieses Mal ohne Dr. Melchior, ergab. Sie freute sich über seinen Anruf und erzählte ihm, dass sie für das nächste Wochenende eine Amazonas-Tour geplant habe – Faltboot, Indios und einheimischer Führer inklusive. De Jong erkundigte sich auch nach ihrem Bruder und ob er ihn vielleicht sogar kurz sprechen könne, erfuhr dabei, dass Hagen gar nicht mehr auf dem Familienanwesen wohne. Angesichts seines bedenklichen Gemütszustandes habe er sich der Familie zuliebe entschlossen umzuziehen. Es gebe da eine »richtig schnuckelige« kleine Privatklinik draußen auf dem Land in der Nähe von Greven, die sich *Trautes Heim* nenne. Benannt nach der Gründerin Emilia Trautes, einer Psychoanalytikerin der ersten Stunde, deren Tante noch Sigmund Freud gekannt habe.

»Er hat sich dazu entschlossen umzuziehen?«, erkundigte sich de Jong irritiert.

»Na ja, in gewisser Weise«, antwortete Ellie etwas vage und fügte hinzu: »Leiden Sie mal am Franziskus-Syndrom und versuchen dann, selbstständig Entscheidungen zu treffen.«

De Jong hielt das nicht für notwendig. »Das bedeutet, Sie haben ihn zwangsweise dort eingewiesen?«

»Sydney – ich meine, Dr. Melchior ist ein Spezialist auf dem Gebiet. Und er ist fest davon überzeugt, dass Franziskuskranke, also Menschen, die Wahnvorstellungen haben, durchaus eine Gefahr für andere Menschen darstellen können.«

Dieses Telefonat ging de Jong lange im Kopf herum. Er grübelte darüber nach, welche Gefahr selbstlose und aufopferungsvolle Menschen für andere darstellen konnten, und haderte mit einer Welt, in der christliche Nächstenliebe als ernst zu nehmende psychische Störung eingestuft wurde. Infolgedessen gab er den Hintergedanken auf ein melchiorloses Treffen mit Ellie auf, die ja wohl demnächst das gesamte Uhlenbrock'sche Vermögen kontrollieren würde.

Aber er hatte auch nicht das Gefühl, so einfach aus der Sache herauszukommen. Vielmehr hatte er etwas gutzumachen. De Jong war auch recht zuversichtlich, dass ihm das gelingen konnte: Schließlich hatte er Hagen schon einmal aus dem Schlamassel geholt, als er ihn aus einem Camp gewaltbereiter Katholiken befreit hatte; also warum sollte das nicht auch ein zweites Mal klappen?

* * *

An einem schönen Sommertag Anfang Juli fuhr er zu *Trautes Heim,* das sich als schlossähnlicher Edelaltbau inmitten eines wilden, wenngleich idyllischen Parks entpuppte. Diesen durchwanderte de Jong gemeinsam mit Hagen Uhlenbrock, der sich über das Wiedersehen ausgiebig freute; beim dritten Mal hatte er eine geeignete Stelle ausgeguckt, an der man ziemlich leicht über die altehrwürdige, mit Efeu bewachsene Backsteinmauer klettern konnte.

Die Flucht verlief reibungslos. Per Anhalter fuhren sie über Emsdetten nach Rheine und weiter westwärts. De Jong riet Uhlenbrock, in den Niederlanden irgendwie unterzutauchen und von dort aus juristisch sein Comeback vorzubereiten. Er wünschte seinem Schützling alles Gute und reiste zurück nach Münster mit dem guten Gefühl, eine Schuld getilgt zu haben.

Was Hagen offenbar nicht richtig verstanden hatte, war, was de Jong mit »irgendwie untertauchen« gemeint hatte. Nur zwei Tage später fiel er auf, als er im Stadtzentrum von Oldenzaal Blinde sehend und Lahme gehend machte und als Höhepunkt auch noch einen Toten auferwecken wollte. Sogar das Fernsehen berichtete darüber. Und am Ende desselben Tages war er schon wieder zurück im *Trauten Heim.* Was de Jong ausgerechnet bei Reikart erfuhr, als sie zusammen die *Lokalzeit* schauten. Gerade war wieder ein Schachspiel zu Ende gegangen, anlässlich dessen der Alte de Jong der vorsätzlichen Dummheit bezichtigte.

»Franziskus-Syndrom«, meckerte er, während er einen Hundekatalog durchblätterte, weil er sich eventuell einen neuen Vierbeiner zulegen wollte. »Der hält sich doch für Jesus. Wenn er Franziskus wäre, würde er mit den Vögeln reden.«

»Man kann über ihn sagen, was man will, aber er ist ein hervorragender Schachspieler«, behauptete de Jong.

»Wenn Sie das sagen. Sie sind ja der Experte, wenn es um gutes Schachspielen geht, was?«

»Ich würde mal sagen, gegen den haben selbst Sie keine Chance.«

Damit hatte er den Alten bei seiner Ehre gepackt. »Die Wette nehme ich gern an«, verkündete Reikart großspurig. »Wollte schon immer mal gegen Jesus persönlich antreten.«

De Jong nickte. »Na ja«, sagte er. »Wenn Sie wollen, könnte ich da vielleicht was arrangieren.«

* * *

Was Schriebeck senior anging, so sah und sprach de Jong ihn nicht wieder. Natürlich erfuhr er über das Lokalfernsehen von dessen Versuch, mit seiner neu gegründeten Weihnachtspartei auf die politisch-populistische Bühne zurückzukehren. Von seinen fast wahllosen Hasstiraden und Pöbeleien, mit denen er um die Sympathien der vernunftfernen und rassistischen Wählerschaft bettelte. Mitten im Hochsommer rief Horst Schriebeck all jene, die sich um die Abschaffung traditionell abendländischer Feste durch den Islam sorgten, dazu auf, sich auf dem Domplatz zu versammeln und lauthals Weihnachtslieder zu singen, als Protest gegen das schon bald zu erwartende Verbot des Weihnachtsfestes. Leider kamen nur sieben Leute, von denen drei auch noch zum Fernsehteam gehörten. Schriebeck erklärte wütend in die Kamera, dass er sich nicht entmutigen lasse, im Gegenteil, jetzt müsse man erst recht mit ihm rechnen, weil es in dieser Stadt genug Menschen gab, die genauso dächten wie er, was de Jong ihm sofort glaubte. Er schickte Schriebeck eine Ansichtskarte mit einer altertümlichen Abbildung von Moby Dick, bekam aber nie eine Antwort.

Noch waren die Tage sonnig, aber besonders morgens roch die klare Luft inzwischen eindeutig nach Herbst, als de Jong sich entschloss, nordwärts zu radeln, um in *Trautes Heim* dem Sorgenkind der Familie Uhlenbrock einen Besuch abzustatten. Gegen Mittag schloss er sein Fahrrad an ein Straßenschild und begab sich dann durch den verwilderten Park zum Haupteingang, wo er nicht nur den Herbstgeruch, sondern auch den nach Mittagessen einatmete. Unterwegs kam ihm ein alter Herr entgegen, den er zunächst kaum beachtete. Aber als er dem Mann von Angesicht zu Angesicht gegenüberstand, erkannte er ihn: Reikart.

»Wie geht's Ihrem neuen Spielpartner?«

Der alte Mann grinste. »Ich weiß ja nicht, woher Sie das haben, aber der Kerl ist ein lausiger Spieler. Matt in fünf Zügen.«

»Ein Formtief«, sagte de Jong. »So was kommt vor.«

»Beim letzten Mal haben wir Dame gespielt. Nächstes Mal versuchen wir es mit Kicker.«

»Sie kommen also öfter her?«

Reikart zuckte mit den Schultern. »Als Spieler taugt er nicht viel. Aber ansonsten gar nicht übel.«

De Jong freute sich, das zu hören.

»Also dann«, sagte der alte Mann und winkte ansatzweise. »Ich muss meinen Bus erwischen.«

»Wie steht es eigentlich mit einem neuen Wauwau?«, rief de Jong ihm nach. »Haben Sie sich für einen entschieden?«

Reikart blieb noch einmal stehen und drehte sich um. »Keine gute Idee«, sagte er. Mit dem Daumen deutete er rückwärts, zum Eingang von *Trautes Heim*. »In der Klinik sind Hunde verboten. Und dann wäre der Arme die ganze Zeit allein zu Haus.«

»Klar«, sagte de Jong. »So ein Schachspiel dauert seine Zeit. Und dann kommt noch die Anfahrt dazu.«

»Also dann.« Der Alte grüßte noch einmal. »Bis die Tage.«

»Bis die Tage«, sagte de Jong.

* * *

Der Anruf bei Ritschek fiel aus, denn Dr. Seltsam, den de Jong für das Fernsehquiz im Sinn gehabt hatte, winkte ab. Der Hauptkommissar hatte es ernst gemeint, dass er dem Wissen abschwören wollte und beabsichtigte, sich einer Therapie für Quizsüchtige zu unterziehen. Und er war durchaus angetan von de Jongs Absicht, ins kriminalistische Team zurückzukehren.

Mitten im Juli trafen sich die drei – Küppers, Seltsam und de Jong – zur Sondierung ihrer neuen Zusammenarbeit im *Knipperdolling* und abschließenden Bewertung des Falles Meyering, der mit einer Bewährungsstrafe für Axel Schriebeck geendet hatte. Es wurde ziemlich spät, und als de Jong in der Nacht an Bord des *Alten Mädchens* gegangen und kurz darauf ins Bett gefallen war, bildete er sich ein, Besuch zu bekommen.

Vom Bett aus konnte er den Mann in Schwarz sehen, der am Küchentisch saß und versuchte, sich mit seiner Sense ein Brot zu schmieren.

»Das klappt doch nicht«, meinte de Jong.

Der Tod sah auf. »Du hast deine Angelegenheiten erledigt«, sagte er. »Wenn du also nichts weiter vorhast, was wirklich wichtig ist …«

»Sieh doch mal nach draußen«, sagte de Jong.

Und draußen war es eben wundersamerweise nicht Nacht, sondern ein Sommertag mit einem blauen, sonnenfunkelnden Himmel. »Vielleicht werde ich mir irgendwo einen Badesee suchen und ein bisschen herumplanschen.«

»Das zählt leider nicht zu den wichtigen Sachen«, wandte der Tod ein.

»Dann willst du mich also jetzt mitnehmen?«

»Ganz genau.«

»Also gut, dann los«, sagte de Jong. »Worauf warten wir?«

Der Schwarzgewandete zögerte, als wäre ihm in diesem Moment etwas eingefallen, und stellte die Sense ab. »Sehr schön, ich müsste nur eben …«

»Nur eben was?«

Der Tod zog einen Gegenstand aus seiner Umhangtasche und legte ihn vor sich auf den Tisch. Ein schwarzes Smartphone.

»Und ich hatte so gehofft, die Dinger blieben einem wenigstens drüben erspart«, meinte de Jong.

»Ach was«, scherzte der Tod unkonzentriert, während er auf dem Display herumwischte, »irgendeinen Schrecken muss die Hölle ja haben …« Dann hörte er auf zu wischen. »Wusste ich's doch.«

»Was?«, wiederholte sich de Jong.

»Jetzt gleich geht gar nicht. Zu knapp. Ich müsste praktisch schon weg sein.«

»Zu knapp?«

Der Tod ließ das Mobiltelefon wieder in die Tasche zurückgleiten. »Für mich hat der Tag eben auch nur vierundzwanzig Stunden.« Er klappte das Butterbrot zusammen, griff nach der Sense und winkte zum Abschied. »Ich schicke dir eine WhatsApp, wenn ich wieder was frei habe.«